Michael E. Vieten

Christine Bernard

Die Legende vom bösen Wolf

acabus

Vieten, Michael E.: Christine Bernard. Die Legende vom bösen Wolf, Hamburg, acabus Verlag 2018

3. Auflage
ISBN: 978-3-86282-566-0

Dieses Buch ist auch als eBook erhältlich und kann über den Handel oder den Verlag bezogen werden.
ePub-eBook: ISBN 978-3-86282-568-4
PDF-eBook: ISBN 978-3-86282-567-7

Lektorat: Kristin Hinz, acabus Verlag
Umschlaggestaltung: © Annelie Lamers, acabus Verlag
Umschlagmotiv: Wolf: https://pixabay.com/de/wolf-wald-dunkel-hintergrund-2227541/

Bibliografische Information der Deutschen Nationalbibliothek: Die Deutsche Nationalbibliothek verzeichnet diese Publikation in der Deutschen Nationalbibliografie; detaillierte bibliografische Daten sind im Internet über http://dnb.d-nb.de abrufbar.

Der acabus Verlag ist ein Imprint der Diplomica Verlag GmbH, Hermannstal 119k, 22119 Hamburg.

---

http://www.acabus-verlag.de
Printed in Europe

Die Handlung in diesem Roman ist frei erfunden. Ähnlichkeiten mit lebenden oder toten Personen wären rein zufällig und sind nicht beabsichtigt.

Vielen Dank an die Mitarbeiter der Pressestelle der Kriminalpolizei Trier für ihre zahlreichen Auskünfte.

Besonderen Dank an Birgit D. für ihre wertvolle Unterstützung und ihre Zuversicht.

Canis lupus

Der Wolf. Raubtier aus der Familie der Hunde (*Canidae*). Lebt in Familienverbänden (*Rudel*). Hauptbeute Huftiere (*Rehe, Hirsche, Schafe, Ziegen, Rinder, Rentiere, Elche*).

Canis lupus war in Europa, Nordamerika, Japan, Asien und auf der arabischen Halbinsel verbreitet.

Wölfe wurden in Mitteleuropa ab Ende des 14. Jahrhunderts organisiert bejagt. Ab Ende des 18. Jahrhunderts waren sie bereits in allen Regionen ihres Verbreitungsgebiets stark dezimiert, teilweise nahezu ausgerottet. Seit Ende der 1980er Jahre steht der Wolf in einigen Ländern unter Schutz. Die Bestände erholen sich trotz illegaler Abschüsse und Kollisionen im Straßenverkehr.

In Deutschland wurden im Jahr 2000 erstmals wieder Welpen geboren. Die Anzahl der Wölfe und Wolfsrudel steigt seither kontinuierlich an.

Die betroffenen Landesregierungen stellen Entschädigungen für gerissene Nutztiere bereit und unterstützen und beraten Tierhalter bei der Planung und Durchführung von Abwehrmaßnahmen zum Schutz der Herden. Doch bereits in dieser frühen Phase der Wiederansiedlung des Wolfs bildet sich vielerorts Widerstand in der Bevölkerung.

Wolfstreiben

Der letzte Wolf in Rheinland-Pfalz wurde 1879 im Hochwald nahe der Hunsrück-Gemeinde Deuselbach von einem Förster erschossen. Der Walddistrikt trägt seither den Namen „Wolfstreiben" und gehört heute zum Nationalpark Hunsrück-Hochwald. Die Gemeinde Thalfang hat dort eine Hinweistafel aufstellen lassen.

Ich kann diesen wunderbaren Teil des Hochwalds von meinem Schreibtisch aus sehen und durchstreife ihn gerne auf ausgedehnten Wanderungen.

Die Fachleute, mit denen ich gesprochen habe, sind sich einig: Die Rückkehr des Wolfs in die Hunsrückwälder ist nur noch eine Frage der Zeit.

Das Schicksal jenes letzten Wolfs in den Wäldern des Hunsrücks inspirierte mich 2010 zu der Erzählung „Der letzte Wolf des Hochwalds", die ich mit weiteren Erzählungen in meiner Mystery-Sammlung *Unheimliche Begegnungen – Aus der Zwischenwelt* veröffentlicht habe.

(Anm. d. Autors)

Die Legende lebt

Der klagende Ruf der einsamen Krähe wäre nicht nötig gewesen. Die Szenerie an diesem frühen Vormittag war gespenstisch genug.

Gestalten in abgestuftem Grau stapften schweigend durch den wabernden Dunst. Hier ein Murmeln. Dort ein Flüstern. Hin und wieder ein verhaltener Fluch. Jemand hustete leise.

Die Kälte der eisigen Nacht hatte sich nicht vertreiben lassen. Von wem auch? Die Sonne mühte sich seit Stunden durch den zähen Bodennebel. Der hatte das Land am Morgen mit Reif überzogen und gleichmäßig in ein grelles Weiß getaucht.

Dort wo die Sonne eine Schlacht gewann, tropfte es aus den Kronen der alten Buchen herab, von denen man nur ein kurzes Stück ihrer mächtigen Stämme sehen konnte. Der Rest des Waldes verschwand nach ein paar Metern im zähen Nebeldunst, der die von der Sonne gerissenen Lücken in seinen Reihen eilig schloss.

Ein dunkler Wagen tastete sich heran. Seine unteren Scheinwerfer glitten dicht über den Boden hinweg. Feinste Wassertröpfchen tanzten in den Lichtstrahlen. Vor dem Absperrband hielt er an. Der Motor wurde abgestellt. Die Scheinwerfer erloschen.

Eine junge Frau mit langen, dunklen Haaren und ein etwas größerer, grimmig dreinblickender Mann stiegen aus und warfen die Türen zu. Sofort legte sich die Morgenkühle wie ein Netz auf ihre Gesichtshaut. Dann schoben sie sich unter dem Flatterband hindurch und ließen zwei frierende Besucher des Tierparks dahinter zurück.

Eine der helleren Gestalten löste sich von einer Gruppe Dunkelgrauer und ging den Neuankömmlingen entgegen.

„Scheiße, ist das kalt heute", beschwerte sich der mit einer kurzen Lederjacke bekleidete Hauptkommissar und rieb seine Hände aneinander.

„Das fühlt sich kälter an, als es ist. Kommt durch die Feuchtigkeit in der Luft", belehrte der Polizeihauptmeister der Spurensicherung seinen Kollegen und zog sich die Kapuze vom Kopf. Nass fiel ihm das zerzauste Haar in dunklen Strähnen ins Gesicht. Die feinen Wassertröpfchen im Nebel benetzten eben nicht nur den Wald und die Landschaft.

„Was ist passiert?", erkundigte sich die junge Kollegin und schaute Günther Hagemann erwartungsvoll an.

„Haben euch die Kollegen vom Kriminaldauerdienst nicht informiert?"

„Nur über einen Leichenfund im Tierpark."

„Ha! Der war gut", platzte es aus Polizeihauptmeister Hagemann in ungewohnter Weise heraus. „Ich wäre froh, wenn wir so etwas wie eine Leiche hätten."

„Also keine Leiche?", runzelte Kommissarin Bernard ihre Stirn und zog den Reißverschluss ihrer Jacke komplett zu.

„Nur Stücke davon. Die Reste eines Arms und Teile des Schädels haben wir sichern können. Alles andere ist weg."

„Vergraben?"

„Nee, gefressen! Und die abgenagten und zerbissenen Knochen liegen über das gesamte Gehege verstreut."

Ein Schauer lief Christine Bernard über den Rücken, und ihr Blick suchte im Gesicht von Jörg Rottmann nach dessen Reaktion. Doch der erfahrene Hauptkommissar verzog keine Miene. Zu viel hatte er im Laufe seiner Dienstjahre bei der Trierer Kriminalpolizei erleben müssen, als dass ihn noch irgendetwas hätte überraschen können.

„Was ist das denn für ein Gehege?", fragte er und versuchte gleichzeitig mit einem prüfenden Blick den dichten Nebel zu durchbohren, um dahinter eine Antwort auf seine Frage zu erhalten.

„Wölfe", knurrte Günther Hagemann und blickte in die gleiche Richtung. „Ein ganzes Rudel."

„Wo sind die jetzt?", erkundigte sich Kommissarin Bernard argwöhnisch.

„Im Nachbargehege. Ab und zu schleicht einer am Zaun vorbei. Die anderen sieht man nicht. Aber sie beobachten uns. Ich kann ihre Blicke förmlich spüren."

Jörg Rottmann hob beschwichtigend seine Hand und sah auf den um einen Kopf kleineren Leiter der Spurensicherung herunter.

„Nun übertreib mal nicht."

Christine fand nicht, dass der Polizeihauptmeister übertrieb. Ihr gruselte es auch schon bei dem Gedanken daran, gleich ihre Ermittlungen in dem Gehege aufnehmen zu müssen, während hinter einem dünnen Maschendrahtzaun ein großes Rudel Wölfe herumschlich.

Wenigstens setzte sich langsam die Sonne durch und bohrte große Löcher in den Nebel, der sich stellenweise geschlagen gab und zurückzog.

„Ich muss weiter machen", verabschiedete sich Günther Hagemann und zog sich wieder seine Kapuze über den Kopf. Dann wandte er sich ab und stapfte davon.

„Wo ist denn der Kollege Kluge heute Morgen?", rief er in den Wald hinein, als erwartete er von dort eine Antwort.

Christine fiel eine durchnässte Haarsträhne ins Gesicht.

„Torsten ist bei einer Vernehmung", rief sie und schaute ihm nach.

„Wer übernimmt was?", hörte sie ihren Kollegen hinter sich fragen.

Sie zuckte mit den Schultern und drehte sich um.

„Ich Zeugen, du Tatort?", schlug sie vor und schaute dem Hauptkommissar ins nebelfeuchte Gesicht.

Der nickte stumm und ging davon.

Der Mann und die Frau hinter dem Absperrband trampelten mit den Füßen auf der Stelle. Sie froren durchnässt seit zwei Stunden. So lange hatte es gedauert, bis die Polizei vor Ort war, das Gelände in dem abgelegenen Tierpark abgesperrt hatte und ihre Ermittlungen aufnahm. Es folgte eine knappe Befragung, und man befahl ihnen, auf die Kollegen von der Kripo zu warten. Viel lieber hätten sie sich in das kleine Bistro vorn in dem Gebäude am Eingang zurückgezogen. Dort war es warm, und es gab heißen Kaffee und belegte Brötchen zu kaufen. Noch lieber wären sie gleich nach Hause gefahren und hätten sich dort von dem Schrecken erholt, der ihnen bis ins Mark geschossen war, als sie diesen großen Wolf mit dem Unterarm im Maul durch den Nebel hatten laufen sehen.

Die sympathische Kommissarin konnte offenbar Gedanken lesen, denn sie bat das Paar, ihr in eben dieses Bistro zu folgen.

Sie war jung und dazu noch ausgesprochen attraktiv. Aus lebhaften braunen Augen sah sie sie forschend an.

‚Seltsam', dachten sie. ‚Dass diese Frau einen so schrecklichen Beruf ergriffen hatte.'

Die Befragung der beiden brachte Christine kaum neue Erkenntnisse. Aufgrund der schlechten Sichtverhältnisse am frühen Morgen hatte das Paar den Wolf nur kurz sehen können. Doch dieser grausige Augenblick reichte aus, um den Unterarm und die Hand daran mit fünf abgespreizten Fingern als eindeutig menschlich zu identifizieren.

Sie liefen zum Eingang zurück und informierten die Parkleitung. Die Pflegerin des Wolfsrudels eilte in einem verrosteten Pickup mit kaputtem Auspuff herbei und kontrollierte das Gehege. Eine Fähe hatte den Arm offenbar vor dem Rudel versteckt und nun gefressen. Unterarmknochen und Handgelenk waren noch da. Der Rest war weg.

Sie lockte die Wölfe in ein Nachbargehege, welches üblicherweise dazu genutzt wurde, Jungtiere, Neuzugänge, kranke oder trächtige Tiere vom Rudel zu trennen. Zur gleichen Zeit informierte die Parkleitung die Polizei.

Kommissarin Bernard notierte sich Namen und Adresse des Paares und klappte ihren kleinen Block zu. Ihren

Vorschlag, den Parkbesuch fortzusetzen, lehnten die beiden sofort ab.

„Okay, dann vielen Dank. Sie dürfen jetzt nach Hause fahren. Wenn wir noch Fragen haben, melden wir uns."

Christine verabschiedete sich, schob ihre Hände tief in die Taschen ihrer Jacke und trat den Rückweg an. Vorbei an einer Wiese mit Damwild und einer Wildschweinsuhle, deren säuerlicher Gestank ihr stechend in die Nase stieg.

Als sie ihren Dienstwagen in der Sonne stehen sah, widerstand sie der Versuchung, sich im Wageninneren einen Moment aufzuwärmen, und passierte den schwarzen BMW mit einem tiefen Seufzer.

Der Leiter der Spurensicherung hockte unter den tropfenden Bäumen im nassen Buchenlaub. Er pickte Knochensplitter und vereinzelt umherliegende Fleischstückchen mit einer Pinzette vom Waldboden auf und ließ sie in einen Druckverschlussbeutel fallen. Ein Kollege fotografierte alle Fundstücke. Ein weiterer nahm die Beutel entgegen, nummerierte sie und legte sie zu den anderen auf einen bereitgestellten Klapptisch.

„Günther?", rief Christine im Vorbeigehen. „Weißt du, wo Jörg ist?"

„Da runter", bekam sie zur Antwort und einen Hinweis auf die Richtung mit der Pinzette, mit der der Polizeihauptmeister soeben ein dunkelbraunes glibberiges Stück Fleisch aufgenommen hatte.

Angewidert wandte sich Christine ab und lief in den Wald hinein.

Das Wolfsgehege bestand überwiegend aus Mischwald. Zusätzlich gab es ein Dickicht aus jungen Fichten. Zum Nachbargehege hin wandelte sich der Laubbaumbestand in eine Ansammlung älterer Douglasien.

Der Boden unter Christines Sportschuhen war von Laub bedeckt. Die umstehenden Buchen und Eichen erkannte sie, doch die Bezeichnungen der anderen Bäume waren ihr unbekannt.

Es duftete modrig nach nasser Erde, morschem Holz und welkem Laub. Auch den Duft von Pilzen nahm sie wahr.

Sie blieb stehen und lauschte.

„Jörg?", rief sie.

Doch sie bekam keine Antwort.

Sie änderte ihre Laufrichtung und stolperte durch das Unterholz voran.

Ein Windstoß rauschte durch die Kronen der Douglasien. Wassertropfen prasselten auf den Stoff ihrer Jacke und klatschten auf ihr Haar. Bedauerlicherweise besaß ihre Jacke keine Kapuze.

Nach wenigen Minuten hatte sie den Maschendrahtzaun des Geheges erreicht. Auch das Nachbargehege schien leer zu sein. Sie sah jedenfalls keine Tiere.

Bei ihrer ziellosen Suche nach ihrem Kollegen hatte sie ein wenig die Orientierung verloren. Sie schnaufte, drehte sich um und angelte in ihrer Jackentasche nach ihrem Mobiltelefon. Sie wollte Jörg anrufen, doch das Gerät fand kein Netz. Demütig ließ sie es wieder in ihre Tasche gleiten und beobachtete den Wald vor sich. Sie hoffte auf eine Bewegung zwischen den Baumstämmen oder im Unterholz, die ihr einen Hinweis auf ihren Kollegen gab. Doch sie blieb allein.

Einem plötzlichen Impuls folgend drehte sie sich um und erschrak!

Vor ihr stand ein großer grauer Wolf.

‚Wie ist dieses Tier von mir unbemerkt so schnell dorthin gekommen?', schoss es ihr heiß durch den Kopf. Das Nachbargehege erschien ihr verlassen, und sie hatte nicht das leiseste Geräusch gehört.

Hektisch suchte ihr Blick nach weiteren Tieren. Doch sie blieben zu zweit. Bewegungslos stand ihr der Wolf gegenüber und starrte sie aufmerksam an. Plötzlich drehte er seinen Kopf in den Wind und schien das Interesse an ihr verloren zu haben. So standen sie da. Er schaute in eine nur ihm bekannte Ferne, und sie schaffte es nicht, ihre Augen von ihm abzuwenden. Doch ihre Furcht wich langsam. Nicht zuletzt dank des vier Meter hohen Zauns, der sie, wenn auch nur zwei Meter, von dem kräftigen Tier trennte.

‚Ohne diesen Zaun …'

Sie wollte ihren Gedanken nicht zu Ende führen.

„Sie sind wunderschön, nicht wahr?"

Christine fuhr zusammen und drehte sich um.

Vor ihr stand eine nachlässig aber zweckmäßig gekleidete Frau mittleren Alters. Ihr langes graues Haar fiel ihr strähnig und nass auf die Schultern, es erinnerte die Kommissarin an das Fell dieses Wolfs. Sich lautlos anzuschleichen wie ein Wolf, beherrschte sie offenbar auch.

„Äh, ja", stammelte sie. „Und Sie sind wer?"

Die Frau in schweren Stiefeln streckte Christine eine schmutzige Hand mit kurzen brüchigen Fingernägeln zum Gruß entgegen und trat zwei Schritte vor. An den Knien ihrer grünen Cargohose klebte Erde, und ihr Parka roch streng nach nassem Fell.

Christine ergriff die von trockener, rissiger Haut umspannte Hand. Sie war warm und griff kräftig zu.

„Roswita Bauer oder einfach Rosi. Ich bin die Pflegerin des Rudels."

Christine nickte und folgte Rosi mit ihrem Blick bis dicht an den Zaun. Entgegen des Verbots auf den Warnschildern, die alle paar Meter daran angebracht waren, streckte sie ihre Hand durch die Maschen und griff kräftig in das Fell des Tieres, das diese ruppige Art der Liebkosung offenbar genoss.

„Das ist Rocco. Der Rudelführer und mein ganzer Stolz. Manchmal etwas verspielt und übermütig, dann passt er nicht auf und vergisst, wie schwach und zerbrechlich Menschen sind. Beinahe hätte er mir beim Herumtollen mal die Hand abgebissen. Aber sie haben im Krankenhaus alles wieder angenäht. Nicht wahr? Du Raufbold."

Und wieder griff sie kräftig in Roccos Fell und schien gar nicht von ihm lassen zu können.

Rocco riss plötzlich sein Maul auf, gähnte und zeigte dabei sein beeindruckendes Gebiss mit Zentimeter langen Reißzähnen, bevor er es mit einem schnappenden Geräusch wieder zuklappte.

Christine stockte der Atem bei dem Anblick und sie brauchte nicht viel Fantasie, um sich vorstellen zu können, was ein einzelner Wolf oder gar ein ganzes Rudel mit dem warmen, weichen Fleisch eines Menschen anstellen konnte.

Rosi zog ihre Hand zurück, und Christine war so erleichtert darüber, dass sie die Frage vergessen hatte, die sie als nächstes stellen wollte.

„Diese Tiere sind alles, was ich habe", begann Rosi gedankenverloren. „Kommen Sie, wir suchen Ihren Kollegen."

Dankbar nahm Christine Rosis Vorschlag an und folgte ihr.

Einige Sonnenstrahlen fanden ihren Weg hinunter auf den Waldboden. Rosi blieb stehen, schloss ihre Augen und genoss für einen Moment das warme Licht.

Christine blickte zurück. Rocco war verschwunden.

Sie gingen weiter. Rosi voran.

„Ich hatte mal einen Freund", erklärte sie. „Ist lange her. Damals nahm ich Rocco mit nach Hause. Ein wenige Wochen alter Findel-Welpe. Ich zog ihn von Hand auf, und mein Freund zog aus. Er mochte keine Hunde. Hab ihn nie wieder gesehen."

„Wölfe sind keine Hunde", gab Christine zu bedenken.

„Das stimmt. Neben dem Bären, den wir ja in Europa erfolgreich ausgerottet haben, sind sie die einzigen Lebewesen, die einem Menschen ernsthaft gefährlich werden können. Aber sie tun es nicht. *Sie* respektieren uns. Wieso, verdammt noch mal, können wir *sie* nicht respektieren und ihnen endlich den Lebensraum zugestehen, den wir ihnen weggenommen haben?"

„Sie sind also für die Wiederansiedlung der Wölfe in unseren Wäldern?"

„Natürlich!“

Rosi blieb entrüstet stehen. So, als könne sie nicht verstehen, wie man überhaupt solch eine Frage stellen konnte.

Eisblaue Augen musterten die junge Kommissarin.

„Vergessen Sie alles, was Sie über Wölfe zu wissen glauben. Dass sie böse sind und grausam und hinterlistig. Alles Legende. Sie sind sozial, loyal und aufrichtig. Kann man nicht von vielen Menschen behaupten. Aber wem erzähle ich das. Sie sind ja bei der Polizei.“

„Und was glauben Sie, ist heute Nacht in diesem Gehege passiert? Vermissen Sie jemanden vom Personal?“

Rosi blieb stehen und zuckte gleichgültig mit den Schultern. „Ein Mitglied der Spezies Mensch hat ein anderes Mitglied seiner Spezies entsorgt. Es ging um Geld. Geht es den Menschen ja immer.“

„Scheint Sie ja nicht sonderlich zu berühren.“

„Meine Wölfe sind mir lieber als die Menschen. Die würden so etwas niemals tun.“

„Und doch haben sie einen Menschen getötet.“

„Nein, das haben sie nicht.“

Rosi ging wieder voraus.

„Was macht Sie da so sicher?“

„Prädatoren wie der Wolf suchen bei ihrer Jagd nach Beute immer den Weg des geringsten Widerstands. Ein Mensch ist groß und wehrhaft. Der Wolf könnte schwer verletzt werden. In freier Wildbahn bedeutet das seinen Tod.“

„Angriffe auf Menschen kamen aber schon vor.“

„Nur wenn die Tiere zu verhungern drohen, bilden sie ein Rudel und wagen sich gemeinsam an größere Beute heran. Bis das geschieht, fressen sie lieber Aas von überfahrenen oder verendeten Tieren. Sie stehlen einen fremden Riss oder fressen wenig schmackhafte, kleine pelzige Nager, wenn sie sie erwischen. Hier aber werden sie täglich gefüttert."

„Hmm", brummte Christine und wich einem zurückschnellenden Fichtenzweig aus. „Und? Sind heute Morgen nun alle Ihre Kollegen zum Dienst erschienen?"

„Aber ja."

„Vielleicht ist ja jemand über den Zaun geklettert. Angeberei als Balzverhalten vor der Freundin oder eine Mutprobe vor Kumpanen."

„Wäre nicht das erste Mal."

„So etwas passiert öfter?"

„Nicht bei den Wölfen. Bisher jedenfalls nicht."

„Auf jeden Fall haben Ihre Wölfe ganze Arbeit geleistet."

Rosi blieb erneut stehen.

„Das sind wilde Tiere. Was wirfst du ihnen denn vor? Dass sie das Futter, das nachts einer über den Zaun geworfen hat, gefressen haben? Wenn dir ein Pizzabote einen Karton mit einer Quattro Stagioni überreicht und behauptet, sie wäre bezahlt, was machst du denn dann?"

Christine überlegte, ob sie das vertrauliche „du" von Rosi reklamieren sollte. Entschied sich aber dagegen.

„Ich greife zu?"

„Na, was denn sonst? Nichts anderes hat das Rudel getan. Außer Rocco. Er hat anscheinend versucht, das Rudel von der Leiche fernzuhalten und einen jungen Rüden weggebissen. Eine Folge der Handaufzucht."

„Wo kommen die anderen Wölfe her?“

Rosi marschierte wieder voraus.

„Risko, Rufus und Bella kommen aus Polen. Der Rest aus Rumänien. Sie schlichen im Winter nachts um die Häuser und wurden, Gott sei Dank, nicht gleich erschossen, sondern gefangen und uns angeboten. Offenbar scheint ein kleiner Teil der Menschheit zu begreifen, dass diese Tiere ein Teil der Natur sind, wie der Mensch auch. Koexistenz ist also das Gebot der Stunde, nicht Ausrottung.“

„Wie viele Eingänge gibt es zu diesem Gehege?“

„Zwei. Die Futterschleuse und eine breite Durchfahrtmöglichkeit für Fahrzeuge. Dieses Tor wird aber nur selten benutzt.“

„Gibt es eine Überwachungskamera?“

„Nein. Wir sind kein Zoo, der finanzielle Unterstützung aus der Stadtkasse erhält“, entschuldigte sich Rosi. „Bei uns ist Geld immer knapp. Wir sind auf das Eintrittsgeld und Spenden angewiesen. Außerdem sind unsere Gehege für eine Videoüberwachung zu groß und zu unübersichtlich.“

Sie hatten das Gehege beinahe durchquert. Von nun an fiel es bis zum Zaun steil ab. Von dort kam ihnen Jörg Rottmann entgegen. Schwer atmend erklomm der sportliche Mann den Hügel. Sie blieben oben stehen und sahen ihm dabei zu. Dann hatte er sie fast erreicht und unterbrach seinen Aufstieg wenige Schritte unterhalb von ihnen.

„Da unten …“, schnaufte er, „… gibt es ein Tor. Ewig nicht benutzt. Keine Reifenspuren.“

Hauptkommissar Rottmann blieb noch einen Moment stehen und sah zum Zaun hinunter, bis sich sein Puls etwas beruhigt hatte. Dann schleppte er sich die letzten Schritte hinauf bis auf den Hügel.

Rosi verabschiedete sich.

„Ich muss mich um das verletzte Tier kümmern. Ihr findet selbst hier raus?"

Jörg Rottmann nickte. Er schwitzte. Sein Gesicht glänzte rosig.

„Das war die Pflegerin der Wölfe", erklärte Christine und schaute Rosi nach.

„Ich weiß. Bin ihr vorhin schon begegnet. Wir müssen da lang."

Jörg deutete mit einer Hand in den Wald hinein und ging voraus. Christine bemühte sich, Schritt zu halten.

„Hast du etwas ermitteln können, was uns weiterhilft?"

„Nee", bekam sie von ihrem Kollegen knapp zur Antwort.

„Bist du wegen irgendwas sauer?"

„Nee."

„Aber du hast doch was."

„Mir geht es gut. Schuhe versaut, Haare und Klamotten nass und einen kalten Arsch habe ich auch. Und dazu diese Viecher auf der anderen Seite des Zauns. Aber sonst is' nix."

„Ich bin einem begegnet. Sie sind viel größer, als ich dachte."

„Stell dir vor, es gibt Leute, die diese Viecher wieder bei uns ansiedeln wollen. Waldspaziergänge kannst'e dann vergessen. Es sei denn, du willst dir den Weg freischießen."

„Jetzt übertreibst du. Weil du schlechte Laune hast."

Hauptkommissar Rottmann hörte seine Kollegin hinter sich kichern. Sie hatte recht. Er hatte schlechte Laune.

Fast zwei Stunden war er durch das Gehege gelaufen und hatte den Zaun kontrolliert. Nach seiner Theorie wurde der Körper darüber hinweg in das Gehege geworfen. Tot oder noch lebendig. Wie dem auch sei, es musste dann Spuren geben. Fußabdrücke im weichen Boden. Abgestreifter Schmutz von den Schuhsohlen am Zaun oder verformte oder beschädigte Maschen.

Oben auf dem Zaun war Stacheldraht gespannt. Er neigte sich in das Gehege. Es war unmöglich etwas Schweres, wie einen menschlichen Körper, darüber hinweg zu heben, ohne dass etwas am Draht hängen blieb. Ein Stück Stoff, Haare oder abgeschürfte Haut. Soweit Rottmanns Logik. Doch er hatte nichts gefunden. Was noch nicht hieß, dass es sich nicht doch so verhielt, nur sah es eben im Moment nicht danach aus. Vielleicht war ja doch jemand einfach über den Zaun geklettert. Ein Besoffener oder ein Spinner oder ein besoffener Spinner. Wie dem auch sei. Er musste auf das Ergebnis der Spurensicherung warten. Wodurch seine Geduld strapaziert wurde. Und davon hatte Hauptkommissar Rottmann nicht sehr viel.

„Jörg?", hörte er Christine hinter sich flöten. „Müssen wir nicht da lang?"

Er blieb stehen und schaute sich um. Und schon wieder hatte seine Kollegin recht. Er war in die falsche Richtung gelaufen, weil er sich darüber ärgerte, dass die letzten beiden Stunden ergebnislos geblieben waren und er genau darüber ständig nachdenken musste. Und kalt und nass war es auch, Hunger und Durst kamen noch hinzu.

Christines Orientierungssinn war keineswegs besser als seiner. Nur hatte sie in einiger Entfernung zwischen den Stämmen der Bäume Männer in weißen Spusi-Anzügen herumlaufen sehen. Und wenn sie ihre Marschrichtung nicht änderten, würden sie an ihnen vorbei laufen.

Missmutig korrigierte Jörg seine Laufrichtung, und Christine trottete hinter ihm her.

Günther Hagemann sammelte immer noch Gegenstände vom Boden auf und füllte damit seine Kunststoffbeutel. Nur waren es mittlerweile keine Leichenteile mehr, sondern Kot.

„Ist ja ekelhaft", kommentierte Jörg Rottmann die wenig attraktive Arbeit des Polizeihauptmeisters.

„Willst du uns nicht helfen?", provozierte der Chef der Spurensicherung.

„Was denn? Hier überall die Kötel einsammeln? Nee, du. Das kannst du selber machen."

„Ist halb so schlimm. Die meisten sind gefroren."

Jörg Rottmann verzog angewidert sein Gesicht.

„Aus dir wird wohl kein Tierfreund mehr."

„Was soll das denn bringen?"

„Der Kot der Wölfe wird eingesammelt, um eventuell mit dem Fleisch verschlungene Fremdkörper sicherstellen zu können. Wir haben sonst kaum etwas. Ob uns eine DNA-Analyse der gefundenen Knochen und Fleischreste und ein Abgleich mit der Datenbank weiterbringen wird, müssen wir abwarten. Die Ermittlung einer Todesursache ist unter den bisherigen Bedingungen jedenfalls illusorisch. Wo ist eigentlich diese Pflegerin? Die könnte Auskunft über die Verdauungszeiten geben."

Jörg Rottmann zuckte mit den Schultern.

„Ist trotzdem ekelhaft", murmelte er.

Christine grinste amüsiert.

„Frau Bauer ist im Nachbargehege. Sie versorgt ein verletztes Tier."

Ihr Kollege gab ihr zu verstehen, jetzt endlich fahren zu wollen, und richtete eine letzte Frage an den Chef der Spurensicherung.

„Das heißt also, ihr wartet jetzt hier, bis diese Viecher ausgekackt haben?"

„Genau", presste Günther Hagemann angestrengt hervor, während er sich nach einem weiteren Kothaufen bückte.

Christine folgte Jörg zum Wagen. Sie stiegen ein, und er ließ den Motor an.

„Wir brauchen noch eine Liste aller Mitarbeiter dieses Tierparks", stellte er fest und setzte den BMW zurück. Dann wechselte er in den Vorwärtsgang und fuhr los. Kleine Steine wurden vom Profil der Reifen aufgesammelt und wieder weggeschleudert. Sie knisterten in den Radkästen, während der Wagen auf das Gebäude am Eingang des Parks zurollte.

„Während Günther den Kötern beim Kacken zusieht, gibt's für uns Frühstück", freute er sich und hielt den Dienstwagen vor dem Eingang des Bistros an.

Der Gastraum wirkte verlassen. Zu dieser Tageszeit hielten sich nur wenige Besucher im Tierpark auf.

„Das ist zu dieser Jahreszeit normal", erklärte eine schlanke, ältere Dame, die dennoch beneidenswert jugendlich wirkte. Während der Wintersaison kassierte sie an der Kasse die Eintrittsgelder und war zugleich für die Bedienung im Bistro zuständig. „Marianne" stand auf einem in Brusthöhe an ihren Pullover gesteckten Namenschild aus Holz, das die Form einer Wildkatze hatte.

Marianne strich sich eine dunkelbraune Locke ihres halblangen Haares aus dem Gesicht und wartete, bis ihre Gäste an einem Tisch in der Nähe eines Heizkörpers Platz genommen hatten. Dann nahm sie deren Bestellung auf. Dabei schmunzelte sie über Jörg Rottmanns Verlangen nach gleich vier halben Brötchen.

„Frische Luft macht hungrig", bemerkte sie amüsiert und verschwand in einem Nebenraum.

Christine zog ihre Jacke aus und hängte sie über die Lehne ihres Stuhls, mit dem sie dicht an den Heizkörper heranrückte.

Mit zwei Bechern Kaffee und zwei Tellern auf einem Tablett kam Marianne kurz darauf wieder und stellte sie vor den durchnässten und verfroren Beamten ab. Dann zog sie sich zurück. Christine biss in ein halbes Brötchen belegt mit gekochtem Schinken und legte es wieder auf ihren Teller. Während sie kaute, umfasste sie mit den Händen den heißen Becher und wärmte sich daran ihre schlanken Finger.

Der Kaffee war stark und schwarz, die Brötchen frisch und knusprig. Ihre Kleidung trocknete und die Wärme kehrte langsam in ihren Körper zurück. Christine genoss ihr kleines Glück und schielte zu ihrem Kollegen hinüber, der seine Brötchen verschlang. Auch er genoss diesen Augenblick offensichtlich, wenn auch auf eine andere Art.

„Es sind die kleinen Dinge im Leben, auf die es ankommt", hatte ihr Papa oft betont.

Marianne ordnete Prospekte, goss Blumen und kontrollierte Unterlagen hinter ihrem Kassentresen.

„Gehören Sie zur Geschäftsleitung?", rief Jörg Rottmann ihr zu und ließ seine Serviette auf den leeren Teller fallen.

„Ja und nein", antwortete Marianne und unterbrach ihre Arbeit. „Der Wildpark wird von einem gemeinnützigen Verein betrieben. Ich bin Mitglied des Vorstands, helfe gerne aus und verdiene mir etwas dazu. Ich bin längst in Rente."

„Wir brauchen eine Liste aller Mitarbeiter."

„Das kann ich gerne für Sie erledigen. Ich führe hier auch die Bücher."

Kommissarin Bernard angelte eine Visitenkarte aus ihrer Jackentasche.

„Senden Sie uns die Liste bitte an meine E-Mail-Adresse?"

Marianne nickte und las von der Visitenkarte ab.

„Bernard. Sind Sie verwandt mit dem Bürgermeister von ..."

„Nein", unterbrach Christine sie. „Es wird ‚Bernar' ausgesprochen. Ich heiße Christin' Bernar'. Mein Vater war Luxemburger."

„Ach so. Sie sprechen aber sehr gut Deutsch."

„Ich bin hier aufgewachsen."

Marianne verstand und nickte erneut.

„Vermissen Sie jemanden vom Personal oder jemanden, der sonst um diese Zeit hier ist?"

„Nein. Das war auch mein erster Gedanke, als ich von dem schrecklichen Fund heute Morgen gehört habe. Aber Rosi, Kurt und Justin sind ja da. Alle anderen haben heute keinen Dienst. Ach, diese Wölfe. Mir war von Anfang an nicht wohl bei dem Gedanken an dieses neue Gehege. Was sollen nur die anderen Tiere im Park denken? Ich meine, wer will schon solche Nachbarn haben?"

Jörg Rottmann grinste und griff nach seinem Becher.

„Sie mögen diese Viecher wohl nicht."

Marianne winkte ab. „Mir soll es recht sein. So lange sie in ihrem Gehege bleiben."

„Laufen die etwa auch frei herum?"

„Oh, nein. Da passt Rosi schon auf. Obwohl sie mir ein wenig zu vernarrt in ihre Wölfe ist. Aber für den Park ist es gut. Die Menschen wollen sie sehen. 18 Prozent mehr Besucher haben wir, seit sie hier sind. Früher hatten die Menschen große Angst vor dem Wolf, aber heute ... Sie fühlen sich sicher, hinter ihrem Zaun."

„Sollen diese Tiere irgendwann ausgewildert werden? Man liest im Moment so viel darüber."

„Um Gottes willen, nein. Sie haben sie doch gesehen. Möchten sie so einem großen gefährlichen Tier auf ihrem Spaziergang begegnen? Ich nicht. Nein, danke."

„Rosi scheint darüber anders zu denken", erinnerte Christine sich an ihr Gespräch mit der Tierpflegerin.

Marianne machte eine wegwerfende Handbewegung und verzog ihr Gesicht. „Ja, die Rosi. Ein vernünftiger

Mann hätte ihr gut getan. Stattdessen treibt sie sich den ganzen Tag im Gehege herum."

Christine schmunzelte.

„Glauben Sie, dass es bald wieder Wölfe im Hunsrück geben wird? Vielleicht finden sie im Hochwald-Nationalpark einen geeigneten Lebensraum."

„Ich hoffe, ich erlebe das nicht mehr. Ich verstehe auch nicht, wie sich manche Leute darüber freuen können. Reicht es nicht, dass sie hier im Park herumlaufen. Obwohl, damit ist es ja auch bald vorbei."

Christine reagierte sofort.

„Wieso?"

„Ein Immobilienmakler hat zusammen mit einer Investorengruppe das Gelände gekauft, auf dem sich der Park befindet. Nächstes Jahr läuft der für 60 Jahre abgeschlossene Pachtvertrag mit dem bisherigen Besitzer ab. Es muss neu verhandelt werden. Aber die neuen Eigentümer zeigen kein Interesse an einer Fortführung des Vertrages. Eine irrwitzig hohe Pacht verlangen sie. Unser Vorstand glaubte zunächst, dass man nur die Pachtsumme in die Höhe treiben wollte, aber dann sickerte durch, dass etwas ganz anderes dahinter steckte. Der Park soll geschlossen und das Gelände mit Einfamilienhäusern bebaut werden."

„Noch ein Hypothekenviertel, na toll", spottete Jörg Rottmann. „Es ist doch immer das gleiche."

Marianne nickte traurig.

„Mir könnte es egal sein. Ich habe ja meine kleine Rente und finde sicher einen anderen Aushilfsjob. Aber die Pfleger und die Arbeiter finden hier in dieser strukturschwachen

Gegend sicher nicht wieder so schnell eine neue Anstellung. Außerdem ist der Park seit Jahrzehnten eine Institution. Aber es formiert sich ja schon Widerstand. Sogar eine Bürgerinitiative hat sich gegründet, unterstützt von Umweltorganisationen. Sie suchen verzweifelt nach einem seltenen Tier, dessen Lebensraum bedroht ist und erhalten bleiben muss und dessen Fund das Bauvorhaben stoppen könnte. Diese Bürgerinitiative wird sogar von denen unterstützt, die eine Wiederansiedlung der Wölfe im Nationalpark befürworten. Aber da sind noch die Gegner, die eine Rückkehr des Wolfs unbedingt verhindern wollen. Überwiegend Jäger, Schäfer, Landwirte und Waldbesitzer. Die stehen auf der Seite der Investoren. Einige von denen besitzen Grundstücke, die an das Pachtland grenzen, und sie hoffen, dass sie einen guten Preis dafür bekommen, wenn künftig Häuser darauf gebaut werden sollen."

„Und wieder geht es nur ums Geld", warf Christine ein und schüttelte ihren Kopf.

Marianne sprach weiter.

„Ach, ich selbst bin immer wieder hin und her gerissen und kann mich nicht entschließen, was die richtige Entscheidung ist. Mir machen diese Wölfe Angst. Einwandernde Wölfe galten bei unseren Vorfahren als Boten des Krieges. Sie schienen den massenhaften Tod vorauszuahnen und fraßen die Kadaver der gefallenen Soldaten und der toten Pferde auf den Schlachtfeldern. Meine Großmutter hat mir davon erzählt. Große Wolfsrudel folgten nach der Schlacht bei Borodino den sich zurückziehenden Truppen von Napoleon bis in den Hunsrück. In Paris nannte man den

Hunsrück während der französischen Besatzungszeit ‚pay de loup', was so viel bedeutet wie …" Marianne suchte in Gedanken nach einer treffenden Übersetzung.

„Wolfsland", half Christine ihr. „Das ist ja schrecklich."

„Ja, das ist es, aber die Menschen suchen ja heute alle ihren Kick."

Christine konnte sich ein Grinsen nicht verkneifen.

Marianne lachte herzhaft, erzählte eifrig weiter und unterhielt ihre einzigen Gäste an diesem Vormittag offensichtlich gern.

„Ich wohne in Deuselbach. Das ist ein kleiner Ort hier ganz in der Nähe. Meine Nachbarin Ruth wollte letztes Jahr an einem Novemberabend unbedingt auf eine Lesung oben im Hunsrückhaus. Das Gebäude liegt tief im Wald. Es war dunkel und neblig. Der Autor las aus seiner Erzählung ‚Der letzte Wolf des Hochwalds'. Na, jedenfalls war der Ruth nach der Lesung ganz unheimlich zu Mute und sie war heilfroh, dass sie nicht alleine bis zu ihrem Wagen laufen musste. So ist das, die Lust am Wolf und das wohlige Gruseln ist spätestens dann vorbei, wenn er einem in den Allerwertesten zwickt."

Mariannes helles Lachen wirkte ansteckend, und Kommissarin Bernard hätte ihr gerne weiter zugehört, aber ihr Kollege drängte zum Aufbruch.

Jörg Rottmann erhob sich.

„Sie denken an die Liste …", erinnerte er Marianne noch einmal und zog sein Portemonnaie heraus. Sie winkte ab.

„Geht auf's Haus."

„Das ist sehr freundlich, aber das dürfen wir nicht."

Hauptkommissar Rottmann bezahlte mit einem 20 Euro Schein.

Seine Kollegin zwang sich in ihre feuchtwarme Jacke.

„Wo finden wir diesen Justin?"

„Um diese Zeit?"

Marianne dachte kurz nach.

„Beim Federvieh. Wenn Sie raus kommen, gleich rechts. Da müsste er sein."

Die Sonne hatte den Nebel vertrieben und versuchte, so etwas wie Mittagswärme herzustellen. Doch es blieb kühl. Christine fröstelte und zog den Kopf tief zwischen ihre Schultern.

Sie liefen an großen Volieren vorbei, deren Türen offen standen. Das dazugehörige Federvieh trieb sich nicht weit davon entfernt auf dem Gelände herum. Ein Perlhuhn lief meckernd umher und forderte aufdringlich Futter ein. Es hielt die Beamten natürlich für gewöhnliche Besucher, die üblicherweise üppig mit Futter um sich warfen. Doch bei diesen beiden war offenbar nichts zu holen. Jörg Rottmann verscheuchte das aufdringliche Tier.

Christine hörte ein wiederkehrendes Klacken und folgte dem Geräusch. Sie fand den Verursacher in einem Marderverschlag. Justin besserte die Umzäunung aus und befestigte mit einem Elektrotacker feinen Maschendraht an den Holzpfosten.

„Sie sind Justin?", stellte sie mehr fest, als dass sie fragte.

„Wer will das wissen?", erklang es herausfordernd aus dem Halbdunkel des Verschlages.

Sie warf Jörg einen genervten Blick zu. Der verdrehte seine Augen. Justin schaute offenbar gerne Filme.

„Die Kriminalpolizei will das wissen", rief Jörg ganz im Stil eines TV-Serien-Hauptkommissars in den Stall hinein. „Und jetzt komm da raus, sonst komme ich rein und hole dich."

Christine grinste. Jörg schaute offenbar auch gerne Filme.

Polternd ließ Justin den Tacker fallen, schob die Hände tief in die Taschen seiner Latzhose und schlurfte aus dem Verschlag heraus.

„Kann ich mal Ihren Ausweis sehen?"

Christine fürchtete, Jörg verlöre gleich die Geduld mit diesem Bürschchen, und zog ihren Dienstausweis aus der Tasche.

Justin tat so, als lese er und grunzte.

„Und der da?", forderte er mit einem Kopfnicken in Richtung von Jörg Rottmann.

„Jetzt reicht's aber", warnte der.

Justin gab sich zufrieden und beantwortete die an ihn gestellten Fragen, wenn auch lustlos. Dabei behielt er seine Hände tief in den Hosentaschen.

Der Junge war an allen sichtbaren Hautflächen tätowiert, wirkte ungepflegt und schien auch nicht der Klügste zu sein. Seine Wortwahl war bescheiden und häufig mit Fäkalsprache und Kraftausdrücken angereichert. Aber er bestätigte im Wesentlichen die Aussagen von Rosi, Marianne und den beiden Parkbesuchern. Christine bedankte sich bei ihm.

„Sie können wieder an Ihre Arbeit gehen."

„Ich weiß, ich bin ja nicht blöd", gab Justin schnoddrig zum Besten und spuckte in den Sand.

„Da wäre ich mir nicht so sicher", entgegnete Jörg Rottmann. Justin streckte ihm seinen schmutzigen Mittelfinger entgegen.

„Wieso hast du dir deinen Namen auf den Unterarm stechen lassen?", provozierte der Hauptkommissar weiter und wandte sich ab. „Damit du nicht vergisst, wie du heißt?", spottete er, ohne sich noch einmal umzudrehen.

Sie kehrten zu ihrem Dienstwagen zurück und ließen sich in die Sitze fallen. Jörg Rottmann startete den Motor.

„Justin ist wohl einer der Mitarbeiter, von denen Marianne befürchtet, dass sie nicht so schnell wieder einen neuen Job bekommen."

„Glaubst du, die Aussicht den Job zu verlieren reicht, um jemanden ins Wolfsgehege zu werfen?"

„Möglich, aber wenn, dann nicht Justin. Der ist dafür zu blöd und hätte Spuren hinterlassen. Andererseits, man weiß nie. Ich würde mir das Gelände gerne näher ansehen. Wir drehen mal eine Runde."

Christine nickte und schnallte sich an. Ihr Kollege gab Gas.

Im Gegensatz zum frühen Morgen war die Sicht nun tadellos. Vorbei am Wildsauen-Gehege passierten sie kurz darauf die Wiese mit dem Damwild. Auf der linken Seite zog ein riesiges Rotwildgehege am Fenster vorbei. Dann sahen sie das Wolfsgehege und Günther Hagemanns Mitarbeiter in ihren weißen Anzügen. Rosi stand mit einer

Schubkarre in der Futterschleuse des Nachbargeheges und warf kleine Fleischstücke durch die Maschen des Zauns. Gierig schnappten ihre Schützlinge danach und machten dabei nicht den harmlosen Eindruck, den Rosi zu vermitteln versucht hatte. Rocco biss einen anderen Wolf weg und forderte sein Recht als Rudelführer auf die besten Stücke gnadenlos ein. Zähnefletschend und doch unterwürfig versuchten die anderen Tiere, ein Stück Fleisch zu ergattern, das der Aufmerksamkeit des Rudelführers entgangen war. Sofort entbrannte ein wilder Kampf darum, und ein besonders aggressives Tier trug es schließlich davon.

Christine wandte sich ab und Jörg folgte mit dem Wagen dem Verlauf des Weges, vorbei an einem Gehege für Ziegen und Schafe, gefolgt von weiteren Umzäunungen mit Muffelwild und Alpensteinböcken. Vor einer Gehege-Batterie mit Verschlägen für Wildkatzen, Waschbären und Luchsen hielt er den BMW an.

„Wir sollten uns das Ganze noch von außen ansehen", schlug Christine vor.

„Dann ruf Günther an, ob die schon Reifenspuren auf dem Außengelände gesichert haben."

Christine Bernard schaltete ihr Handy auf Mithören und ließ das Gerät wählen.

„Hagemann", quäkte es nach einigen Freizeichen aus dem Lautsprecher. Der Empfang war lausig. Es rauschte und knackte.

„Günther? Habt ihr schon Spuren auf dem Wirtschaftsweg außerhalb des Parks gesichert?"

„Moment ..."

Polizeihauptmeister Hagemann rief etwas und wartete offenbar auf eine Antwort.

„Ja", meldete er sich zurück. „Da war kaum was Brauchbares dabei. Was wir gefunden haben, war alles zu alt. Wahrscheinlich Spuren von Fahrzeugen aus dem Park, einem Landwirt oder dem Jagdpächter. Müssen wir noch zuordnen."

„Danke."

Christine beendete das Gespräch. Jörg Rottmann fuhr los.

Sie suchten nach Hinweisen auf ein Überwinden des Zauns oder Beschädigungen. Aber der Maschendraht rund um den Tierpark befand sich in einem einwandfreien Zustand. Nicht einmal das hohe Gras davor wurde niedergedrückt. Bis auf einige Wildwechsel, die sich in ihrer typischen Weise schmal und scheinbar ziellos die Richtung wechselnd über das Gelände und durch dichtes Buschwerk schlängelten, wirkte der Grünstreifen zwischen Wirtschaftsweg und Zaun unberührt.

„Irgendwie muss unsere Leiche in den Park gelangt sein", brummte Jörg unzufrieden.

„Über den Zaun anscheinend nicht. Vielleicht einfach durch den Haupteingang. Als Besucher."

„Und dann legt sich dieser Besucher freiwillig zu den Wölfen, an deren Gehegebegrenzung auch keinerlei Spuren zu finden sind und lässt sich fressen?", zweifelte der Hauptkommissar.

„Vielleicht hatte er einen Schlüssel? Oder das einfache Schloss wurde manipuliert. Es sah jetzt auch nicht gerade danach aus, als würde es einem raffiniert Widerstand leisten."

„Ja, wäre auch möglich. Wir fahren zur Kriminaldirektion. Mal sehen, was die Vermisstenanzeigen bringen. Ich will erst mal wissen, wen die Viecher da gefressen haben. Daraus ergibt sich vielleicht ein Ermittlungsansatz."

Ein zweiter Fund

Hauptkommissar Rottmann war bei seinen Kollegen bekannt dafür, Dienstwagen zügig zu bewegen. Christine, die neben ihm auf dem Beifahrersitz saß, fühlte sich trotzdem sicher. Auch wenn er für ihren Geschmack oft zu dicht auf das vorausfahrende Fahrzeug auffuhr. So war er eben, der Jörg.

„Weg da, jetzt komme ich“, schien er rufen zu wollen, wenn er dem Vordermann so nahe kam, dass man mühelos die TÜV-Plakette auf dem Kennzeichen lesen konnte. ‚Wie früher, beim Rodeln‘, erinnerte sich Christine und schmunzelte. ‚Bahn frei!‘, riefen alle Kinder dann warnend, bevor sie sich auf ihren Schlitten setzten, den sie kaum sicher zu lenken vermochten und damit den Hang hinunter sausten. Ihrer Mutter standen nur vom Zusehen schon die Haare zu Berge. Sie war im Süden Portugals aufgewachsen und solchen Winterspaß nicht gewohnt. Ihr stockte der Atem, wenn sie mit ansehen musste, wie sich ihre Christine todesmutig auf den Schlitten warf und liegend die vereiste Strecke hinunter raste. Papa hingegen blieb immer entspannt. Er hatte ihr den Schlitten gekauft. „Was ist?“, hörte sie Jörg neben sich fragen.

„Ach, nichts. Nur eine schöne Erinnerung.“

Jörg Rottmann nickte, setzte den Blinker und trat aufs Gaspedal. Mühelos zog der starke Motor den schweren Wagen an dem vorausfahrenden Fahrzeug vorbei. Gerade noch rechtzeitig lenkte der Hauptkommissar den BMW wieder auf die rechte Fahrbahnseite zurück, bevor der Gegenverkehr auf gleicher Höhe war. Diese Manöver wiederholten sich noch einige Male auf ihrer Fahrt über die schmalen Landstraßen des Hunsrücks, bis sie die Autobahnauffahrt erreicht hatten und Jörg Rottmann endlich die für ihn angemessene Geschwindigkeit fahren konnte.

Trotzdem erreichten sie die Kriminaldirektion erst nach mehr als einer Stunde.

Die Einzige, die Christine in ihrem Büro begrüßte, war die Benjamini. Aufgeregt zitterte ihr Laub in der kalten Winterluft. Hauptkommissar Torsten Kluge hatte das Fenster geöffnet und nicht wieder geschlossen, bevor er den Raum verlassen hatte. Beleidigt warf die Birkenfeige ein paar Blätter ab. Christine schloss das Fenster.

Es war kalt im Büro. Unter der Fensterbank stieg warme Heizungsluft empor. Christine blieb einen Moment stehen, wärmte sich und schaute hinunter auf den Bahnhofsvorplatz.

Menschen auf ihrem Weg irgendwohin liefen zwischen an- und abfahrenden Bussen hindurch. Schüler versammelten sich johlend an den Haltestellen. In den Restaurants genossen Mitarbeiter aus den umliegenden Firmen und Behörden ihre Mittagspause. Ein Anblick wie an jedem Tag.

Das Telefon ihres Kollegen klingelte. Sie trat an seinen Schreibtisch und nahm ab.

„Weißt du, wo Torsten ist?", schallte es aus dem Hörer. Mit schnellen Blicken überflog sie die Schreibtischoberfläche vor sich. Doch sie entdeckte keinen Zettel mit einer

Nachricht oder einem Hinweis darauf, wo sich ihr Kollege aufhalten könnte.

„Nein, er ist nicht am Platz", antwortete sie.

„Sag ihm, er soll mich bitte zurückrufen."

„Okay."

Sie legte auf, ging zu ihrem Schreibtisch und holte den Computer mit einem kurzen Schubs gegen die Maus aus dem Energiesparmodus. Dann ließ sie sich auf ihren Stuhl fallen und las ihre E-Mails. Die Liste der Angestellten des Tierparks war dabei. Sie druckte sie aus. Pfeifend sprang der Drucker an und legte ein Blatt Papier in den Ausgabeschacht. Sie stand auf und holte es.

Dann hörte sie draußen auf dem Gang Torsten Kluges Stimme. Er unterhielt sich mit jemandem und beantwortete eine gerufene Frage. Dann öffnete sich die Tür.

„Mahlzeit", rief er fröhlich. „Hast du schon zu Mittag gegessen?"

„Nein."

„Gummibrötchen und lauwarmen Kaffee?"

Torsten hielt ihr einen Becher entgegen und deutete mit dem Kinn auf einen der beiden Teller in seiner anderen Hand. Christine griff zu und setzte sich wieder an ihren Schreibtisch.

„Danke."

Die in den Automaten in der Kantine bereitgehaltenen Speisen entsprachen dem üblichen Niveau solcher Angebote. Früh morgens waren die Speisen frisch, was sich im Laufe des Tages langsam änderte. Am schlechtesten traf es die Kollegen aus der Nachtschicht. Jörg hatte einmal den

Vergleich mit einer Biotonne gezogen. Ein Teil der anwesenden Kollegen konnte darüber lachen. Die Betroffenen aus der aktuellen Nachtschicht nicht.

Christine wickelte das mit Salami belegte Brötchen aus der Cellophan-Folie, biss hinein und musste kräftig ziehen, damit sie ein Stück abtrennen konnte.

Angestrengt kauend griff sie nach dem Becher und trank einen Schluck.

„Du sollst Jörg anrufen."

Torsten nickte. Auch er kaute angestrengt auf einem Stück seines Brötchens herum.

Das Telefongespräch war kurz. Außer einem gemurmelten „Hmm" und einem kaum verständlichen „Okay" zwischen zwei Bissen sagte Torsten Kluge nichts. Er hörte nur zu. Dann beendete er das Gespräch doch noch mit einem ganzen Satz.

„Ja, können wir machen."

Er ignorierte den fragenden Blick seiner Kollegin und griff nach seinem Kaffeebecher. Mit einem kräftigen Schluck spülte er ein trockenes Stück Brötchen hinunter.

„Irgendwann erstickt noch einer daran", fluchte er und befriedigte endlich Christines Neugier.

„Jörg hat nur eine einzige Vermisstenanzeige gefunden, die von der Zeit her zu dem Fund im Wildpark passen könnte. Wenn das kein Treffer ist, will er mit Tanja einen bundesweiten Vergleich der letzten Tage durchführen."

Christine legte ihre Stirn in Falten.

„Bundesweit? Wir haben nicht mal einen einzigen Anhaltspunkt, zu wem die Reste der Leiche im Park gehören könnten. Wir wissen nicht einmal, ob es ein Mann oder eine Frau ist."

„Eben. Irgendwo müssen wir anfangen. Vielleicht haben Günther oder die Rechtsmedizin morgen für uns ja schon was."

Wieder einmal war Christine Bernard beeindruckt von der Ruhe und der Bedächtigkeit, mit der ihr Kollege seine Arbeit verrichtete. Nie erschien er ihr ungeduldig oder handelte unüberlegt. Gelassen schien er die Dinge zu nehmen, wie sie nun mal waren, und verströmte dabei eine Unaufgeregtheit, die ansteckend war. Zumindest für den Augenblick.

„Wie ist denn der aktuelle Stand eurer Ermittlungen?", fragte Torsten Kluge in den Raum hinein und zerknüllte ein Stück Cellophan, um es sogleich in seinen Papierkorb zu werfen.

Christine berichtete in knappen Sätzen, was sie und ihr Kollege bisher ermittelt hatten. Der Hauptkommissar brummte ein paar „Hmms" und schaute dann aus dem Fenster.

„Da stehen sich also Wolfsromantiker und Investoren gegenüber. Zwei völlig gegensätzliche Gesinnungen. Geld und Profitgier gegen Ideologie und Emotionen. Keine gute Mischung. Dort solltet ihr ansetzen. Sprecht mit den Gruppen. Fragt euch durch. Sucht nach Konflikten. Dann finden sich Motive. Über das Motiv zum Täter. Wer hatte die Gelegenheit und die Fähigkeit, die Tat zu begehen? Sieht nach einer klassischen Ermittlungsarbeit aus."

Christine seufzte. Torsten Kluges Anweisung hätte auch aus einem Lehrbuch stammen können. „Klassische

Ermittlungsarbeit“, hatte er gesagt. Mühsam und langwierig. Danach sah dieser Fall aus.

Eine gewöhnliche Beziehungstat aus Eifersucht, bei der sich der Täter mit dem blutigen Messer in der Hand selbst stellt, wäre ihr lieber gewesen. Aber wann gingen Wünsche schon mal in Erfüllung?

Ein wenig niedergedrückt saß sie an ihrem Schreibtisch.

‚Hey, Chris‘, rief sie sich selbst zur Ordnung. ‚Du bist doch Profi. Reiß dich zusammen und mach deine Arbeit.‘

Torsten schmunzelte ganz sicher hinter seinem Bildschirm. Aber Christine sah nur dessen dunkelblonden Haarschopf und hörte das Klicken seiner Maustasten.

„So ist der Job“, versuchte er, seine Kollegin aufzumuntern. „Niemand hat dir versprochen, dass Polizeiarbeit immer rasant und aufregend sein wird. Und falls doch, dann hat Jörg gelogen.“

Jetzt war es Christine, die schmunzeln musste.

„Mir fehlt übrigens noch dein Bericht über euren Einsatz gestern Abend“.

„Häusliche Gewalt zum Nachteil von …“, setzte Torsten nach und suchte in Gedanken nach dem Namen.

„Sabrina Schöller“, ergänzte Christine. „Mache ich gleich fertig.“

Die folgende Stunde saß Kommissarin Bernard an ihrem Schreibtisch und tippte auf der Tastatur ihres Computers den Bericht ihres letzten Einsatzes.

Ein vierschrötiger Kerl im schmutzigen Unterhemd, groß und breit wie ein Schrank, hatte seine Freundin verdroschen, zog danach angetrunken und pöbelnd durch das Haus, in dem die beiden eine gemeinsame Wohnung hatten, und drohte seinen Nachbarn Schläge an. Einer rief die Polizei. Eine Streife fuhr hin und forderte Verstärkung an. Der Mann wurde verhaftet und war bis zum Morgen geständig.

So einfach konnte es also sein.

Viermal verließ Torsten Kluge innerhalb der einen Stunde den Raum und kehrte kurz darauf wieder zurück. Zweimal klingelte ihr Mobiltelefon.

Das erste Gespräch führte sie mit Melissa. Ihre Freundin wirkte aufgekratzt. Sie traf sich am Abend mit Jörg Rottmann und wollte wissen, welchen Wein er bevorzugt.

„Woher soll ich das wissen? Frag ihn doch einfach."

„Dann weiß er ja, dass ich es nicht weiß."

Selten hatte Christine Melissa etwas derart Logisches sagen hören.

„Als du ihn zum Essen eingeladen hast, hättest du ihn danach fragen sollen."

„Habe ich ja. Aber ich habe es vergessen. Es war irgendwas mit Renault oder Pernod oder ..."

„Merlot?", schlug Christine vor.

„Ja, genau!", rief Melissa aufgeregt. „Ist der rot oder weiß?"

„Rot."

„Du bist ein Schatz", klang es noch aus dem Lautsprecher, dann wurde das Gespräch einfach beendet.

Verwundert sah Christine ihr Telefon an.

„Schön, dass ich dir helfen konnte", sagte sie und schüttelte ihren Kopf. Dann legte sie das Gerät beiseite und widmete sich wieder ihrer Arbeit.

Kurz darauf klingelte das Telefon ein zweites Mal. Sie blickte weiter auf ihren Bildschirm, positionierte den Mauszeiger in einem Eingabefeld, nahm gleichzeitig das Gespräch an und hielt sich das Gerät ans Ohr.

„Wenn du mich jetzt fragst, *welchen* Merlot du kaufen sollst, reiße ich dir den Kopf ab“, drohte sie.

„Ich bin der, der Bordeaux bevorzugt, nicht Merlot.“

„Oh, Torben. Entschuldige. Ich dachte, es wäre Melissa.“

Torben lachte.

„Was machst du heute Abend?“

„Ich treffe mich mit dir?“, orakelte sie.

„Bei dir oder bei mir?“

„Bei mir?“

„Pizza?“

„Thunfisch.“

„Primeur?“

„Gibt es den jetzt schon?“

„Ja, seit Ende letzter Woche.“

„Dann gerne.“

„Klingel einmal kurz durch, wenn du zu Hause bist. Dann bestelle ich die Pizza. Bis dann …“

Auch dieses Gespräch wurde unerwartet beendet. War das ein neuer Trend oder nahmen plötzlich alle Rücksicht auf sie und ihre Arbeitsbelastung?

Wie dem auch sei. Sie freute sich auf Torben, eine knusprige Pizza und ein Glas des jungen Beaujolais.

Auffordernd blinkte der Cursor auf dem Bildschirm und erinnerte sie an ihren immer noch unvollständigen Bericht. Seufzend nahm sie ihre Arbeit daran wieder auf.

Wieder klingelte ein Telefon. Diesmal der Apparat von Torsten Kluge. Er nahm das Gespräch an. Christine hörte ihn seine „Hmms“ brummen, während sie sich angestrengt daran zu erinnern versuchte, wie der Name des Kollegen von der Streife war, der am Abend zuvor Verstärkung angefordert hatte. Sie schaute aus dem Fenster, so, als könne sie den entfallenen Namen dort draußen irgendwo ablesen. Doch sie sah nur eine Stadt, die sich auf die Nacht vorzubereiten schien. Dabei war es gerade erst Nachmittag. Die Sonne war aber bereits am Horizont verschwunden und das Dezembergrau wurde schnell dunkler. Dämmerungssensoren ließen Leuchtreklamen aufflackern, Autos fuhren mit Licht, und in den Wohnungen wurden die ersten Lampen angeschaltet.

‚PM Schütt', schoss es ihr plötzlich durch den Kopf. ‚Genau. Polizeimeister Schütt.'

Schnell tippte sie den Namen des Beamten und klickte endlich auf „Bericht speichern".

„Ich stelle mal laut", hörte sie Torsten sagen und schaute auf.

Schon hörte sie die Stimme von Doktor Vogler, dem Leiter des Rechtsmedizinischen Instituts, aus dem Lautsprecher.

„Ich habe hier einen Torso auf dem Tisch aus einem Leichenfund mit Tierfraß von der Kriminalinspektion Wittlich. Ihr habt doch einen ähnlichen Fall, wenn ich Kollege Hagemanns Inhalt seiner Folienbeutel richtig deute."

Hauptkommissar Kluge antwortete voller Erwartung mit einem langgezogenen und fragenden „Jaaa?".

Christine stand auf und stellte sich neben den Schreibtisch ihres Kollegen.

„Haben Sie die Fundstücke aus dem Tierpark schon untersucht?"

„Nein. Günther hat sie eben erst bringen lassen."

„Sie vermuten einen Zusammenhang?"

„Zumindest was den Tierfraß anbetrifft."

„Wölfe?"

„Schon möglich. Ich bin noch nicht so weit. Ist ja in beiden Fällen nicht viel übrig."

Torsten Kluge räusperte sich.

„Was ist mit der Todesursache?"

„Haha", erklang es aus dem Lautsprecher. „Wenn ich hellsehen könnte, könntet ihr es nicht bezahlen. Bis morgen müsst ihr euch schon noch gedulden. Immerhin sind die Wittlicher einen Schritt weiter als ihr. Sie wissen wenigstens, wer ihre Leiche war. Ein Martin Ranz."

„Woher wussten die Kollegen das so schnell?"

„In den Resten der Kleidung befand sich ein Ausweis."

„Glück gehabt."

„Nur kein Neid. Ich melde mich wieder."

Doktor Vogler hatte aufgelegt. Torsten schaltete den Lautsprecher aus und Christine kehrte an ihren Schreibtisch zurück. „Dein Bericht ist fertig", verkündete sie.

„Hmm", brummte Torsten Kluge gedankenverloren und tippte eine kurze Nummer auf seinem Telefon. Dann wartete er, bis jemand abnahm.

„Sag mal, wie heißt der Vermisste, den du ermittelt hast?"

Christine vermutete, dass Torsten Jörg angerufen hatte.

„Der liegt beim Vogler auf dem Tisch", hörte sie ihn nach einer kurzen Pause sagen. Dann hörte er weiter zu.

„Ja, immerhin", bestätigt er knapp, bevor er auflegte und sich an seine Kollegin wandte. „Jörg kommt rüber."

Blitzschnell hatte Torsten Kluge die Zusammenhänge erkannt, reagiert und seinen Kollegen unnötige Arbeit erspart. Langjährige Erfahrung und eine schnelle Auffassungsgabe zeichneten diesen ruhigen Hauptkommissar und leitenden Ermittler des K1 aus und machten ihn zu einem der erfolgreichsten Beamten im Haus.

Jörg Rottmann stürmte in das Büro.

„Ich habe noch etwas", kündigte er an und setzte dabei offensichtlich voraus, dass Christine den Inhalt des soeben geführten Gesprächs kannte.

„Morgen Vormittag findet eine Demo gegen die Schließung des Tierparks statt. Wir fahren hin und schauen mal, wer da so alles mitläuft."

Auffordernd schaute er Christine an.

„Tanja ist morgen früh beim Zahnarzt", ergänzte er beinahe entschuldigend, so, als befürchtete er, Christine könnte etwas dagegen haben.

„Ja, ist okay."

„Immerhin wissen wir jetzt schon mal, wer unsere Leiche nicht ist. Vielleicht gibt es sogar einen Zusammenhang zwischen den beiden Fällen."

Jörg drehte sich um und ging zur Tür.

„Ich bin dann weg. Ich nehme heute Abend ein paar Überstunden."

So schnell, wie er gekommen war, war Jörg Rottmann wieder verschwunden.

Christine schmunzelte und wusste, wofür der Hauptkommissar die Überstunden abbummelte.

Torsten Kluge zeigte sich überrascht. So kannte er seinen Freund und Kollegen gar nicht.

„Er trifft sich heute Abend mit Melissa", erklärte Christine, erhob sich und schob ihren Bürostuhl an den Schreibtisch heran.

„Ich muss zum Schießtraining."

„Okay. Bis morgen."

Zu mehr als dieser mageren Reaktion war Torsten in diesem Moment offenbar nicht fähig. Er war bereits in den soeben fertiggestellten Einsatzbericht seiner Kollegin vertieft.

Eine gute halbe Stunde später parkte Kommissarin Bernard ihren weißen Renault auf dem Gelände des neuen Schieß- und Einsatzzentrums der Polizei in Wittlich. Eine der modernsten Anlagen ihrer Art in Deutschland, auf der beinahe jede erdenkliche Situation nachgestellt und trainiert werden konnte.

Christine war keine herausragende Schützin. Die Ergebnisse ihrer Übungen lagen nur knapp über dem Durchschnitt und sie musste sich neuerdings sogar anstrengen, dieses Niveau zu halten.

Mit ihrer neuen Dienstwaffe konnte sie an ihre Leistungen in der Vergangenheit bisher nicht anknüpfen. Sie mochte die alte Pistole Walther P5, an der sie ausgebildet wurde, lieber, als die neue Walther P99Q. Begründen konnte sie ihre Vorliebe für das alte Modell nicht. Es war ihr einfach sympathischer. Runder und weniger klobig. Dafür war ihre neue Dienstwaffe leichter und moderner, mit innenliegendem Schlagstück. Doch an diesen kleinen roten Signalstift anstelle eines gespannten Hahns konnte sie sich lange Zeit nicht gewöhnen. Sie musste schon genau hinsehen, um den Spannzustand erkennen zu können.

An all das versuchte sie nicht zu denken. Sie setze ihre Schutzbrille auf, legte den Gehörschutz an und folgte den Anweisungen des Schießleiters.

Nachdem das erste Magazin leer geschossen war, wechselte sie es, lud ihre Waffe durch und gab dem Schießleiter zu verstehen, dass sie wieder bereit war.

Auch an diesem Tag waren ihre Ergebnisse kaum besser, als in der Vergangenheit. Sie und die neue Waffe würden wohl noch eine Zeit lang brauchen, bis sie Freunde wurden. Der Schießleiter empfahl ihr, das Griffstück gegen ein anderes auswechseln zu lassen und es noch einmal zu probieren.

Christine schaute kurz auf ihr Handy, las die Uhrzeit ab und erinnerte sich an ihre Verabredung mit Torben.

„Beim nächsten Mal", widersprach sie und beendete das Training.

Die Anforderungen ihres Dienstherrn an seine Polizeibeamten hatte sie an diesem Abend erfüllt. Aber es ärgerte sie, dass sie keine Fortschritte machte.

Ihr weißer Renault Mégane stand mit beschlagenen Scheiben im fahlen Licht einer Laterne. Leichter Nebel hatte sich gebildet und begonnen, an den Scheiben festzufrieren. Doch sie konnte auf ihren Eiskratzer verzichten. Ein Sprühstoß aus ihrer mit einem Frostschutzmittel befüllten Wischwasseranlage reichte, und die Wischblätter schoben die milchige Masse beiseite.

Wenige Minuten später fuhr sie auf die Autobahn und gab Gas.

Kurz vor Trier war die Fahrbahn gesperrt. Offenbar hatte es einen Unfall gegeben. Alle Fahrzeuge wurden über die Abfahrt davor von der Autobahn heruntergeleitet. Die meisten Fahrzeuge folgten der eingerichteten Umleitung. Sie aber wählte eine wenig befahrene Strecke, die ihr kürzer erschien.

Die schmale, kurvenreiche Straße führte durch dichten Wald hinunter in ein tief eingeschnittenes Tal mit Weinbergen an den Hängen links und rechts.

Der Nebel wurde dichter. Sie fuhr etwas langsamer. Plötzlich tauchten im Lichtkegel ein großer hellgrauer Schatten und zwei glühende Augen am Straßenrand auf. Christine Bernard erschrak. Ihrem Reflex folgend trat sie auf das Bremspedal. Das Antiblockiersystem knirschte. Doch schon schoss ihr Wagen an dem Tier vorbei. Schnell schaute sie in den Rückspiegel und versuchte durch das Heckfenster etwas zu erkennen. Dann warf sie zwei schnelle Blicke in die beiden Außenspiegel. Doch die Straße und der Waldrand lagen verlassen im roten Licht ihrer Bremsleuchten.

‚Ein Wolf!', war ihr erster Gedanke. Und sogleich zweifelte sie wieder daran. Hatte ihre Wahrnehmung sie getäuscht? Ging ihre Fantasie mit ihr durch? War das überhaupt möglich? Sie hatte von frei lebenden Wölfen gelesen, aber die wurden im Westerwald gesichtet. Fast 200 Kilometer von Trier entfernt. Auch in Frankreich und in den belgischen Ardennen sollten welche leben.

Gelb leuchtend tauchte ein Ortsschild im Scheinwerferlicht vor ihr auf. Wenn es tatsächlich ein Wolf gewesen sein sollte, was sie da am Waldrand gesehen hatte, dann war er sehr dicht an einer menschlichen Siedlung.

Christine bremste und fuhr noch gänzlich unter dem Eindruck ihrer Begegnung in den Ort hinein. Ein Schild am Straßenrand mahnte Autofahrer, ihre Geschwindigkeit zu drosseln. Kinder querten morgens und nachmittags die Straße auf ihrem Weg in die Schule.

‚Und auf eines davon wartet dann der Wolf', dachte sie plötzlich und rief sich sofort zur Ordnung. ‚Quatsch', korrigierte sie sich. ‚Jetzt denkst du schon genauso einen Unsinn wie diese Wolfsgegner. In der Nähe des Ortes könnte der „Wolf" ebenso gut ein streunender Hund gewesen sein.'

Menschenleer und spärlich beleuchtet führte die Straße zwischen den Häusern hindurch. Wieder schweiften ihre Gedanken ab und Christine stellte sich vor, wie hungrige Wölfe in der Nacht über die Anwesen streunten auf ihrer Suche nach Beute. Ein Klischee. Natürlich. Bedient von der Urangst aus dunklen Zeiten, in denen die Menschen vielen Gefahren ausgesetzt waren. Krieg, Hunger, Krankheit und wilden Tieren, die in mageren Jahren in der Nähe der Menschen nach Futter suchten.

Christine verscheuchte ihre trüben Hirngespinste, steuerte ihren Wagen aus dem Ort hinaus hinunter an die Mosel und folgte der Uferstraße in Richtung Trier.

Aller Vernunft zum Trotz freute sie sich dort über den Straßenverkehr und empfand ein seltsam beruhigendes Gefühl, als sie in ihre Straße einbog und die Gehwege dort nicht verlassen vorfand, sondern Fußgänger darauf sah. Erleichtert parkte sie ihren Wagen vor dem Haus, in dem sich ihre Wohnung befand, und betrat kurz darauf das Gebäude.

Kommissarin Bernard war kein ängstlicher Mensch. Sonst hätte sie ihren Beruf verfehlt. Aber es gab offenbar Befürchtungen, die aus einer Tiefe des menschlichen Wesens emporsteigen konnten, in die man als rational denkender Mensch üblicherweise nicht hinabsteigt. Natürlich verweigerte man sich diesen diffusen Ängsten und drängte die damit verbundenen Befürchtungen zurück, aber sie waren trotzdem da. Bereit, aus einer längst vergangenen Zeit plötzlich zurückzukehren und einen völlig grundlos in Panik zu versetzen. Die über Jahrmillionen angesammelten Erfahrungen unserer Vorfahren waren ein Erbe, mit dem man in der modernen Welt nicht mehr viel anfangen konnte.

Christine betrat ihre Wohnung, griff nach ihrem Mobiltelefon und rief Torben an. Nach dem zweiten Freizeichen legte sie wie vereinbart auf. Dann zog sie sich aus und stieg unter die Dusche. Länger als notwendig blieb sie unter dem Brausestrahl stehen, genoss das warme Wasser und vergaß die Zeit. Plötzlich erschien ein Schatten hinter dem beschlagenen Glas der Duschkabine. Christine erschrak.

„Ich bin's nur", rief Torben und schob die Kabinentür ein Stück auf.

Schamlos ließ er seinen Blick über Christines nackten Körper gleiten.

„Macht es dir etwas aus, wenn wir die Pizza kalt essen?", fragte er zweideutig.

„Handtuch!", kommandierte Christine barsch und drehte das Wasser ab.

Torben lachte, griff nach einem Badetuch und reichte es ihr.

Obwohl sie sich nur schnell in ihren Bademantel gewickelt hatte, war die Pizza bereits nur noch lauwarm. Für einen kurzen Moment spielte sie mit dem Gedanken, sie im Ofen aufzuwärmen. Doch sie scheute den Aufwand und griff stattdessen nach ihrem Glas Rotwein.

„Der Primeur schmeckt nicht schlecht", bemerkte sie zufrieden und stellte das Glas zurück auf den Tisch.

Torben nickte und nahm ebenfalls einen Schluck.

„Ich spiele nächste Woche in der Philharmonie Luxembourg vor."

Torben bemühte sich, seiner Ankündigung keine große Bedeutung zu verleihen. Aber Christine spürte sofort, dass ihm dieser Termin sehr wichtig war. Doch sie sagte nichts, weil sie glaubte, dass Torben noch etwas hinzufügen würde.

„Wenn du willst, kannst du mitkommen?“

„Möchtest du das denn?“

„Das wäre sehr schön.“

„Ist dir dieser Termin wichtig?“

„Ja, sehr.“

„Warum?“

Torben tat Christine schon beinahe leid. Sie wollte etwas Bestimmtes hören, aber das konnte er natürlich nicht wissen.

„Wenn ich in Luxembourg arbeite, kann ich öfter bei dir sein.“

Genau das war es, was sie hören wollte. Schon lange hatte sie darüber nachgedacht, wie es mit ihr und Torben weitergehen sollte. Sie, die Kommissarin, und er, der Berufsmusiker. Konnte das auf Dauer gut gehen? Sie waren ein Paar, aber irgendwie auch wieder nicht. Jeder hatte sein Leben, seine Wohnung, seine Arbeit. Sie verbrachten einen Teil ihrer freien Zeit miteinander und sie hatten Sex. Sie fand, es war an der Zeit, über den nächsten Schritt nachzudenken.

Offenbar dachte Torben das auch, und das bescherte ihr in diesem Moment ein warmes Gefühl.

„Ich begleite dich gern. Natürlich. Was denkst du denn?“

Sie hatte ein wenig Mühe damit, ihr einsetzendes Hochgefühl zu verbergen, und Torben sah ihr an, wie sehr sie sich darüber freute.

„Aber irgendwas macht dir Sorgen“, forschte sie und suchte in seinem Gesicht nach einer Antwort.

„Naja, die Philharmonie Luxembourg ist kein Kneipenorchester.“

„Und du bist kein Kneipenmusiker“, stellte Christine selbstbewusst fest.

Torben lächelte mild.

„Danke für deine Zuversicht.“

„Was wirst du spielen? Kannst du es dir aussuchen?“

„Ja, ich dachte an das ‚Prélude‘ aus Bachs Cellosuite Nummer 1.“

„Hmm“, brummte Christine. „Ich habe ein Video gesehen von Yo-Yo Ma. Die Latte liegt hoch. Was ist mit Gustav Mahlers Adagio aus seiner 5. Sinfonie oder etwas aus Anton Bruckners 1.?“

Torben schmunzelte.

„Wunderbar, wie du dich auskennst. Aber ich kann denen keine ganze Sinfonie vorspielen. Ich habe nur fünf bis zehn Minuten.“

Christine nickte und verstand.

Torbens Gesichtszüge verdunkelten sich.

„Glaubst du, ich vergeige die Cellosuite?“

Christine musste über Torbens unbeabsichtigtes Wortspiel unweigerlich lachen.

„Nein. Du bist besser als Yo-Yo Ma“, behauptete sie und sah ihn an.

Torbens Gesicht bekam plötzlich Farbe.

„Nein. Ganz sicher nicht“, widersprach er verlegen.

Ob es der Wein war, Torbens Bescheidenheit oder seine anzüglichen Blicke in der Dusche. Sie wusste nicht, woher ihr Verlangen kam, aber es forderte Befriedigung.

„Du siehst müde aus“, log sie und stand auf. „Lass uns ins Bett gehen.“

„Jetzt schon? Aber meine Pizza …“, stammelte Torben und schaute leicht leidend auf die restlichen Stücke auf seinem Teller.

„Du stehst doch auf kalte Pizza, dann iss sie halt später“, schob Christine seinen Einwand frech beiseite, griff nach seiner Hand und zog ihn hinter sich her ins Schlafzimmer.

„Das Licht in der Küche …“, stammelte Torben wieder.

„Kannst'e ja nachher ausmachen …“

Der gemeine Feldhamster

Die Leuchtziffern ihres Uhrenradios zeigten 5:57 Uhr. Die sanfte Stimme einer evangelischen Pfarrerin aus Bad Kreuznach sprach eine kurze Andacht. „Anstöße" nannte der Sender diese drei Minuten vor den Nachrichten.

Christine ließ sich gerne von jener sanften Stimme wecken und öffnete ihre Augen.

Torben schlief noch. Aber auch er musste bald aufstehen und deshalb ließ sie das Radio an.

Sie zwang sich aus dem Bett, löschte das Licht in der Küche und ging ins Bad. Während sie duschte, hatte der Radiosender das Schlafzimmer mit Rockmusik beschallt und Torben aus dem Bett getrieben. Gähnend sammelte er in der Küche alle Pizzastücke in einem Karton und stellte ihn in den Kühlschrank. Dann deckte er den Frühstückstisch und schlurfte anschließend ins Bad.

Christine war aus der Dusche gestiegen und trocknete sich ab. Der Anblick ihres Körpers und der folgende Kuss hätten ohne weiteres dazu führen können, dass beide an diesem Morgen zu spät zur Arbeit erschienen wären. Aber sie hielten sich zurück. Mit Bedauern schob Torben hinter sich die Kabinentür zu und drehte das Wasser auf.

Sie frühstückten gemeinsam und Christine tippte Torbens Vorspieltermin in der Philharmonie in den Kalender ihres Mobiltelefons ein. Dann wurde es für beide Zeit, sich auf den Weg zu machen.

Jörg Rottmann war offenbar schon lange vor ihr in der Kriminaldirektion gewesen. Der schwarze BMW des Hauptkommissars stand von den ersten feinen Schneegrieseln des Jahres bedeckt bereits auf seinem Stellplatz. Christine wunderte sich darüber und fürchtete, dass der Abend ihres Kollegen mit Melissa anders verlaufen sein könnte, als sie es ihrer Freundin gewünscht hatte.

Sie traf ihren Kollegen auf dem Flur und forschte in seinem Gesicht nach den Spuren einer aufregenden Nacht. Doch Jörg wirkte frisch und ausgeschlafen.

„Torsten ist beim Chef", verkündete er, als Christine ihre Hand nach der Klinke ihrer Bürotür ausstreckte. Sie zog sie zurück.

Jörg schaute auf seine Armbanduhr. „Wir müssen los, die Demo", erinnerte er sie an ihren ersten Termin an diesem Vormittag.

Zwei Minuten später brausten sie vom Gelände der Kriminaldirektion. Es hatte wieder begonnen, leicht zu schneien. Doch dieser Morgen war kalt und trocken. Die feinen Flocken blieben nicht liegen, sondern wurden vom Luftzug der Fahrzeuge auf dem Asphalt hin und her geweht.

Während ihr Kollege den Dienstwagen sicher durch den Berufsverkehr in Richtung Autobahn steuerte, dachte Christine wieder an ihre Freundin mit ihren üppigen Rundungen und ob sie einen ähnlich schönen Abend wie sie selbst gehabt hatte. Sie hätte sie anrufen können. Aber sie wollte vorbereitet sein, falls es nicht so gewesen sein sollte.

„Wie war dein Date mit Melissa?", fragte sie unvermittelt in die Stille hinein.

„Woher weißt du das?“, stammelte Jörg überrascht.

„Sie ist meine Freundin.“

„War ganz nett.“

„Sie sucht was Festes. Nutz sie nicht aus. Melissa ist hoffnungslos romantisch. Wenn du ihr wehtust, erschieße ich dich und werfe dich im Tierpark zu den Wölfen.“

Jörg grinste frech.

„Wie willst du mich denn über den Zaun kriegen?“

„Oh, ich versichere dir, ich finde einen Weg. Kapiert?“

„Ich liebe klare Verhältnisse.“

Offenbar mauerte Jörg. Irgendetwas schien vorgefallen zu sein. Ihr blieb nichts anderes übrig, sie musste Melissa fragen.

„Weißt du schon etwas über den Toten, Martin Ranz?“, wechselte Christine das Thema. „Kann er zur Beute eingewanderter Wölfe geworden sein?“

Ein Schauer lief Christine bei dem Gedanken daran über den Rücken und sie überlegte für einen Moment, Jörg von ihrer Begegnung im Wald am Abend zuvor zu erzählen.

„Der Bericht von der Gerichtsmedizin war heute Morgen in Torstens Posteingang. Alles deutet auf einen Wanderer hin, der im Wald einen Herzinfarkt oder einen Schlaganfall hatte. Ranz wurde bereits am Herzen operiert. Der Eingriff liegt etwa zwei Jahre zurück. Sein Fuß steckte noch in einem Outdoor-Stiefel und die Art der Kleidung bestätigt diese Version. Wir suchen sein Auto und versuchen seine geschiedene Frau zu erreichen. Bisher vergeblich. Vielleicht ist sie im Urlaub. Tanja bleibt dran.“

Jörg Rottmann wirkte erleichtert. Offenbar war er froh, dass seine Kollegin ihn nicht weiter mit Fragen über den Verlauf seiner Verabredung mit ihrer Freundin bedrängte.

„Es gibt keine Hinweise auf einen nicht natürlichen Tod", setzte er seine Ausführungen fort. „Alle Spuren an den Leichenteilen deuten auf eine Nachverwertung durch Wild hin. Keine Abwehrspuren. Hals und Kehle weisen keine Spuren eines Drosselbisses auf."

„Drosselbiss?"

„Ja, ein Wolf beißt seiner Beute in die Kehle."

Jörg griff sich mit einer Hand an seinen Hals und demonstrierte diese Attacke.

„An Ranz' Leiche haben sich Füchse und Wildschweine bedient. Vielleicht auch Wölfe oder streunende Hunde. Ganz ausschließen kann Doktor Vogler das nicht. Aber die Viecher haben Martin Ranz nicht umgebracht."

„Wie war die Spurenlage rund um den Fundort?"

„Miserabel. Felsiges Gelände und die Spaziergänger, die Ranz gefunden haben, haben wahrscheinlich den Rest zertrampelt."

Sie hatten die Autobahn verlassen. Jörg steuerte den schweren BMW über schmale Straßen und zeigte sich an diesem Morgen sogar nachsichtig mit vorausfahrenden Fahrzeugen. Geduldig verzichtete er auf riskante Überholmanöver. Sie waren früh dran und hatten genug Zeit.

Während der Hunsrück-Hochwald an ihrem Seitenfenster vorbeiflog, wanderten Christines Gedanken zu Doktor Voglers Bericht. Es beunruhigte sie, dass der

Gerichtsmediziner Wolfsfraß an der Leiche nicht ausschließen konnte. Eine Zusage, dass es im Hochwald keine Wölfe gibt, wäre ihr lieber gewesen.

Ihre Überraschung darüber, dass die schmale Straße, die sich sonst verlassen in Richtung Tierpark durch den Wald schlängelte, nun beidseitig mit Autos zugeparkt war, riss sie aus ihren Gedanken.

Langsam ließ ihr Kollege den Dienstwagen an den abgestellten Fahrzeugen vorbei rollen.

Auf dem Parkplatz vor dem Eingang zum Tierpark befanden sich hingegen kaum Autos. Zwei Gruppen Menschen standen sich stattdessen dort mit hochgehaltenen Transparenten gegenüber und riefen sich in Sprechchören ihre Parolen entgegen.

Hauptkommissar Rottmann parkte den BMW und sie stiegen aus.

Die Demonstranten wurden von Fotografen umrundet, und sogar ein Kamerateam eines lokalen Fernsehsenders war vor Ort. Offenbar bereitete eine Reporterin ein Interview mit einem der Befürworter des Bauvorhabens vor. Die Tierparkschützer versuchten, mit Trillerpfeifen zu stören, was ihnen auch immer wieder gelang, sodass die Unermüdliche ihre Fragen wiederholen musste.

Die Gruppe der Tierparkschützer war eindeutig größer. Unter sie mischten sich auch Sympathisanten, die eine Ansiedlung von Wölfen im Hunsrück befürworteten. Offenbar hatten sich hier zwei Gruppen mit überlappenden Interessen zusammengetan. „Wölfe willkommen“ und „Rettet den Tierpark“ war auf den Spruchbändern zu lesen und wurde von den Demonstranten immer wieder gerufen, wenn sie nicht gerade erneut in ihre Trillerpfeifen bliesen.

Die Gruppe der Befürworter des Bauvorhabens erschien gewichtiger. Zumindest waren deren Teilnehmer besser gekleidet.

‚Lokalprominenz zur Unterstützung', dachte Kommissarin Bernard und bemerkte, dass auch diese Demonstranten sich einer ihnen nahestehenden Gruppe bedienten, um ihre Reihen aufzufüllen. Dort nämlich war „Wölfe zerstören meine Zukunft" und „Der Mensch ist wichtiger" zu lesen.

Offenbar hatte niemand Argumente dafür gefunden, warum der Tierpark geschlossen werden sollte. Hier standen also Kommunalpolitiker, Unternehmer, Landbesitzer, Förster und Tierzüchter, allesamt mit finanziellen Interessen, den Ideologien von Naturschützern gegenüber.

Kommissarin Bernard ließ ihren Blick über die Menschenmenge schweifen und ließ es zu, dass ihr die Gruppe der Tierparkschützer sympathischer war. Doch sie sah kein ihr bekanntes Gesicht.

Ein älterer Mann mit grauem Backenbart stand etwas abseits. Er trug grüne Arbeitskleidung und an seiner Jacke war ein Sticker aufgenäht, der eine Wildkatze abbildete. Dieses Motiv war Christine schon bei Marianne, der Bedienung im Bistro, aufgefallen und sie schloss daraus, dass dieser Mann zum Personal des Parks gehörte. Sie trat neben ihn und sprach ihn an.

„Ganz schön was los hier."

Der Mann sah sie an.

„Ich gebe keine Interviews“, polterte er.

Christine Bernard hielt ihm ihren Dienstausweis vor die Nase.

„Da drüben sollten Sie Ihre Arbeit machen“, polterte er weiter und deutete mit seinem Kinn auf die Gruppe gegenüber. „Alles Verbrecher. Gierig und rücksichtslos. Da hilft auch der feine Zwirn nichts. Gelumpe. Sonst nix.“

„Sie verlieren Ihren Arbeitsplatz, wenn der Park geschlossen wird“, kam die Kommissarin gleich zur Sache und registrierte ein kaum wahrnehmbares Nicken.

„Kurt Weber“, sagte er plötzlich und reichte ihr seine schwielige Hand.

Sie erinnerte sich daran, diesen Namen auf der Liste der Parkbediensteten gelesen zu haben.

„Wo sind Justin und Rosi?“, bemühte sie sich, dass Gespräch nicht abreißen zu lassen. Denn gerade erklang wieder der ohrenbetäubende Lärm trillernder Pfeifen.

„Neuzugang“, brüllte er gegen den Krach an.

Christine tat so, als habe sie verstanden, und suchte nach ihrer nächsten Frage. Kurt Weber gab ihr plötzlich zu verstehen, dass sie ihm folgen sollte. Dann lief er voraus auf den Eingang des Parks zu.

Sie sah sich um und suchte nach Jörg Rottmann. Doch sie entdeckte ihn nirgendwo und verzichtete kurzerhand darauf, ihn zu informieren.

Marianne saß an der Rezeption und sah die beiden das Gebäude durchqueren. Sie hob ihre Hand und winkte, doch die junge Kommissarin bemerkte es nicht. Zu sehr war sie damit beschäftigt, auf den mit langen Schritten vorauslaufenden Kurt aufzuschließen, der irgendwas vor sich hin brabbelte und offenbar nicht bemerkt hatte, dass sie nicht mehr dicht hinter ihm war.

Kurt hielt auf das große Gehege mit Rotwild zu. In der Mitte befand sich ein Teich. Friedlich ästen die Tiere an dessen Ufer. Ein Hirschbulle mit einem mächtigen Geweih hob seinen Kopf und stieß dampfenden Atem aus.

Sie erreichten den Zaun zur gleichen Zeit. Kurt Weber legte seine Unterarme auf ein vorgeschobenes Holzgeländer und faltete seine Hände. Christine bemerkte den Grünspan auf dem verwitterten Holz und verzichtete darauf, sich damit die Jackenärmel zu beschmutzen.

„Was arbeiten Sie hier im Park?"

„Rehwild, Rotwild, Damwild. Zäune, Futter, Aufzucht, Pflege. Genug Arbeit für einen alten Mann."

„Waren Sie gestern Morgen auch hier? Ich habe Sie nicht gesehen."

„Wildunfall. Ich war den Kadaver holen. Für die Wölfe. Einmal in der Woche bekommen die ein ganzes Tier verfüttert."

„Gestern auch?"

„Nee, die hatten ja schon gefressen. Der Rehkadaver liegt in der Tiefkühltruhe für Ende der Woche."

„Haben Sie eine Idee, wer die Leiche im Wolfsgehege gewesen sein könnte?"

„Nee."

„Was werden Sie tun, wenn der Park geschlossen wird?"

„Keine Ahnung. Vielleicht finde ich einen Job in irgendeiner Fabrik. Mir fehlen noch ein paar Jahre bis zur Rente."

„Ich kann mir Sie in einer Werkshalle schlecht vorstellen."

Kurt Weber nickte.

„Hier bin ich den ganzen Tag in der Natur. Hier gehöre ich hin. Alles andere …"

Er machte eine wegwerfende Handbewegung. Dann sprach er von seiner kranken Frau und den längst erwachsenen Kindern, die sich viel zu selten blicken ließen, und von einer Operation an der Hüfte vor zwei Jahren, weswegen ihm körperliche Arbeit zunehmend schwerfiel und er wetterfühlig geworden sei. Die Beschwerlichkeiten seines Lebens ließen ihn plötzlich verstummen.

Rosi, Marianne, Justin und Kurt. Alle verloren ihren Job, wenn der Park geschlossen wurde. Aber hatten sie etwas mit der Leiche im Wolfsgehege zu tun? Christine zweifelte daran. Zumindest nach derzeitigem Ermittlungstand.

„Sie sagten etwas von einem Neuzugang."

„Ein Timber."

„Was ist ein Timber? Eines Ihrer Rehe?"

Knarrend schnatterten die Teichenten im Hintergrund. So als lachten sie über sie und die Dummheit, die sie gerade gesagt hatte.

„Nein", lachte Kurt Weber zusammen mit den Enten. „Ein Wolf, junge Frau. Timber gehören zu den größten noch lebenden Wölfen, die es gibt."

Kommissarin Bernard begriff und nickte wie selbstverständlich.

‚Natürlich, ein Wolf', dachte sie. ‚Weiß doch jeder.'

Ein grüner Kombi näherte sich und hielt an. Das Seitenfenster wurde herunter gelassen.

„Kurt, hast du Zeit?"

„Der Tierarzt", erklärte Kurt. „Wir wollen nach einer verletzten Ricke schauen."

Kommissarin Bernard ließ ihn gehen.

Kurt Weber stieg ein und hob zum Abschied seine Hand. Dann rollte der Wagen davon.

Sie schob ihre Hände in ihre Jackentaschen und sah sich um. Das Wolfsgehege lag schräg gegenüber. Die Spurensicherung hatte es bereits wieder freigegeben und das Absperrband entfernt. Christine hielt darauf zu und holte ihr Mobiltelefon aus der Jackentasche. Sie wählte Jörgs Nummer, doch er nahm das Gespräch nicht an. Wahrscheinlich hörte er durch den Lärm der Demonstranten das Klingeln nicht.

Die Maschendrahttür zur Futterschleuse stand offen. Die Tür zum Gehege war geschlossen, aber der Schlüssel mit einem ganzen Bund weiterer daran steckte. Scheinbar arbeitete jemand im Gehege. Zur Sicherheit warf sie einen Blick ins Nachbargehege. Sie sah das Rudel zwischen den Bäumen umherlaufen und glaubte, Rocco erkannt zu haben.

Sie streckte ihre Hand nach der Klinke aus, drückte sie hinunter und öffnete die Gehegetür. Dann schlüpfte sie hindurch und warf sie hinter sich wieder ins Schloss.

Ein wenig mulmig war ihr schon zumute, aber das schrieb sie ihrer grundsätzlichen Furcht vor Wölfen zu. Rational gab es keinen Grund, Angst zu haben. Alle Tiere befanden sich nebenan und von ihr getrennt durch einen Zaun.

Sie lief am Maschendraht entlang und suchte in dem Gehege nach Roswita Bauer.

‚Ob sie es für möglich hielt, dass sie am Abend zuvor auf ihrem Heimweg einen Wolf gesehen hatte?'

Die Pflegerin war nirgendwo zu sehen. Einmal glaubte Christine, eine Bewegung im Unterholz wahrgenommen zu haben. Sie blieb stehen und beobachtete die Stelle. Dann rief sie: „Frau Bauer?" und „Rosi?". Niemand antwortete ihr.

Sie brach ihre Suche ab. Das Gehege war zu groß, um aufs Geratewohl jemanden darin zu suchen.

Sie hatte die Futterschleuse beinahe erreicht, da stand er plötzlich wenige Meter vor ihr.

Er war riesig. Zumindest kam es ihr so vor. Er stand am Hang etwas höher als sie selbst. Lange, kräftige Beine. Große, breite Pfoten und ein gewaltiger Kopf mit einem furchteinflößenden Maul.

Aus gelb leuchtenden Augen starrte er sie an.

Das war also der Neuzugang.

Sein Fell erschien fast schwarz, eher ein sehr dunkles Grau. Anthrazit war die richtige Bezeichnung, und sie wunderte sich darüber, dass ihr Gehirn in ihrer Panik noch Zeit fand, nach dem korrekten Begriff zu suchen. Ihr brach der Schweiß aus. Sie war unfähig, sich zu bewegen. ‚Kaninchen und Schlange', schoss es ihr durch den Kopf.

Er machte einen einzelnen Schritt auf sie zu, und ihr blieb beinahe das Herz stehen.

Sie versuchte, ihre überschäumende Angst zu beherrschen, und ging ihre Optionen durch.

Ein Sprint bis zur Schleuse schied aus. Utopisch, sie vor ihm zu erreichen.

Einfach stehen bleiben und darauf hoffen, dass er irgendwann davon läuft. Illusorisch.

Dann fiel ihr ihre Waffe ein. Aber dazu müsste sie sich aus ihrer Starre lösen, und weil sie glaubte, dass jede auch noch so winzige Bewegung von ihr einen Angriff auslösen konnte, gehorchten ihre Muskeln nicht.

Sie kalkulierte, wie lange sie brauchen würde, um ihre Jacke zu öffnen, ihre Pistole aus dem Holster zu reißen, sie durchzuladen, auf den Wolf anzulegen, zu zielen und abzudrücken. Tausend Handgriffe bis zu einem sicheren Schuss, so jedenfalls kam es ihr vor. Und er? Er brauchte sie sich nur zu schnappen.

Wie lange würde dieses Tier brauchen, um zu begreifen, dass es an der Zeit war, etwas zu unternehmen, bevor sich jenes Bündel Angst dort den Weg freischießt?

Christine atmete tief ein und wieder aus. Unendlich langsam führte sie ihre Hand an den Reißverschluss ihrer Jacke. Mit zwei Fingern tastete sie nach dem Schieber und begann damit, ihn hinunter zu ziehen.

Das Geräusch ließ seine Ohren spielen und seine Augen registrierten jede ihrer Bewegungen.

Ihre Bronchien begannen sich schmerzhaft über die kalte Luft und die kurzen Atemstöße zu beschweren. Sie musste es ignorieren, wenn sie das hier überleben wollte.

Ihre Jacke stand weit genug offen. Sie führte ihre Hand unter den Stoff und griff nach ihrer ungeliebten Pistole. Vielleicht wurden sie auf diese Weise ja doch noch Freunde.

Außer zum Schießtraining hatte sie die Waffe nicht mehr in der Hand gehabt, seit sie mit Hannah Graf in tiefschwarzer Nacht hoch oben auf der Hängeseilbrücke über der Geierlay gestanden hatte.

Angestrengt überlegte sie, ob sie gefahrlos so weiter machen konnte wie bisher oder ob sie die Waffe herausreißen und versuchen sollte, sie schneller schussbereit zu machen, als der Wolf bis zu ihr brauchte.

Sie versuchte, sich einzureden, dass er zwei Sätze benötigte, um ihr an die Gurgel zu springen und sie umzuwerfen, um seinen Drosselbiss anbringen zu können. In Wahrheit wäre nur einer nötig gewesen. Aber das Tier blieb stehen und blickte an ihr vorbei.

„Komm langsam zu mir", hörte sie hinter sich plötzlich eine vertraute Stimme, und ein schneller Blick verschaffte ihr Gewissheit.

„Rosi!"

Sie stand hinter dem Zaun außerhalb des Geheges.

Eine Windböe rauschte in den Kronen der Bäume und schüttelte Wassertropfen von den kahlen Ästen auf den laubbedeckten Waldboden.

„Bewege dich langsam. Mach dich groß und tu so, als wäre er nicht da. Er heißt Titus."

‚Als wäre er nicht da', echote Christine in Gedanken. ‚Du hast gut reden. Stehst ja auf der anderen Seite des Zauns.'

Kommissarin Bernard folgte Rosis Anweisungen und arbeitete zugleich weiter daran, ihre Waffe schussbereit zu bekommen.

Aus dem Holster hatte sie sie schon genommen. Durchladen und den Spannzustand prüfen war praktisch eine einzige Bewegung, während sie rückwärts zwei Schritte auf den Zaun zu machte.

„Also schön, Titus. Dann wollen wir mal sehen, ob wir beide hier lebend heraus kommen“, murmelte sie sich selbst Mut zu und legte auf den Wolf an.

Sie zwang sich unter größter Anstrengung zur Ruhe, und sie konnte sich nicht daran erinnern, dass es ihr jemals schwerer gefallen wäre.

Gelassen ließ Titus seinen Besuch ziehen, und Christine ließ ihren Gastgeber am Leben. Es war wie ein Abkommen. Es galt nur für dieses eine Mal. Eine künftige Begegnung unter veränderten Vorzeichen konnte anders ausgehen, aber daran wollte sie in dem Moment, als Rosi sie durch die Tür zur Futterschleuse zog, nicht denken.

Einmal tief ein- und wieder ausatmen musste ausreichen, um all ihre Anspannung loszuwerden. Denn Rosi überschüttete sie sofort mit Fragen und Vorwürfen und wollte gar nicht mehr aufhören, auf sie einzureden.

„Bist du wahnsinnig?“, war ihr letzter Satz, bevor Christine sie mit vorgehaltener Hand zum Schweigen brachte.

„Die Futterschleuse stand offen, in der Tür zum Gehege steckte der Schlüssel im Schloss und Rocco befand sich mit seinem Rudel im Gehege nebenan“, verteidigte sie sich. „Ich dachte, du bist da drin, und ich wollte dich suchen.“

„Justin", drohte Rosi plötzlich. „Dieser Idiot. Tausendmal habe ich ihm schon gesagt, er soll das Gehege sichern, auch wenn er nur kurz weggeht."

Rosi schüttelte ihren Kopf.

„Titus muss sich erst an das neue Gelände gewöhnen", erklärte sie. „Erst dann kann ich ihn mit dem Rudel zusammenbringen."

„Das wusste ich nicht."

„Ein wenig leichtsinnig war es schon von dir, einfach in das Gehege zu marschieren. Für Titus bist du nur ein Happen."

Christine hörte heraus, was Rosi nicht aussprechen wollte.

Gerade jetzt wäre weitere negative Aufmerksamkeit für den Tierpark katastrophal. Das Bemühen, eine positive Stimmung zum Erhalt des Parks in der Bevölkerung zu erzeugen, würde zunichtegemacht, wenn einem Angestellten Nachlässigkeit im Umgang mit gefährlichen Tieren vorgeworfen werden konnte.

Ein gefundenes Fressen für die Tierparkgegner.

„Mach dir keine Sorgen", beruhigte Christine die Pflegerin, entspannte ihre Waffe und steckte sie weg. „Es bleibt unter uns."

Kommissarin Bernard trat den Rückweg an. Sicher suchte ihr Kollege schon nach ihr.

Nun hatte sie doch vergessen, Rosi nach in den Hunsrück eingewanderten Wölfen zu fragen, und beschloss, sich die Antwort bei ihrem nächsten Zusammentreffen zu holen.

Der Schreck steckte ihr immer noch in den Gliedern, und sie musste Rosi recht geben. Es war fahrlässig von ihr, das Gehege zu betreten, ohne sicherzustellen, dass sich darin keine Tiere befanden. Sie hatte verdammtes Glück gehabt.

Trotzdem stand sie noch gänzlich unter dem Eindruck, den Titus bei ihr hinterlassen hatte. Dieser große Wolfsrüde war furchteinflößend und wunderschön zugleich. Kein Wunder, dass sich um diese Tiere so viele Mythen rankten.

Während sie durch das Gebäude am Eingang des Tierparks lief, suchte ihr Blick nach Marianne. Sie hätte jetzt gerne einen heißen Kaffee gehabt. Doch zu ihrem Bedauern war sie weder an ihrem Verkaufstresen noch im Bistro zu sehen.

Auf dem Parkplatz standen jetzt zwei Streifenwagen und trennten die beiden Gruppen Demonstranten voneinander. Die Kollegen redeten beschwichtigend auf die aufgebrachte Menge ein und erteilten den Befürwortern des Bauvorhabens offenbar einen Platzverweis.

„Das ist eine nicht genehmigte Gegendemonstration", hörte sie im Vorbeigehen eine junge Polizeimeisterin energisch rufen. Ein Mann im dunklen Mantel wirkte unbeeindruckt und leistete Widerstand.

„Ich kann Sie auch mitnehmen", drohte die Kollegin.

Der Mann versuchte vergeblich, seine Argumente vorzutragen, und folgte nur unwillig den Anweisungen der selbstbewussten Polizistin. Es half nichts, die Wolfsgegner und ihre Verbündeten mussten den Platz räumen.

Dann entdeckte sie Jörg. Er telefonierte etwas abseits stehend mit seinem Mobiltelefon. Als er seine Kollegin bemerkte, winkte er und gab ihr zu verstehen, dass sie zu ihm kommen soll. Sein Gespräch unterbrach er dabei nicht.

Die Kollegen von der Streife sammelten sich und warteten ab, ob auch jeder, dem ein Platzverweis erteilt wurde, sich daran hielt. Unter Gejohle und Trillergepfeife feierten die Wolfsfreunde und Tierparkschützer derweil ihren Sieg.

Jörg hatte sein Gespräch beendet, steckte sein Handy weg und schaute den davon schleichenden Demonstranten nach.

„Spontane Gegendemo“, spottete er. „Ohne Anmeldung. Eins zu null für den Tierpark, würde ich sagen.“

„Hast du etwas in Erfahrung bringen können, was uns weiterbringt?“

Jörg schüttelte seinen Kopf.

„Nichts, was uns diese Marianne nicht schon erzählt hätte. Unter den Befürwortern des Baugebiets sind die üblichen Verdächtigen. Jeder von denen versucht, von dem geplanten Bauvorhaben zu profitieren, und alle können es kaum abwarten, dass der Gemeinderat endlich die Nutzungsänderung für das Gelände beschließt. Natürlich strebt jeder danach, auf diese Entscheidung Einfluss zu nehmen, und jeder will seine Beziehungen spielen lassen. Kommunalpolitik eben. Immer auch ein wenig Filz.“

Christine Bernard warf einen Blick zu den verbliebenen Demonstranten. Diese Gruppe sah nicht danach aus, als hätte sie großen Einfluss auf politische Entscheidungen.

„Schade, ich fürchte, sie werden verlieren, und dieser schöne Park wird geschlossen.“

„Nicht so schnell. Du vergisst den gemeinen Feldhamster."

Jörg grinste breit.

„Wen?"

Christine sah ihren Kollegen ungläubig an, und der Hauptkommissar freute sich, seine junge Kollegin verblüfft zu haben.

„Ja, unsere Tierparkschützer sind nicht blöd. Die sind hier wochenlang mit Mitarbeitern von Umweltschutzorganisationen über die Felder geschlichen und haben nach seltenen Pflanzen und Tieren gesucht. Und sie haben einen Volltreffer gelandet. Sie fanden Cricetus cricetus. Ein Rodentia aus der Familie der Wühler."

„Was?", platzte es aus Christine heraus und sie lachte schallend.

„Feldhamster. Ein paar von diesen Viechern leben wohl tatsächlich hier und stehen unter Naturschutz. Sie gehören zu den bedrohten Arten nach Artikel 12 irgendeiner Habitat-Richtlinie und werden in der Berner Konvention als eine vom Aussterben bedrohte Art geführt. Schon die kleinste Population kann Erschließungen und Bauvorhaben stoppen. Sie müssen es jetzt nur noch beweisen, dass dieser kleine Wühler hier seine Löcher gräbt."

„Adieu Profit."

„So ist es. Sieht für diese gierigen Investoren im Moment nicht gut aus. Vielleicht haben sie sich deshalb mit den Wolfsgegnern verbündet und sich heute zu dieser unangemeldeten Gegendemo hinreißen lassen."

Christine zeigte sich beeindruckt.

„Habe ich alles von einem langhaarigen nach Gras müffelnden Altachtundsechziger erfahren“, erklärte Jörg stolz.

„Aber bringt uns das alles weiter?“

„Nee, aber Günther und Doktor Vogler haben was. Lass uns fahren, ich erzähle es dir unterwegs.“

Kommissarin Bernard konnte es kaum erwarten, zu erfahren, welche Ermittlungsergebnisse von der Spurensicherung und aus der Gerichtsmedizin bereits vorlagen. Nachdem sie in ihren Dienstwagen eingestiegen waren und Jörg losgefahren war, begann er auch gleich zu erzählen.

„Doktor Vogler weiß inzwischen, dass unsere Leiche ein Mann war und er wahrscheinlich unbekleidet in das Gehege verbracht wurde. Weder an den Resten der Leiche noch in den Ausscheidungen der Tiere wurden Stofffetzen gefunden. Im Gehege auch nicht.“

„Das ist doch schon mal was.“

„Ich dachte erst an einen Besoffenen mit Kälteidiotie. Oder der Kerl war ein Flitzer, der das Gehege verwechselt hat. Erinnerst du dich noch an den Irren, der sich daran aufgegeilt hat, nackt durch ein Wildschweingehege zu rennen und sich in deren Suhle zu werfen? Es gibt ja so viele Bekloppte auf der Welt. Aber dann rief Günther an. Er hat mit Hilfe eines Metallsuchgeräts tatsächlich etwas in den Ausscheidungen dieser Wölfe gefunden. Ein Projektil. 9x19 Millimeter. Leider eines der am meisten verbreiteten Geschosse der Welt.“

Christine nickte bestätigend.

„Unser Opfer wurde offenbar erschossen.“

„Kommt noch besser. Vor ein paar Minuten hat eine Martina Kürten bei den Kollegen der Polizeiinspektion Morbach ihren Mann als vermisst gemeldet. Ihre Adresse habe ich von Torsten. Wir fahren hin und holen uns eine DNA-Probe."

Die Ermittlungen in dem Fall nahmen Fahrt auf. Christine war zufrieden. Wenn ein DNA-Schnelltest dann noch die Identität der Leiche klären würde, wären sie einen riesigen Schritt vorangekommen.

Eine halbe Stunde später parkte Hauptkommissar Rottmann den Dienstwagen vor einem apricotfarbenen Haus am Ortsrand. Christine nahm sich aus dem Kofferraum Gummihandschuhe und einen Druckverschlussbeutel und warf den Deckel zu. Dann stiegen sie die drei mal drei Stufen aus Waschbetonplatten hinauf zum Hauseingang. Jörg drückte auf den Knopf für die Fernentriegelung und ließ den Autoschlüssel lässig in seine Hosentasche fallen. Nach einem Druck auf den Klingelknopf ertönte im Haus ein Gong.

Das Anwesen wirkte gepflegt. Abgesehen von dem gewagten Fassadenanstrich geradezu bieder. Rindenmulch bedeckte den Boden zwischen exakt platzierten Büschen und Stauden. Glasierte Tonscherben in leuchtendem Blau bildeten farbige Tupfer im Wintergrau. Der großflächig vermooste Rasen war im Herbst kurz geschnitten worden. In seiner Mitte stand ein Vogelhaus. Meisenknödel baumelten daran. Das Grundstück war nicht umzäunt.

Jemand näherte sich der Haustür und zog sie auf. Kommissarin Bernard zückte ihren Dienstausweis und übernahm das Reden.

„Guten Tag. Frau Kürten?"

„Ja, das bin ich."

„Kommissarin Bernard. Das ist mein Kollege Hauptkommissar Rottmann. Wir sind von der Kriminalpolizei Trier. Dürfen wir herein kommen?"

Martina Kürten gab den Weg frei.

„Kripo? Gibt es dafür einen besonderen Grund?"

„Das kann ich noch nicht sagen, wir stehen erst am Anfang unserer Ermittlungen."

Frau Kürten ging voraus in ein Esszimmer und bot den Beamten an, sich zu setzen.

„Wir wollen Sie auch nicht lange aufhalten. Sie haben heute Ihren Mann als vermisst gemeldet. Seit wann vermissen Sie ihn?"

„Seit drei Tagen."

„Wieso melden Sie sich jetzt erst?"

„Kommt öfter vor, dass er nicht nach Hause kommt."

„Wo hält er sich dann für gewöhnlich auf?"

„Bei seinen Nutten."

Die schlanke Frau mit den halblangen, dunkelbraunen Haaren versuchte gar nicht erst, den Eindruck einer trauernden Ehefrau zu machen. Mit festem Blick aus braunen Augen wartete sie mit vor der Brust verschränkten Armen auf die Reaktion der Kommissarin. Spätestens wenn sie erst mal in ihr Alter kommen würde, durfte sie ebenfalls feststellen, wie weh es tat, wenn man permanent betrogen wurde. Martina Kürten war jedenfalls überzeugt davon, dass früher oder später jede Frau ihr Schicksal teilen musste.

Auf Christine Bernard wirkte die Mitfünfzigerin eine Spur zu unbeteiligt. Aber das konnte auch eine Folge der fortwährenden Demütigungen sein. Desillusioniert und tief verletzt hinter einer bürgerlichen Fassade. Nicht wenige Mörder befreiten sich mit ihrer Tat aus genau solchen Verhältnissen. Aber noch war es zu früh, um derartige Schlüsse zu ziehen.

„Wir möchten für einen DNA-Abgleich gerne eine Probe von ihrem Mann nehmen."

„Was brauchen Sie dafür?"

„Eine Haarbürste oder sein Kamm wären ideal."

„Ein gebrauchtes Kondom würde besser zu ihm passen."

Martina Kürten wartete die Reaktion auf ihren beißenden Spott nicht ab und ging wieder voraus. Mit einer einladenden Geste blieb sie vor dem Badezimmer stehen und verschränkte wieder ihre Arme.

„Bitte sehr. Bedienen Sie sich."

Kommissarin Bernard trat vor den großen Spiegel und ließ ihren Blick über die Ablage darunter wandern.

„Welche ist die Bürste ihres Mannes?"

„Die Linke."

Christine zog die Einweghandschuhe über, griff nach der Bürste und ließ sie in den Folienbeutel fallen. Dann drückte sie den Verschluss zu und verließ das Bad.

„Sie haben sicher versucht, Ihren Mann telefonisch zu erreichen", unterstellte sie, während sie sich die Handschuhe abstreifte.

„Nicht ich, aber einer unserer Kunden."

„Was ist Ihr Mann von Beruf?"

„Immobilienmakler."

Hauptkommissar Rottmann ließ seine Kollegin gewähren. Verbitterte Ehefrauen in Ausnahmesituationen waren nicht sein Ding.

Christine hingegen hatte alle Geduld der Welt und hätte Frau Kürten gerne weiter befragt. Aber ihre Aussage hatten die Kollegen von der Polizeiinspektion Morbach bereits aufgenommen und sicher schon nach Trier übermittelt. Solange es keinen Hinweis darauf gab, dass die Leichenreste aus dem Wolfsgehege von Martina Kürtens Mann stammten, wollte sie die aufgebrachte Frau nicht weiter behelligen.

„Es tut mir leid, dass Ihr Verhältnis zu Ihrem Mann so angespannt ist."

„Was soll das werden? Mitleid?"

Christine bedauerte, sich zu einer persönlichen Äußerung hinreißen gelassen zu haben. Martina Kürten war auf Beistand offenbar nicht angewiesen. Vielleicht neidete sie ihr auch ihr geringeres Alter. Aber das waren nur Vermutungen.

„Wir informieren Sie, sobald wir etwas über den Verbleib Ihres Mannes wissen."

„Ja, tun Sie das."

Martina Kürten wandte sich ab und ging wieder voraus. Schwungvoll öffnete sie die Haustür und ließ die beiden Beamten an sich vorbei laufen.

Christine drehte sich noch einmal zu ihr um und hob schweigend die Hand zum Abschied. Wortlos schloss Martina Kürten die Haustür.

Jörg Rottmann entriegelte mit einem Druck auf die Fernbedienung den BMW und zog die Fahrertür auf. Mit einem schnellen Blick kontrollierte er, ob sie beobachtet wurden.

Martina Kürten stand mit vor der Brust verschränkten Armen am Fenster und schaute zu ihnen herunter.

„Die hat Haare auf den Zähnen", murmelte er und warf sich auf den Fahrersitz. „Bin ich froh, dass meine eigene Bude weiberfreie Zone ist."

Christine schmunzelte und schnallte sich an. Dann dachte sie plötzlich an Melissa und ihre Gesichtszüge verdunkelten sich wieder. Melissa und Jörg. Konnte das gut gehen?

Sie zog die Beifahrertür zu und ihr Kollege startete den Motor.

Martina Kürten sah die beiden Kripobeamten davon fahren. Sie blieb noch lange am Fenster stehen und starrte auf die Höhen des Hochwalds am Horizont.

Kein schöner Land

Der ihr entgangene Kaffee fiel ihr wieder ein. Außerdem verspürte Kommissarin Bernard Hunger. Jörg Rottmann stoppte den BMW an einer Kreuzung und wartete auf eine Lücke im Querverkehr.

Ihr Blick fiel auf einen Landgasthof am Straßenrand.

„Lass uns dort etwas essen. Ich habe keine Lust auf Gummibrötchen aus unserer Kantine."

Ihrem Kollegen wäre es egal gewesen. Er stellte an seine Ernährung keine großen Ansprüche. Aber die Aussicht auf einen heißen Kaffee lockte auch ihn.

Die Gaststube war überheizt und nur von über der Tischmitte baumelnden, vergilbten Lampenschirmen sparsam beleuchtet. Dunkle Holzvertäfelungen drückten von der Decke und den Wänden auf den Raum. Es roch nach Bierhefe, kaltem Rauch und Küchendünsten. Die abgewetzten Dielen am Boden knarrten bei jedem Schritt. Ein riesiger Tresen trennte wie eine Festungsmauer den Gastraum von der Küche. Burgherrin war eine schlanke Bedienung mit kurzem blondem Zopf.

Sie setzten sich an den ersten Tisch auf der linken Seite und ließen ihre Blicke über die anderen Gäste schweifen.

Die Tische waren zur Hälfte besetzt. Bis auf einen einzelnen Gast an einem Tisch schräg gegenüber kam Christine niemand bekannt vor. Doch diesen einen Mann hatte sie vor wenigen Stunden auf dem Parkplatz vor dem Tierpark gesehen. Es war der Mann im dunklen Mantel, der sich zunächst geweigert hatte, dem Platzverweis durch die Kollegin von der Streife Folge zu leisten.

Er teilte soeben einen Kartoffelkloß auf seinem Teller mit Messer und Gabel und warf ihr einen flüchtigen Seitenblick zu. Dann schob er das Stück Kloß durch braune Soße und überlegte offenbar, wo er der jungen Frau schon einmal begegnet war. Nachdem er sich das Stückchen Kloß in den Mund geschoben hatte, schien der Groschen gefallen zu sein. Er kaute kurz, schluckte und griff nach seinem Glas. Er trank einen Schluck und hatte offenbar einen Entschluss gefasst. Denn er grüßte die Kommissarin mit einem kurzen Nicken und widmete sich wieder seinem Gericht.

Die Burgherrin beendete Christines Beobachtungen. Plötzlich stand sie am Tisch, legte zwei Speisenkarten darauf ab und fragte nach den Getränkewünschen.

„Elke!", rief jemand aus der Küche, stellte einen dampfenden Teller auf die Essensausgabe und betätigte überflüssigerweise dazu noch eine kleine Schelle. Sie drehte sich um, warf einen prüfenden Blick zum Pass und widmete sich wieder ihren neuen Gästen.

„Für mich einen Kaffee", antwortete Christine, und Jörg Rottmann bestellte das Gleiche.

Elke verschwand hinter ihrem Tresen.

Ein rustikales Hirschgulasch mit Klößen und Rotkraut war das verlockendste Angebot. Sie bestellten, während Elke die beiden Kaffee vor ihnen abstellte.

Das Essen war köstlich. Christine aß mit besonderem Appetit. Für sich allein kochte sie klassische Gerichte wegen des Aufwands selten.

Der Mann am Tisch gegenüber schob den Teller von sich und griff nach seinem Bierglas. Dann stand er auf und näherte sich dem Tisch von Christine Bernard und Jörg Rottmann.

„Darf ich mich kurz zu Ihnen setzen? Ich bin Joachim Meiler."

Ohne auf eine Zustimmung zu warten, zog er sich einen Stuhl heran und setzte sich den beiden gegenüber. Joachim Meiler war Widerspruch offenbar nicht gewohnt. Unbeirrt sprach er weiter.

„Ich habe Sie heute oben am Tierpark gesehen. Bevor Ihre Kollegen uns davon gejagt haben."

Er zeigte bei seinem letzten Satz einen gequälten Gesichtsausdruck.

„Sauerei, sowas", setzte er nach.

„Ihre Demo war nicht angemeldet", bemerkte Jörg Rottmann ungerührt.

Joachim Meiler winkte verächtlich ab.

„Unser Projekt ist viel zu wichtig, als dass wir uns von solchen Bagatellen stoppen lassen würden."

„Wozu dann die Demo?"

„Es nervt uns, dass diese Umweltspinner überall Stimmung machen. Da muss man doch dagegenhalten. Dieser heruntergekommene Kleinzoo da steht auf bestem Bauland. Diese Romantiker treten einer Menge Leute auf die Füße. Da geht es um viel Geld."

Bei Joachim Meilers letztem Wort verlor Christine die Geduld.

„Und das ist Ihr einziger Maßstab für Ihr Handeln? Geld?"

Verständnislos schaute er sie an.

„Ja, worum geht es denn sonst? Um die paar Viecher da?"

„Zum Beispiel. Und um die Menschen, die dort arbeiten, und die Besucher, die den Park besichtigen."

Er machte eine wegwerfende Handbewegung.

„Land ist eine wertvolle Ressource. Und die ist knapp. Schauen Sie sich Deutschland von oben an. Beinahe alles ist bebaut oder wird land- oder forstwirtschaftlich genutzt. Boden und Wasser sind die Gewinn bringendsten Ressourcen in der Zukunft. Die pure Verschwendung, da nur ein paar Viecher drauf herumlaufen zu lassen."

„Und deswegen muss das letzte Fleckchen auch noch bebaut werden?"

Joachim Meiler zuckte unbeeindruckt mit den Schultern.

„Wie weit würden Sie denn gehen, um Ihre Interessen durchzusetzen?"

„Aha, Sie spielen auf den Toten im Park an. Aber der geht wohl eher auf das Konto dieser Umweltspinner."

„Was macht Sie da so sicher? Wissen Sie, wer der Tote ist?"

„Nein, natürlich nicht."

„Wieso sagten Sie dann ‚er'. Sie glauben also, es war ein Mann."

„Mann, Frau. Was spielt das für eine Rolle?"

Jetzt war es Jörg Rottmann, der die Geduld verlor. Er war fertig mit dem Essen und schob seinen Teller beiseite.

„Was wollen Sie eigentlich?"

„Dieser Tote da im Park. Haben diese Umweltspinner etwas damit zu tun?"

„Zu laufenden Ermittlungen dürfen wir keine Auskunft geben. Wenden Sie sich an unsere Pressestelle."

Joachim Meiler schnaufte.

„Vergessen Sie nicht, wer mit seinen Steuern Ihr Gehalt bezahlt."

Christine hätte Joachim Meiler gerne davor gewarnt, sein Gespräch mit Jörg Rottmann auf diesem Niveau fortzuführen. Aber sie musste erst ihren letzten Bissen herunterschlucken, und als sie damit fertig war, war es bereits zu spät.

„Sie, oder wer?", hörte sie ihren Kollegen neben sich provozieren.

„Ja, genau."

„Womit verdienen Sie denn Ihr Geld?"

„Ich bin Bauunternehmer und sitze sogar im Gemeinderat."

„Natürlich tun Sie das. Aber nicht weil Sie ein Menschenfreund wären oder sich um das Wohl der Bürger scheren, sondern, um Ihre eigenen Interessen zu wahren. Gibt es da nicht auch so etwas wie einen Amtseid, der das Versprechen beinhaltet, zum Wohle der Bürger zu handeln oder so ähnlich und nicht in die eigene Tasche zu wirtschaften? Das ist nach meinem Verständnis keine unbedeutende

Floskel. Aber was tun Sie? Sie nutzen Ihr Geld und Ihren Einfluss für Ihre eigenen Interessen. Deswegen sitzen Sie im Gemeinderat. Sie wollen Einfluss auf die Vergabe von Aufträgen nehmen und das widert mich an. Und für den Fall, dass Sie nicht selbst darauf kommen, ich kann Sie und Ihre gierige Kaste nicht leiden. Ich muss kotzen, wenn ich nur an Sie denke."

Hauptkommissar Rottmann erhob sich und schaute auf Joachim Meiler herunter.

„Das ist unverschämt", stammelte der, fühlte sich aber offenbar ertappt.

Amüsiert griff Christine nach ihrer Tasse und schaute Jörg nach.

„Wo gehen Sie hin?", rief Joachim Meiler ihm hinterher.

„Kotzen."

„Ihr Kollege ist etwas aufbrausend", wandte er sich um Frieden ersuchend an die junge Kommissarin.

Die interessierte sich in diesem Moment weniger für die Machenschaften eines Provinzunternehmers. Viel interessanter war für sie seine Meinung über die Herkunft der unbekannten Leiche.

Sie trank einen Schluck und stellte ihre Tasse zurück auf den Unterteller.

„Was glauben Sie? Wer lag da im Gehege?"

Joachim Meiler machte einen Gesichtsausdruck, als verspürte er Schmerzen, und zuckte wieder mit den Schultern.

„Vermissen Sie jemanden aus Ihrem beruflichen oder privaten Umfeld?"

„Bisher nicht."

„Kennen Sie jemanden, dem Sie einen Suizid zutrauen würden?"

„Nein."

„Und einen Mord?"

Entrüstet schaute Joachim Meiler Christine Bernard an.

„Natürlich nicht."

Gesättigt legte sie ihr Besteck ab und schob ihren leeren Teller von sich.

„Sind Sie sicher?"

„Ja, Sie müssen Ihren Mörder schon woanders suchen. Fragen Sie mal diese Umweltspinner."

„Soweit waren wir schon, Sie wiederholen sich."

Kommissarin Bernard hätte das Gespräch an dieser Stelle selbst beendet. Aber sie hatte Jörg Rottmann dabei beobachtet, wie er bei Elke die Rechnung bezahlt hatte und nun an den Tisch zurückkehrte.

„Fahren wir?"

Sie nickte, stand auf und lächelte zum Abschied einmal höflich.

Joachim Meiler blieb sitzen und schüttete sich den Rest seines Bieres in den Mund.

Eine Minute später verließen sie den Parkplatz des Landgasthofs.

„Leute wie diesen Meiler kann ich nicht leiden", versuchte Hauptkommissar Rottmann sein Aufbrausen zu erklären.

Es klang wie eine Entschuldigung.

„Ich auch nicht, aber ein wenig mehr Diplomatie könnte auch dir nicht schaden."

Sie wollte ihren Kollegen nicht maßregeln, ihm gleichzeitig aber einen Hinweis geben, seine Befragungen künftig etwas weniger konfliktreich zu gestalten.

Ob Jörg darüber nachdachte oder beleidigt war, konnte Christine nicht sagen. Auf jeden Fall sprach er während der Rückfahrt nach Trier nicht mehr.

Eine Stunde später stoppte er den BMW vor dem gerichtsmedizinischen Institut von Doktor Vogler.

„Ich gebe nur schnell die DNA-Probe ab. Willst du mitkommen?"

Christine versuchte Jörgs Gemütszustand anhand der Klangfarbe seiner Stimme zu deuten. Offenbar bestand kein Grund zur Sorge. Also lehnte sie ab und nutzte die Minuten im Wagen, um Melissa anzurufen.

Ihre Freundin nahm das Gespräch an, hatte aber nicht viel Zeit. Sie verabredeten sich für den Abend.

Kurz nachdem Christine ihr Telefongespräch beendet hatte, zog ihr Kollege auch schon wieder die Wagentür auf und warf sich auf den Fahrersitz.

„Vogler braucht für den DNA-Vergleich mindestens acht Stunden", informierte er sie knapp und startete den Motor.

Also würde das Ergebnis heute nicht mehr vorliegen, kalkulierte sie in Gedanken und schnallte sich an.

Sie fuhren zur Kriminaldirektion. Christine war gespannt auf den Obduktionsbericht von Doktor Vogler und die Ergebnisse der kriminaltechnischen Untersuchung des gefundenen Projektils. Doch sie schaffte es nicht einmal in die Nähe ihres Büros. Schon im Treppenhaus begegnete ihr

Torsten Kluge. Er benutzte üblicherweise lieber den Fahrstuhl, aber diesmal fehlte offenbar auch ihm die Geduld, auf die Aufzugskabine zu warten. Er war auf dem Weg zu einem der Vernehmungsräume, die nur eine Etage unter seinem Büro lagen.

„Der Mörder unseres Tierparkopfers hat sich gestellt. Zumindest behauptet er, der Täter zu sein. Tanja stellt gerade die Personalien fest."

Verblüfft schaute Kommissarin Bernard den Hauptkommissar an und folgte ihm. Was für eine Wende.

Sie betrat einen im Halbdunklen liegenden Nebenraum, der nur durch eine große verspiegelte Scheibe vom Vernehmungsraum getrennt war, und schaltete den Lautsprecher ein.

Torsten Kluge hingegen hatte den Vernehmungsraum betreten und am Tisch neben seiner Kollegin Platz genommen. Er stellte sich kurz vor und hörte geduldig zu, was der nachlässig gekleidete Mann um die 40 zu sagen hatte.

Die Befragung hatte gerade erst begonnen.

„Und wo wohnen Sie, Herr Scholer?", fragte Tanja Rieger.

„Sie können mich Klaus nennen."

„Okay, Klaus."

Polizeimeisterin Rieger wiederholte ihre Frage und erkundigte sich anschließend nach Klaus' Geburtsdatum und Geburtsort. Klaus Scholer gab bereitwillig Auskunft und bat um einen Kaffee.

Es folgte die übliche Belehrung, sich nicht selbst belasten zu müssen, mit dem Hinweis auf sein Recht zu schweigen und dass er als Tatverdächtiger befragt wird und einen Anwalt hinzuziehen darf.

Klaus Scholer verzichtete auf Rechtsbeistand. Er wolle ein Geständnis ablegen, weil die Tat sein Gewissen zu sehr belastete.

Kommissarin Bernard musterte den Mann und bekam plötzlich Zweifel.

Der Mann, der dort saß, wirkte sehr gefasst, beinahe unbekümmert. Er genoss ganz offensichtlich die Aufmerksamkeit der beiden Beamten.

Klaus Scholer machte auf sie einen äußerst ungepflegten Eindruck und hatte nach ihrer Einschätzung ein Alkoholproblem.

Torsten Kluge forderte ihn soeben auf, den Namen seines Opfers zu nennen und den Grund für die Tat. Klaus Scholer nannte einen Namen, den Tanja Rieger sofort notierte. Als Motiv gab er an, ein Zeichen setzen zu wollen gegen die Ansiedlung von Wölfen im Hunsrück, denn dann wäre ja niemand mehr sicher.

Das war seltsam, denn er stellte sich bei der Polizei in Trier, hatte eine Trierer Adresse zu Protokoll gegeben und behauptete soeben, kein eigenes Fahrzeug zu besitzen. Wie also gelangte er in den 60 Kilometer weit entfernten Tierpark im Hunsrück und wieso fürchtete er um seine Sicherheit in Wäldern, die er zu Fuß nicht erreichen konnte?

Klaus Scholer gab an, sein Opfer niedergeschlagen zu haben, mit dessen Fahrzeug zum Tierpark gefahren zu sein und den Wagen nach der Tat in der Mosel versenkt zu haben. Er hatte gewartet, bis der Park geschlossen wurde, um dann sein bewusstloses Opfer über den Zaun zu werfen. An welcher Stelle genau konnte er sich nicht erinnern und der Begriff „Futterschleuse“ war ihm unbekannt. Nachdem er den beiden Ermittlern nun noch versicherte, er habe zugesehen, wie die Wölfe den Körper zerfetzt hatten, verlor Kommissarin Bernard das Interesse. Er wusste nicht einmal, dass das Opfer unbekleidet in das Gehege verbracht wurde. Klaus Scholer verfügte über keinerlei Täterwissen, sondern gab nur wieder, was er der Berichterstattung in den Medien entnommen hatte.

Auch Torsten Kluge hatte sich sofort erhoben und wies Tanja Rieger an, Klaus Scholer über Paragraph 145d StGB aufzuklären. Vortäuschen einer Straftat. Die Polizeimeisterin stellte ihm eine Gefängnisstrafe für bis zu drei Jahren in Aussicht, falls der Staatsanwalt Anklage erheben würde. In der Regel verzichtete Walter Lorscheider jedoch auf die Erhebung einer Anklage und stellte das Verfahren ein. Die Verwaltungskosten überstiegen das Interesse der Öffentlichkeit an einer Verurteilung bei weitem. Das sagte Tanja Rieger Klaus Scholer natürlich nicht. Christine schaltete den Lautsprecher ab und verließ den Raum.

Mit langen Schritten lief sie gleich zwei Stufen auf einmal nehmend das Treppenhaus hinauf in ihr Büro.

Immer wieder trieb es Menschen dazu, irgendeine Straftat zu erfinden oder zu gestehen. Sie genossen dann für eine Weile die Aufmerksamkeit der Ermittler, weil ihnen in ihrem Leben offenbar niemand zuhörte oder sich für sie interessierte.

Selbstverständlich taten Christine Bernard solche Menschen leid und sie brauchten Hilfe. Nur konnte dieses Problem natürlich nicht die Kriminalpolizei lösen. Dafür gab es Sozialdienste und Seelsorger.

Als sie ihr Büro erreicht hatte, war der Ärger über die verschwendete Zeit bereits verpufft. Sie stieß die Tür auf und schaltete das Licht an. Die Dämmerung hatte schon eingesetzt. Flackernd sprangen die Leuchtstoffröhren an der Decke an. Sie setzte sich an ihren Schreibtisch und weckte ihren Computer. Die Lichter der Stadt leuchteten bunt unter ihrem Fenster.

Sie öffnete den Obduktionsbericht von Doktor Vogler und begann zu lesen.

Unbekannter Toter, Geschlecht männlich, Alter zwischen fünfzig und siebzig Jahren. Haarfarbe grau. Augenfarbe blau. Größe zwischen 178 und 187 Zentimeter.

Altersbestimmung des Toten durch Berücksichtigung der altersabhängigen Variablen wie die Verwachsung der Schädelnähte auf der Innenseite der Knochentafel.

Weiterer Altersindikator: Abkauungsgrad der Zähne und die Ausprägung des Abschliffs. Abhängig jedoch von der Beschaffenheit der Nahrung und von individuellen Besonderheiten der Bissform und der Schmelzhärte.

Ethnische Herkunft Europäer aufgrund der Feststellung des Zahnstatus und Beschaffenheit und Ausführung des Zahnersatzes im Oberkiefer. Füllung Vierer oben links Composit. Fünfer oben links überkront, Keramikverblendung. Sechser oben rechts fehlt. Lückenschluss. Achter fehlen oben links und rechts. Restliches Teilgebiss ohne Befund. Unterkiefer fehlt komplett.

Todesursache unbekannt. Zeitpunkt des Todes unbekannt.

Nachverwertung des Körpers durch Canis Lupus (Wolf) erkennbar anhand von Bissspuren an Knochenresten, zertrümmerten Ober- und Unterschenkelknochen durch Kieferdruck.

Aufgrund der geringen Menge an Untersuchungsmaterial konnte nicht festgestellt werden, zu welchem Zeitpunkt (ante mortem? post mortem?) eine Nachverwertung stattgefunden hatte.

Weichteile fehlen annähernd vollständig.

Der Rechtsmediziner verwies auf das Ergebnis der kriminaltechnischen Untersuchung.

Christine Bernard atmete tief durch und schaute einen Moment aus dem Fenster.

Heftig, was Doktor Vogler da zusammengetragen hatte. Ein Schauer lief ihr über den Rücken, als sie sich vorstellte, was in der Nacht in dem Gehege geschehen war.

Raubtiere schlugen ihre Zähne in den Körper eines Mannes und rissen sich einzelne Stücke heraus. Sie verschlangen sie oder schleppten sie davon. Ein wildes Rucken und Reißen. Zähne fletschen, Knurren und Jaulen. Der Geruch von Blut und Fäkalien aus den Gedärmen des Opfers.

Sie schüttelte sich und bemerkte ihr Spiegelbild im Glas des Fensters. Sie sah sich an und dachte plötzlich an ihre Mutter.

Fälle wie jener waren es, die Mama daran hatte zweifeln lassen, ob dieser Beruf für ihre Christine der richtige sei.

„Sie ist stark", beruhigte Papa sie damals und wusste, dass er seine Tochter kaum umstimmen können würde.

Ein Seufzer entfuhr ihr. Sie klickte den Obduktionsbericht weg und öffnete den Bericht der kriminaltechnischen Untersuchung.

Dieser war weit weniger spektakulär.

Das Projektil, welches die Spurensicherung aus den Ausscheidungen der Wölfe hatte sicherstellen können, gehörte zu einer der am häufigsten verwendeten Patronen weltweit für Selbstladepistolen. 9 mal 19 mm Parabellum oder auch Luger oder NATO genannt. Selbst in Maschinenpistolen wurde diese Munition verwendet.

Es handelte sich um ein Vollmantel-Ogival-Geschoss und war demnach nach 1916 hergestellt worden.

Das Geschoss war stark deformiert, was auf ein Auftreffen auf Knochenmaterial schließen ließ. Magensäure und Darmbakterien hatten dem Metall weiter zugesetzt.

Trotzdem konnten feinste Spuren von Messing sichergestellt werden, was auf eine Produktion vor 1938 schließen ließ. Nach 1938 wurde das Patronengehäuse aus Stahl gefertigt.

Das Projektil bestand vollständig aus Blei, was die angenommene Produktionszeit auf vor 1938 bestätigte.

Die Kollegen der Kriminaltechnik hatten gute Arbeit geleistet und viele Fakten zusammengetragen. Keine Frage.

Aber seit dem ersten Weltkrieg wurden Abermillionen Stück dieser Munition produziert, und es waren unzählige Waffen hergestellt worden, mit der diese Munition verwendet werden konnte. Auch heute noch. Dieser Umstand ließ leider keinerlei Rückschlüsse zu, die den Täterkreis etwas eingrenzen konnten.

Kommissarin Bernard musste sich mit der Erkenntnis begnügen, dass auf das Opfer offenbar vor der Verbringung in das Wolfsgehege geschossen wurde. Ob der Mann daran gestorben war oder nur verletzt wurde, ließ sich nicht sagen und somit auch nicht, ob er noch gelebt hatte, als die Wölfe begannen, ihn zu zerreißen.

Die Vorstellung, dass der Mann noch gelebt haben könnte, als die Wölfe über ihn herfielen, erschien ihr grausam, und sie wünschte sich, dass es nicht so gewesen war. Aber was hatte ihr Beruf sie gelehrt?

Der Firnis der Zivilisation war nur eine hauchdünne Schicht über dem Tier im Homo sapiens sapiens, und der Mensch vergaß sehr schnell die ihm anerzogenen Regeln des Zusammenlebens.

Es gab kaum eine Tat, die nicht schon irgendwann einmal begangen wurde, und kaum eine Ausrede, mit der ein Täter sein Verbrechen nicht schon gerechtfertigt hätte.

So sah es aus. Christine Bernard konnte den Menschen nur ein schlechtes Zeugnis ausstellen. Denn jeder Mensch war dazu fähig, einen anderen zu töten, wenn er glaubte, darin den letzten Ausweg für sich zu erkennen. Leider irrten die Menschen bei der Beurteilung der Vielfalt ihrer

Möglichkeiten in der Regel. Dann trafen sie ihre verhängnisvollen Entscheidungen, die Krankenhäuser, Friedhöfe und Gefängnisse gleichermaßen füllten und so viel Schmerz und Leid freisetzten.

Sie schloss den Bericht der kriminaltechnischen Untersuchung und loggte sich in die Datenbank INPOL, das Informationssystem der Polizei, ein. Darin wurden bundesweit alle vermissten und zur Fahndung ausgeschriebenen Personen erfasst. Sie schränkte ihre Suche auf vermisste Personen ein. 18.421 Datensätze wurden angezeigt. Nach einer weiteren Einschränkung auf männliche Personen verblieben noch 12.111 Datensätze.

Kommissarin Bernard ergänzte die Suchbegriffe um die Erkenntnisse der rechtsmedizinischen Untersuchung. Es verblieben zwei Treffer. Einen davon schloss sie aus. Dieser Mann wurde bereits seit mehr als zehn Jahren vermisst und stammte aus der Berliner Drogenszene.

Der andere Mann war der Immobilienmakler Johannes Kürten und es blieb ihr nichts weiteres übrig, als auf die Bestätigung durch den DNA-Abgleich der Rechtsmedizin zu warten.

Sie schaute auf die Uhr am unteren rechten Bildschirmrand. Zeit, sich auf den Weg zu Melissa zu machen.

Sie loggte sich aus dem INPOL-System aus und erhob sich. Der Bildschirm auf dem Schreibtisch des Kollegen Kluge leuchtete einsam. Sicher war er noch irgendwo im Haus unterwegs.

Sie verließ das Büro und traf auf dem Gang auf Tanja Rieger.

„Weißt du, wo Torsten ist?"

„Ja, bei Lorscheider. Irgendein Bauunternehmer hat sich über Jörg beschwert. Weißt du was darüber?"

Christines leidender Gesichtsausdruck reichte der Polizeimeisterin bereits als Antwort.

„Du kennst Jörg doch", ergänzte Christine trotzdem. „Ich muss los. Bis morgen."

Kommissarin Bernard nahm wie üblich die Treppe.

Auf dem Parkplatz stand ihr Renault von winzigen Schneeflocken leicht bepudert. Sie stieg ein und startete den Motor. Die Wischerblätter schoben die Front- und die Heckscheibe mühelos frei. Sie setzte den Wagen rückwärts aus der Parklücke heraus und fuhr vom Gelände.

Der Feierabendverkehr hielt sie länger auf, als sie geplant hatte. Sie verspätete sich um einige Minuten.

Melissa war es egal. Sie achtete nicht auf Details. Das große Ganze war ihr für gewöhnlich wichtiger und das war wohl in Schieflage geraten, das spürte Christine sofort, als sie ihre Freundin zur Begrüßung umarmte.

Sie hatte geduscht und sich in ihren Bademantel gewickelt. Ihre langen, blonden Haare dufteten feucht nach Shampoo.

„Alles okay mit dir?"

Melissa zuckte mit den Schultern.

„Ich glaube, ich habe es mit Jörg verpeilt."

„Wieso? Was ist passiert?"

Sie setzten sich in die Küche.

„Kaffee? Habe eine neue Maschine."

Eigentlich war es Christine zu spät, um jetzt noch einen Kaffee zu trinken, aber Melissa warb verlockend für die Fähigkeiten ihres neuen Kaffeevollautomaten.

„Keine Kapseln, wegen der Umwelt", verkündete sie stolz.

„Seit wann denkst du an die Umwelt?"

„Ich glaube, unsere Umweltprobleme kann man wohl kaum noch ignorieren."

„Sagt Jörg", vermutete Christine und traf ins Schwarze.

Melissas Maschine brummte und röchelte Cappuccino in zwei gläserne Tassen. Dann fauchte der Milchaufschäumer und Melissa ließ Kakaopulver auf die Haube rieseln.

Der Cappuccino schmeckte köstlich.

„Jetzt erzähl schon, wie lief dein Date mit unserem coolen Hauptkommissar?"

Melissas lasziver Augenaufschlag ließ ahnen, womit sie ihre Ausführungen beginnen würde.

„Der Sex war geil."

Christine verdrehte ihre Augen.

„Melissaaa!"

Melissa grinste.

„Essen war lecker, Wein genau richtig und dann ab in die Kiste."

„Soweit waren wir schon. Wo ist dann das Problem?"

„Latte?"

Melissa schaute sie aus großen blauen Augen an und erwartete offenbar eine Antwort.

Fieberhaft überlegte Christine, ob sie das Richtige dachte und Melissas Frage eine anzügliche Anspielung auf ein sexuelles Problem war. Schließlich stammelte sie: „Äh, Latte? Ich verstehe nicht."

Aber Melissa verstand offenbar, was ihre Freundin durcheinandergebracht hatte, und prustete los.

„Macchiato!", lachte sie und deutete auf Christines halbleere Tasse. „Was dachtest du denn?"

„Ach so, ja, gerne."

Sie trank ihren Cappuccino aus. Melissa hantierte an ihrer Kaffeemaschine.

„Ich habe beim Frühstück zu viel gequatscht. Wäre doch schön, wenn wir abends zusammen essen und morgens gemeinsam frühstücken und so weiter."

Melissa stellte zwei große Gläser mit Latte Macchiato auf den Tisch und setzte sich wieder.

„Ich glaube, das hat Jörg falsch verstanden."

„Das glaube ich nicht", widersprach Christine. „Der hat das schon richtig verstanden. Oder irre ich mich da?"

„Neeiin", stöhnte Melissa. „Ich habe keine Lust mehr auf wechselnde Bekanntschaften und diesen ganzen oberflächlichen Kram. Ich suche was Festes."

„Und da hast du dir gedacht, das dem Jörg gleich nach der ersten Nacht zu sagen. Ausgerechnet Jörg Rottmann."

„Ich glaube, ich habe in diesem Moment nicht so viel gedacht."

Christine nickte stumm und trank grinsend einen Schluck.

„Na ja, unser Macho wird es schon überstehen, und du zügelst bei eurem nächsten Date deinen Bindungsdrang."

„Wenn Jörg sich überhaupt noch einmal mit mir verabredet."

„Das kriegen wir mit ein bisschen Girlpower schon hin."

Melissa wirkte weiterhin niedergeschlagen, und wohl nur aus diesem Grund ließ Christine sich zu einem Espresso überreden, bevor sie sich verabschiedete.

Üblicherweise trank sie so spät am Abend keinen Kaffee mehr. Auf jeden Fall war sie hellwach und spürte ihr Herz gegen ihre Rippen schlagen, während sie sich in ihrem Wagen anschnallte und den Motor startete.

Auf der kurzen Fahrt nach Hause wurde ihr schnell klar, sie würde keinesfalls schlafen können. Als sie in ihre Straße einbog, schaute sie auf die Borduhr des Mégane. 20:21 Uhr.

Sie ließ ihren weißen Wagen am Haus vorbeirollen und fuhr weiter in Richtung Mosel aus der Stadt heraus.

Sie folgte den Moselschleifen auf der Uferstraße ohne Ziel, bummelte an Schweich vorbei und ließ Mehring links liegen.

Ein heller Mond spiegelte sich auf dem trägen schwarzen Flusswasser und tauchte die Straße vor ihr in ein mystisches Licht. Wenige Minuten später hatte sie Trittenheim durchfahren und fuhr in Richtung Bernkastel-Kues. Dort lenkte sie den Renault durch den Tunnel und über die Serpentinen durch die Weinberge hinauf in den Hunsrück.

Einem plötzlichen Impuls folgend bog sie auf der Hunsrückhöhenstraße links ab in Richtung Idar-Oberstein.

Dort lag der Tierpark, und die Kommissarin in ihr flüsterte ihr ein, doch mal nachzusehen, was dort nachts so geschieht. Vielleicht gab es ja etwas Interessantes zu beobachten, was ihre Ermittlungen vorantreiben könnte.

Im hellen Schein des Mondlichts ließ sie ihren Wagen mit ausgeschalteten Scheinwerfern über den Parkplatz rollen und parkte auf dem Stellplatz, der am weitesten vom Haupteingang entfernt lag und von überhängenden Fichtenzweigen beschattet wurde. Sie schaltete den Motor aus.

Auf dem gesamten Gelände brannte kein einziges Licht. Schwarz erhoben sich die umstehenden Bäume gegen den Nachthimmel. Wolken zogen vereinzelt heran und verdunkelten hin und wieder das Mondlicht. Mehr als dieses Schattenspiel gab es über eine Stunde lang nicht zu bewundern. Christine wurde müde. Das Koffein in ihrem Blut war offenbar abgebaut. Sie beschloss, noch eine Stunde zu warten.

Es wurde kalt im Wagen. Sie überlegte, ob sie den Motor kurz starten sollte, um die Heizung benutzen zu können.

Doch dann hörte sie ein fernes Heulen. Sie schaltete die Zündung ein und ließ ihr Seitenfenster einen Spalt herunter. Kein Zweifel, das war das Geheul von Wölfen. Das Rudel im Park heulte offenbar den Mond an, der soeben von einer Wolkenbank verdeckt wurde.

Plötzlich huschte ein großer dunkler Schatten über ihren Außenspiegel. Erschrocken richtete sie sich in ihrem Sitz auf. Hinter ihrem Wagen war etwas großes Graues entlang gelaufen.

‚Ein Wolf!', schoss es ihr durch den Kopf.

Größe und Erscheinung sprachen dafür, aber sie hatte das Tier nur einen Bruchteil einer Sekunde gesehen. Wie konnte sie da sicher sein? Und wo kam das Tier her? Aus dem Wald? Aus dem Park?

Konnten die Wölfe aus ihrem Gehege im Park entweichen? Gab es eine Lücke im Zaun? Oder hatte sie jemand befreit? Ihre Fantasie ging mit ihr durch. Sie rief sich zur Ordnung und versuchte angestrengt, durch die mittlerweile beschlagenden Scheiben etwas zu erkennen.

Die Wahrscheinlichkeit, dass sie ein harmloses Tier des Waldes oder einen streunenden Hund gesehen hatte, war wesentlich höher, als die, tatsächlich einem Wolf begegnet zu sein. Aber Wahrscheinlichkeiten und unbestimmte Ängste waren miteinander nicht kompatibel.

Die Begrenzungsanlagen im Park hatten auf sie einen tadellosen Eindruck gemacht. Gerade in der angespannten Lage um die Fortführung des Betriebes würde es die Leitung des Tierparks wohl kaum zulassen, dass ihre Zäune nicht in Ordnung waren.

Kommissarin Bernard sah keine andere Möglichkeit, als auszusteigen und nachzusehen. Sie überprüfte ihre Dienstwaffe und überwand eine diffuse Furcht davor, die Fahrertür zu öffnen. Das hochdimmende Licht der Innenbeleuchtung blendete sie. Sie stieg aus, warf die Tür zu und wartete, bis sich ihre Augen wieder an die Dunkelheit gewöhnt hatten. Währenddessen lauschte sie nach jedem Geräusch und drehte sich mehrmals um, um hinter sich zu sehen. Doch sie blieb allein.

Sie lief über den verlassenen Parkplatz und suchte in der Nähe des Gebäudes am Eingang eine Möglichkeit, den Zaun zu überwinden.

Nach 50 Metern fand sie eine Einfahrt, die mit einem Gittertor gesichert war. Sie zog sich daran empor und sprang mit einem mutigen Satz auf die andere Seite. In einem Gehege links von ihr sprang irgendein Tier erschrocken auf und lief davon.

Christine Bernard lief zurück zu dem Gebäude am Eingang, vorbei an den Federviehvolieren und weiter in Richtung Rotwildgehege. Rechts von ihr grunzten Wildschweine. Sie hörte sie durch ihre Suhle patschen und sah ihre dunklen Schatten über den Waldboden wandern. Ihr säuerlicher Gestank begleitete sie einige Meter, dann hatte sie die Wolfsgehege erreicht.

Roccos Rudel heulte immer noch. Christine lief am ersten Gehege vorbei. Titus schnürte aufgeregt am Zaun entlang. Beinahe unsichtbar. Nur seine Augen glühten bei einer Wende kurz im Mondlicht. Ein Schauer lief ihr über den Rücken. Dann hatte sie das zweite Gehege erreicht.

Rocco und sein Rudel waren nicht zu sehen. Sie standen anscheinend tief im Gehege, verdeckt von Bäumen und Sträuchern.

Christine lief am Zaun entlang und suchte nach einer Lücke. Das war natürlich Unsinn. Gerade auf der Innenseite des Parks würde es doch sofort auffallen, wenn der Zaun beschädigt war. Aber irgendwo musste sie schließlich anfangen.

Sie erreichte eine Hütte auf Stelzen. ‚Ein Hochsitz‘, war ihre erste Vermutung. Aber dafür war die Hütte, die zu ihrem größten Teil in etwa viereinhalb Metern Höhe über den Zaun hinweg in das Gehege ragte, zu groß.

Sie entdeckte eine schmale Holztreppe und lief darauf zu.

In dem Moment, als sie ihren Fuß auf die erste Stufe setzen wollte, sprang ein großer grauer Wolf an den Zaun und stellte sich daran auf. Er knurrte und fiepte und drückte mit seinen Pfoten immer wieder gegen den Maschendraht.

Christine erschrak fürchterlich und stieß einen kurzen Schrei aus.

Drei weitere Tiere stürmten heran. Bald darauf knurrten und jaulten sie aufgeregt und lockten das ganze Rudel herbei.

Es entstand ein lautstarker Tumult, als die Meute umher wuselte. Schon begannen einzelne Tiere andere zu beißen und ihre Rangordnung im Rudel durchzusetzen.

„Komm endlich rauf, du machst mir ja das Rudel verrückt."

Kommissarin Bernard glaubte, ihr bliebe vor Schreck das Herz stehen. Über ihr im fahlen Mondschein stand ein Wesen aus einer anderen Welt. Zumindest sah es für einen kurzen Moment so aus. Ein riesiges Insekt oder etwas Ähnliches. Fürchterlich entstellt jedenfalls, aber es trug Rosis Jacke und es sprach mit ihrer Stimme.

„Nun, mach schon!", drängte Rosi fordernd und zog sich das Nachtsichtgerät vom Kopf.

Beim Anblick des bleichen Gesichts löste sich Christine aus ihrer Starre und stieg endlich die Stufen hinauf. Die wilde Meute unter ihr ließ sie nicht aus den Augen. Sie war sich sicher, würde sie jetzt in das Gehege hineinstürzen, sie wäre unweigerlich verloren.

„Was machst du hier?"

Rosis vorwurfsvoller Unterton war nicht zu überhören.

„Ermitteln?", entgegnete Christine schärfer, als sie beabsichtigt hatte.

Sie ließ sich neben Rosi auf eine Holzbank fallen und atmete tief ein und wieder aus. Unter ihnen tobte weiterhin die Meute.

„Sie glauben, sie bekommen etwas zu fressen", kicherte Rosi. „Diese Aussichtsplattform nutzen wir auch für Showfütterungen. Die Besucher sehen gerne zu, wenn das Rudel sich um Fleischstücke balgt."

‚Diese Plattform bot die ideale Möglichkeit, einen Körper hinunter zu den Wölfen zu werfen, ohne verdächtige Spuren zu hinterlassen', dachte Christine. ‚Aber in dem Gehege, in dem die Leiche gefunden wurde, gab es eine solche Plattform nicht.'

„Hast du sie heulen hören?"

„Ja, gruselig."

„Nein. Wunderschön. Sie erheben damit Anspruch auf ihr Revier. ‚Kommt ja nicht hierher!', soll es Artgenossen warnen."

Christine erhob sich und trat an die Brüstung. Rocco und seine Bande liefen unter ihr hin und her und schauten immer wieder zu ihr hinauf.

„Sitzt du oft nachts hier oben?"

„Nicht oft, hin und wieder."

„Vorgestern auch?"

„Nein."

„Kann ich das Nachtsichtgerät mal haben?"

Rosi reichte ihr das Gerät. Christine setzte es auf und warf damit einen Blick in die Richtung des Nachbargeheges. Aber man konnte es nicht einsehen. Tiefhängende Äste von Fichten behinderten die Sicht. Dann schaute sie hinunter zu Rocco und seiner Meute. Die Restlicht verstärkende Elektronik im Nachtsichtgerät zeigte das Rudel und die Umgebung in dunklen Grün- bis hin zu hellen Grautönen. Nur die Augen der Tiere glühten hellgrün und dieser Anblick verlieh ihnen ein unwirkliches Aussehen.

‚Wie mystische Geschöpfe aus der Unterwelt', dachte Christine.

So stellte sie sich Zerberus den Höllenhund vor, der den Eingang zur Unterwelt bewachte, damit kein Toter heraus und kein Lebender hinein konnte.

Von Lämmern und Wölfen

„Kann es sein, dass eines der Tiere aus dem Gehege entkommen ist und draußen frei herum läuft?"

Rosi schnaufte genervt.

„Das werfen uns die Tierparkgegner auch dauernd vor. Nein, natürlich nicht."

Sie forderte ihr Nachtsichtgerät zurück und setzte es auf. Dann trat sie an das Geländer und zählte laut die Tiere auf, die sie sah.

„Rocco, Rufus, Bella", begann sie.

Am Ende waren es zwölf Tiere und Rosi setzte zufrieden ihr Nachtsichtgerät ab.

„Alle da. Nur Titus kann ich von hier aus nicht sehen."

„Der ist im Gehege, den habe ich selbst gesehen."

„Ein besonders schönes Tier", schwärmte Rosi und nahm wieder neben Christine auf der Bank Platz.

„Die Menschen neigen zu Legenden- und Mythenbildung rund um das Thema Wolf. Die Einen lieben und vergöttern diese Tiere, manche hassen sie, vor allem die Schafzüchter, und der Rest erliegt einer diffusen Angst aufgrund uralter Geschichten, deren Wahrheitsgehalt heute niemand mehr überprüfen kann. Rotkäppchen-Syndrom nennt man das. Ein schweres Erbe für den Wolf."

„Und zu welcher Gruppe gehörst du?"

„Irgendwo dazwischen. Ich respektiere sie als Lebewesen und Teil der Natur mit all ihren Ansprüchen und

Bedürfnissen. Sie gehören ebenso auf diese Welt wie wir, und wir haben nicht das Recht, sie zu vertreiben und abzuschlachten. Dennoch sind es Raubtiere und ich würde meine Enkelkinder, wenn ich welche hätte, nicht mit ihnen spielen lassen."

„Glaubst du, dass es Wölfe in unseren Wäldern gibt? Hier im Hunsrück?"

„Schon möglich. Der Hochwald ist ein Optimalhabitat. Besonders die geschützten Gebiete im Nationalpark. Aber Wölfe sind sehr scheu. Ihre Anwesenheit verraten sie oft nur durch die Reste ihres Risses. Sie können an einem Tag große Strecken zurücklegen. Ein Tier aus der Lausitz mit einem Sender ist in einer einzigen Nacht 70 Kilometer gewandert. Ob der Wolf hier ist oder nicht, kann sich in einer einzigen Nacht entscheiden."

„Was ist mit Spuren? Kann ein Förster nicht anhand ihrer Pfotenabdrücke feststellen, ob Wölfe in seinem Revier sind?"

„Der Pfotenabdruck unterscheidet sich nicht zuverlässig von denen eines großen Hundes. Aber die Fährte. Wölfe schnüren. Sie treten mit den Hinterpfoten in die Abdrücke der Vorderpfoten. Und sie laufen in gerader Linie auf ihr Ziel zu. Sie müssen Energie sparen, weil sie ja nicht wissen, wann sie wieder etwas zu fressen bekommen. Hunde hingegen schnüren nicht und laufen mal hier und mal dort hin. Sie können sich Energieverschwendung leisten, sie sind es gewohnt, vom Menschen gefüttert zu werden."

„Hmm", brummte Christine. Sie hatte eigentlich eine weniger beunruhigende Auskunft erwartet.

Rosie schien ihre Unzufriedenheit zu spüren und bediente das Bedürfnis der Kommissarin nach Sicherheit mit einer vagen Hoffnung.

„Über die Losung lassen sich Wölfe eventuell von Hunden unterscheiden. In der Wolfslosung befinden sich Haare und Knochenstücke. Beim Haushund nicht. Der bekommt ja Dosenfutter. Die Losung von wildernden Hunden ähnelt allerdings wieder stark der von Wölfen. Man muss sich schon sehr gut auskennen, um das alles auseinander zu halten."

Christine fröstelte. Über die Plattform wehte ein kühler Nachtwind. Sie erhob sich.

„Kennst du einen Johannes Kürten?"

„Ja, sicher. Er ist der Initiator des Bauvorhabens und giert nach dem Gelände des Tierparks."

„Und?"

„Nichts ‚und'. Wir mögen uns nicht besonders. Wir stehen eben auf verschiedenen Seiten."

Rosi erhob sich ebenfalls.

„Lass uns gehen, sonst kommt das Rudel heute Nacht nicht mehr zur Ruhe."

Sie stiegen die Stufen hinab und entfernten sich zügig von der Plattform.

Rocco und seine Meute warteten noch eine Weile am Zaun und schauten ihnen nach. Dann begriffen sie, dass es in dieser Nacht nichts zu fressen gab, und zogen sich in die Mitte des Geheges zurück.

Titus stand im Schatten der Bäume in der Nähe des Zauns. Rosi entdeckte ihn sofort und lockte ihn.

„Komm her, mein Schöner", flüsterte sie und hockte sich vor den Maschendraht.

Titus näherte sich, blieb aber rund einen Meter vom Zaun entfernt stehen.

„Wir kennen uns noch nicht so gut", entschuldigte Rosi sein Zögern und stand auf. „Timberwölfe sind die größte Wolfsart der Welt. Sie stammen aus Nordamerika und wurden dort beinahe vollständig ausgerottet. Titus stammt aus einer privaten Haltung. Ich versuche, ein zweites Rudel aufzubauen."

„Ist das nicht sehr optimistisch? Was ist, wenn der Park geschlossen wird?"

„Noch ist er es ja nicht", entgegnete Rosi trotzig. „Siehst du denn nicht, was für wunderbare Geschöpfe das sind? Dafür lohnt es sich doch, zu kämpfen. Den Kampf um den Park einfach aufgeben, ist für mich keine Option. Wir bereiten ein Bürgerbegehren vor und sammeln dann Unterschriften. Wir leisten Widerstand, und wenn wir den Park besetzen müssen."

‚Den Park besetzen', schmunzelte Christine innerlich, ‚das riesige Gelände mit einer Handvoll Sympathisanten, die nach der ersten kalten Nacht in ihre warme Wohnung flüchten. Aussichtslos.' Sie erinnerte sich plötzlich an eine Textzeile aus einem Lied von Herman van Veen. „Nur ein warmes Lamm kann einen Wolf verstehen."

War Rosi so ein warmes Lamm? Bis zur Selbstaufgabe voller Liebe und Verständnis für diese Tiere, selbst aber harmlos, bisweilen naiv im Kampf gegen mächtige Investoren. Oder war sie selbst ein Wolf?

Sie schämte sich ein wenig für ihre heimlichen Gedanken. Bisher gab es nicht einen einzigen Hinweis darauf, dass Rosi mit der Leiche im Gehege etwas zu tun haben könnte. Die Kommissarin in ihr musste eben manchmal in ihre Grenzen verwiesen werden, sonst würde ihr verborgenes Misstrauen ihre privaten Kontakte zu anderen Menschen unterwandern.

„Willst du nicht die Patenschaft für Titus übernehmen? Ihr kennt euch doch schon ganz gut."

Rosis Grinsen blieb im Dunkeln unsichtbar, aber Christine hatte die Anspielung auf ihren Besuch in Titus' Gehege auch so verstanden.

„Was bedeutet das für mich?"

„Du spendest. Freiwillig natürlich. Für Tierarztkosten, Medikamente, Futtergeld und den Ausbau und die Pflege des Geheges. Dafür bekommst du freien Eintritt, eine Tafel mit deinem Namen darauf und wirst in die öffentliche Liste der Förderer des Tierparks aufgenommen. Der erste weibliche Nachwuchs von Titus wird deinen Namen tragen."

„Ich überlege es mir. Vielleicht, wenn die Ermittlungen abgeschlossen sind."

„Hast du Kinder?"

„Nein."

„Dann hättest du welche."

So weit wie Rosi konnte Christine nicht gehen. Wölfe waren Tiere und für sie kein Vergleich zu einem Kind. Aber der Gedanke einer Patenschaft für Titus erschien ihr reizvoll und durfte zu Ende gedacht werden.

Rosi ging wieder voraus, bis sie das Gebäude am Eingang des Tierparks erreichten. Christine blieb es diesmal erspart, über den Zaun zu klettern. Rosi hatte Schlüssel für das Gebäude und wahrscheinlich auch für alle anderen Türen und Tore des Parks, vermutete die Kommissarin.

Sie durchquerten das Gebäude im schwachen Licht des Mondscheins, der durch die Fenster fiel. Nachdem Rosi die Eingangstür wieder verschlossen hatte, schaute sie sich um und entdeckte den weißen Mégane am äußersten Ende des Geländes.

„Kannst du mich mitnehmen?"

„Ja, natürlich."

Sie überquerten den Parkplatz und stiegen in den Wagen. Christine startete den Motor und fuhr los. Ungeduldig wartete sie darauf, dass die Heizung warme Luft in den Innenraum blies. In einer Nebenstraße in einem nahegelegenen Ort vor Rosis Haus war es endlich soweit.

Das kleine Gebäude in grauem Putz ließ ahnen, dass die Eigentümerin andere Prioritäten im Leben hatte als repräsentativen Besitz. Das einfache Haus auf dem vernachlässigten Grundstück war für die Nachbarn sicher keine Augenweide. Aber auf die Befindlichkeiten ihrer Nachbarn nahm Rosi offenbar keine Rücksicht. Wahrscheinlich verbrachte sie ohnehin den größten Teil ihrer Zeit im Park bei ihren Wölfen.

Rosi stieg aus und warf die Beifahrertür zu. Christine sah sie zum Abschied im Rückspiegel winken, während sie davonfuhr.

Sie gähnte. Es war später geworden, als sie beabsichtigt hatte. Sie würde sich mit dem Schlafen beeilen müssen, wenn sie am Morgen ausgeruht in der Kriminaldirektion erscheinen wollte.

Gegen 2:30 Uhr war sie zu Hause. Das nagende Hungergefühl in ihrem Bauch vertrieb sie mit einer Handvoll Radieschen und zwei Scheiben Gouda aus dem Kühlschrank. Anschließend verschwand sie kurz im Bad, wechselte in ihr Schlafzimmer und legte sich schlafen.

Die kurze Nacht hatte Spuren hinterlassen. Ihr Badezimmerspiegel war erbarmungslos ehrlich und zeigte ein müdes Gesicht.

Sie frühstückte und fuhr in die Kriminaldirektion.

Staatsanwalt Walter Lorscheider hatte seinen Hauptkommissar am Abend noch mündlich verwarnt. Der Beschwerde von Joachim Meiler musste er nachgehen. Auch wenn er Jörgs Abneigung gegen rücksichtslose, profitgeile Provinzunternehmer im Grunde teilte.

Christine hatte jedoch nicht den Eindruck, dass Jörg sich den Rüffel zu Herzen nahm und sein Verhalten tatsächlich überdachte.

Sie begegneten sich auf dem Flur vor Christines Büro. Ein kurzes „Morgen“ musste reichen. Jörg hatte Neuigkeiten.

„Doktorchen war fleißig. Der DNA-Vergleich ist eindeutig. Der Tote im Gehege war Johannes Kürten.“

„Okay. Dann besuchen wir jetzt seine Frau.“

Jörg Rottmann schüttelte seinen Kopf.

„Nicht wir. Lorscheider hat die Samthandschuhe rausgeholt und den taktvollen Kollegen Kluge zur Befragung der Lokalprominenz eingeteilt.“

Ab dem Wort „taktvoll“ erhielt Jörgs Stimme einen spöttischen Unterton.

Ihre Wege trennten sich. Christine öffnete die Tür zu ihrem Büro und Jörg Rottmann verabschiedete sich zum Schießtraining.

‚Wenn er könnte, würde er dort sicher eine Pappfigur von Joachim Meiler aufstellen lassen‘, dachte Christine und schmunzelte.

Hauptkommissar Kluge bemerkte die Erheiterung seiner Kollegin sofort.

„Hast du Jörg auf dem Flur getroffen?“, orakelte er.

Christine nickte und grinste vielsagend.

„Dann weiß du sicher auch schon, wohin wir jetzt fahren.“

Christine nickte erneut. Torsten erhob sich und tastete nach seinem Autoschlüssel in der Hosentasche.

Sie verließen das Büro und nahmen den Aufzug.

„Was wissen wir über diesen Kürten?“, fragte Christine ihren Kollegen auf dem Weg über den Parkplatz zum Dienstwagen.

Sie war sich sicher, dass Torsten Kluge nicht unvorbereitet zu einer Befragung fahren würde, und natürlich hatte er bereits alle verfügbaren Informationen zusammengetragen.

„Johannes Kürten, 62, Immobilienmakler“, begann er, während er den Dienst-Audi vom Gelände herunter lenkte. „Geboren in Sankt Wendel. Verheiratet, zwei Töchter. Hat mit der Vermittlung von Liegenschaften der Bundeswehr

Ende der 90er Jahre viel Geld verdient. Er ist nicht reich, aber wohlhabend. Offenbar wollte er seinem Lebenswerk den Bau einer Wohnsiedlung im Hunsrück auf dem Gelände des Tierparks hinzufügen und stieß unerwartet auf Widerstand."

„Wieso unerwartet? Bei solchen Projekten gibt es doch meistens Proteste."

„Er war wohl ein guter Netzwerker und hatte den Gemeinderat auf seiner Seite. Das Projekt war beschlussreif und die Zustimmung der Ratsmitglieder bei der nächsten Sitzung reine Formsache. Den letzten Zweiflern versprach er lukrative Aufträge."

„Zum Beispiel diesem Bauunternehmer Meiler."

„Genau. Geld ist an den einen oder anderen sicher auch geflossen. Das können wir aber nicht beweisen."

„Und jetzt ist er tot."

Torsten Kluge nickte. Er trieb den Dienstwagen mit annähernder Höchstgeschwindigkeit über die Autobahn und bremste ihn in der Ausfahrt Mehring wieder zusammen. Zügig bog er auf die Landstraße ab und gab erneut Gas.

Christine schaute aus dem Seitenfenster auf die vorbeifliegende Landschaft.

Johannes Kürten war *kein* Lamm. Da war sie sich sicher. *Er* gehörte zu den Wölfen. Natürlich war auch das Leben eines Wolfs endlich.

Sein jähes Ende hatte Johannes Kürten sicher überrascht. Jetzt war es ihre Aufgabe, herauszufinden, wer es herbeigeführt hatte. Sie dachte an Martina Kürten. Diese betrogene und verbitterte Frau. Enttäuschte Liebe. Zurückweisung.

Demütigung. Eifersucht. Verratene Gefühle. Gleich fünf der Top Zehn der Mordmotive trafen auf Johannes Kürtens Ehefrau zu. War sie eine Mörderin? Hatte sie die Gelegenheit dazu? Besaß sie eine Waffe? Oder ihr Mann, und sie wusste, wo sie sich befand, und hatte Zugriff darauf? Konnte sie damit umgehen? Wo hatte sie sich zur Tatzeit aufgehalten?

Schon der letzte Punkt der gedachten Liste stellte ein Problem dar. Wann genau war Johannes Kürten in das Wolfsgehege verbracht worden?

Denkbar wäre der gesamte Zeitraum zwischen der Schließung des Parks am Abend und der Entdeckung seiner Körperteile am nächsten Morgen. Eine Spanne von 14 bis 15 Stunden also. Wenn man die Zeit nach Tagesanbruch abzieht, die der Mörder sicher gemieden hat, blieben immer noch 13 Stunden im Schutz der Dunkelheit übrig.

Das apricotfarbene Haus am Ortsrand trotzte dem grauen Morgen. Es lag Schnee in der Luft. Man konnte ihn riechen.

Die feuchte Dezemberkühle ließ die Heizungsanlage im Keller fauchen und den Kamin auf dem Dach dampfen. Hinter den Fenstern brannte Licht. Der Bewegungsmelder schaltete unnötigerweise die Außenbeleuchtung ein.

Sie hatten gerade erst geklingelt, da riss Martina Kürten auch schon die Tür auf. Sie trug Gummihandschuhe und war offenbar mit dem Hausputz beschäftigt. Ihr halblanges, dunkelbraunes Haar hatte sie sich hochgesteckt. Es verlieh ihrer Erscheinung etwas Jugendliches.

Sie hatte sich Arbeit zur Ablenkung gesucht. Seit der Beamte seinen Besuch telefonisch angekündigt hatte, ahnte sie bereits, wozu er nun mit seiner Kollegin und gezücktem Dienstausweis vor der Tür stand.

„Hauptkommissar Torsten Kluge", hörte sie den großen schlanken Mann sprechen und erkannte gleichzeitig in seiner Begleiterin die Beamtin vom Tag zuvor wieder. „Meine Kollegin kennen Sie ja bereits."

Sie bat die beiden herein und zog sich die gelben Gummihandschuhe von den Händen. So, als wären sie wertvoll, legte sie sie sorgfältig auf einen Unterschrank an der Garderobe und schritt voraus in das Esszimmer. Sie setzten sich an den großen Tisch, und Christine saß auf dem gleichen Platz, wie schon am Tag zuvor.

„Frau Kürten ...", hörte sie ihren Kollegen sagen und dann sein Räuspern, bevor er mit beruhigender Stimme weiter sprach.

Martina Kürten hörte äußerlich unbewegt zu. Ihr Gesicht wirkte starr wie ein Relief aus Stein. Ihre Hände ruhten in ihrem Schoß. Ihre Augen blieben trocken.

Falls sich in ihr noch ein Funken Liebe für ihren Mann befand, dann war sie eine Meisterin im Verbergen.

Wie viel Kraft es sie tatsächlich kostete, sich anzuhören, was geschehen war, vermochte niemand zu sagen, und ihre Reaktion darauf, überraschte die beiden Kommissare gleichermaßen.

„Waren Sie schon bei seiner Nutte? Die trauert sicher mehr um ihn und um sein Geld als ich."

„Wie heißt die Dame?", erkundigte sich Torsten Kluge äußerlich unbeeindruckt und angelte einen Notizblock aus seiner Jackettasche.

„Dame?", prustete Martina Kürten los. „Ganz sicher ist diese Hure keine Dame. Und ihren Namen weiß ich auch nicht. Da müssen Sie schon in dem Puff nachfragen, in dem sie anschafft."

Die erlittenen Verletzungen bewegten Martina Kürten offensichtlich mehr als der schreckliche Tod ihres Mannes.

Sie kannte zwar die Adresse des Etablissements nicht, aber sie hatte eine Vermutung.

Hauptkommissar Kluge notierte gewissenhaft und blieb ruhig.

Zu ruhig für Martina Kürten, die anscheinend glaubte, weiblichen Beistand einfordern zu müssen, weil dieser Hauptkommissar als Mann nicht qualifiziert war, die Untiefen der weiblichen Seele auch nur annähernd zu erahnen.

„Ich habe ihn schon vor Jahren zur Rede gestellt, und wissen Sie, was er mir antwortete?"

„Nein", reagierte Christine Bernard vorsichtig auf den herausfordernden Blick von Martina Kürten und hatte sogleich eine böse Vorahnung dessen, was diese gekränkte Frau als nächstes herausschleudern würde.

„Mit mir könne er nur schlafen, aber sie fickt richtig. Was glauben Sie, was er damit gemeint hat?"

„Ich weiß es nicht", log Kommissarin Bernard peinlich berührt.

Torsten Kluge räusperte sich. „Frau Kürten", begann er.

„Und Sie, wissen Sie es?", unterbrach sie ihn.

Torsten Kluge ignorierte ihre Frage und klammerte sich an die übliche Vorgehensweise bei der Befragung von Angehörigen von Opfern einer Straftat.

„Haben Sie jemanden, der sich um Sie kümmern kann? Falls nicht, informiere ich gerne unseren psychologischen Dienst."

„Danke. Nicht nötig."

Eine andere Antwort hätte den Hauptkommissar wirklich überrascht.

„Sie haben zwei Töchter. Sollen wir sie informieren oder möchten Sie das selbst tun?"

„Ich kümmere mich selbst darum."

Auch diese Antwort war vorhersehbar. Nicht jedoch Martina Kürtens Reaktion auf die Frage, wo sie zur Tatzeit gewesen war.

„Sie glauben, dass ich ihn umgebracht habe? Versucht habe ich es und ihm ein Küchenmesser zwischen die Rippen gerammt. Die Klinge war nicht lang genug, leider. Unser Hausarzt hat Johannes zusammengeflickt und ihm geholfen, alles zu vertuschen."

„Wann war das?"

Martina Kürten winkte verächtlich ab.

„Vor mehr als zehn Jahren, und um auf Ihre Frage zurückzukommen. Ich war hier. Allein."

„Keine Zeugen?"

„Keine Zeugen."

Dass Martina Kürten unbekümmert eine schwere Körperverletzung an ihrem Mann zugab, konnte nur den Grund haben, dass sie wusste, dass die Verjährungsfrist bei Körperverletzung drei Jahre beträgt. Paragraphen 195 BGB und 78 StGB. Eheliche Gewalt ging in erstaunlich vielen Fällen von Frauen aus. Martina Kürtens offenherziges

Geständnis machte sie deswegen nicht weniger verdächtig. Aber die beiden Taten, mit einem Kartoffelmesser im Affekt zuzustechen oder seinen Ehemann zu erschießen und ihn den Wölfen zum Fraß vorzuwerfen, trennte eine völlig unterschiedliche Schwere voneinander.

Herausfordernd sah Martina Kürten den Hauptkommissar an.

„Johannes wurde erschossen, sagen Sie?"

Torsten Kluge nickte.

„Er hatte einen heiklen Immobiliendeal mit einem naiven Osteuropäer eingefädelt. Der wollte hier ins Rotlichtmilieu einsteigen. Dieser ganze Dreck zog Johannes offenbar magisch an. Auf jeden Fall hat sein Kunde viel Geld verloren."

„Wie heißt der Mann?"

Martina Kürten zuckte mit den Schultern.

„Keine Ahnung. Ich habe diesen Mann nur einmal gesehen, als er mit seinem vergammelten BMW hier erschien und Johannes bedroht hat."

„Gibt es einen Kaufvertrag?"

„Nein."

„Schauen Sie bitte noch einmal nach. Wenn Sie etwas finden, senden Sie uns freundlicherweise eine Kopie."

Torsten Kluge griff in seine Jackettasche, holte eine Visitenkarte hervor und schob sie über die Tischplatte.

„Wissen Sie, wo wir diesen Mann finden können?"

Wieder zuckte Martina Kürten nur mit ihren Schultern.

„Irgendwo auf dem Balkan. Johannes glaubte jedenfalls, dass er dahin verschwunden ist, nachdem er sich nicht mehr gemeldet hatte."

„Fällt Ihnen sonst noch jemand ein, mit dem Ihr Mann in Streit geraten war?"

„Johannes war kein besonders rücksichtsvoller Mensch. Es käme also beinahe jeder infrage."

„Wie würden Sie sein Verhältnis zu seinen Töchtern beschreiben?"

„Er war ihr biologischer Vater. Mehr nicht."

„Haben Sie ein Foto von Ihrem Mann für uns?"

Martina Kürten stand auf, zog ein bereitgelegtes Bild von einer Anrichte und setze sich wieder. Sie hatte diese Bitte offenbar erwartet.

Hauptkommissar Kluge reichte das Foto an seine Kollegin weiter und setzte seine Befragung fort.

Christine betrachtete das glatt rasierte Gesicht. Viertelprofil vor blauem Hintergrund. Grau gelocktes Haar. Deutliche Geheimratsecken. Goldrandbrille. Sie glaubte, sich daran zu erinnern, dieses Foto schon einmal in der Zeitung gesehen zu haben. Wahrscheinlich in einer der vielen Immobilienanzeigen.

Christine Bernard hörte ihren Kollegen nach dem Fahrzeug von Johannes Kürten fragen. Seine Frau antwortete: „Ein schwarzer Audi A8."

Torsten Kluge erhob sich.

„Sollten Sie eine Reise planen, teilen Sie uns das bitte mit."

„Keine Angst. Ich laufe Ihnen nicht davon. Ich habe genug damit zu tun, das Geschäft aufzulösen und das Haus zu verkaufen. Dann ziehe ich zu meiner Tochter nach Saarbrücken."

Martina Kürten verlor offenbar keine Zeit. Sie hatte ihre Entscheidungen bereits getroffen. Das mochte unterkühlt wirken, aber Abgeklärtheit war kein Mordmotiv. Wohl aber, dass ihr Mann ihr allein das gesamte Vermögen hinterließ. Die letzte Demütigung, sein Erbe womöglich mit einer Prostituierten teilen zu müssen, hatte er seiner Frau offensichtlich erspart. Trotzdem blieb sein Ansehen bei ihr irreparabel beschädigt.

Als ob es dafür noch eines Beweises bedurft hätte, verabschiedete Martina Kürten die beiden Kriminalbeamten mit einem Beben in der Stimme: „Seiner Nutte können Sie ausrichten, dass ich ihr die Pest an den Hals wünsche."

Hinter ihnen fiel die Haustür schwer ins Schloss. Sand knirschte unter ihren Schuhen, während sie die Waschbetonstufen hinabstiegen.

Christine hatte den Dienstwagen als Erste erreicht, legte ihre Hand an den Türgriff und wartete darauf, dass Torsten Kluge auf die Fernbedienung der Zentralverriegelung drückte.

Sie schaute hinauf zum Haus. Hinter keinem der Fenster entdeckte sie das Gesicht von Martina Kürten.

Sie stiegen ein und fuhren sofort los.

Üblicherweise überließ Hauptkommissar Kluge Ermittlungen im Rotlichtmilieu gerne seinem Freund und Kollegen Jörg Rottmann. Der hielt sich ohnehin besser dafür qualifiziert und in diesem Glauben ließ er ihn auch.

Aber jetzt waren sie nun schon mal in der Nähe des Nachtklubs, von dem Frau Kürten glaubte, dass ihr Mann dort verkehrt hatte, und deshalb übernahm Torsten Kluge die Befragungen dort selbst.

Das Waldgrundstück grenzte an eine stark befahrene Landstraße. Wer vom Hunsrück hinunter an die Mosel wollte, fuhr daran vorbei.

Das ehemalige Ausflugslokal lag auf einem kurzgemähten Rasengrundstück zurückgesetzt hinter Rhododendronhecken.

Bald war Weihnachten, und wer daran bisher nicht gedacht hatte, den erinnerten zwei netzbestrumpfte, langbeinige Mädchen auf Highheels in knallroten mit weißem Plüsch besetzten, kurzen Nikolausjacken an das Fest der Liebe.

Sie staksten in knappen Lederröcken vor der Einfahrt zum Parkplatz auf und ab, und alles an ihnen war üppig. Ihr Dekolleté, die aufgetragene Schminke und der billige Schmuck, den sie angelegt hatten.

Torsten Kluge steuerte den Audi auf den Parkplatz und stoppte ihn unter hohen Bäumen. Dann telefonierte er mit Tanja Rieger. Ihr gab er die Daten für die Fahndung nach Johannes Kürtens A8 durch.

Kommissarin Bernard beobachtete die frierenden Weihnachtsfrauen und bewunderte deren offensichtlich robuste Gesundheit. Wahrscheinlich Russinnen. Aus Sibirien. Anders konnte es kaum sein, denn sie selbst hätte in deren knapper Bekleidung sicher nach wenigen Minuten eine passable Erkältung mit Blasenentzündung und allem, was sonst noch dazu gehörte, bekommen.

Torsten räusperte sich und riss Christine aus ihren Gedanken.

„Das ist eigentlich Jörgs bevorzugte Spielwiese", schmunzelte er und stellte den Motor ab.

Sie stiegen aus und beeilten sich, in das geheizte Gebäude zu kommen.

Falls jemand die frierenden Mädchen an der Straße übersehen haben sollte, wurde spätestens jetzt offensichtlich, was für ein Klub das war. Fotos von spärlich bekleideten Mädchen in aufreizenden Posen hingen im ehemaligen Speisenkartenkasten und in den zugeklebten oder verhangenen Fenstern. Dazu, branchentypisch, sehr viel rotes Licht.

Ihre Dienstausweise beeindruckten niemanden. Aber Johannes Kürtens Foto.

„Der Hans. Ja, der war öfter hier", gab die bei Tageslicht nicht mehr ganz so Schöne an der Theke zu.

„Samantha" wurde herbeitelefoniert. Laut ihres Ausweises Bulgarin, und die Fülle ihrer Rundungen stand denen ihrer Kolleginnen draußen auf der Straße in nichts nach.

Sie nahmen zu dritt an einem der freien Tische am Fenster Platz.

Samanthas falsche Wimpern klimperten aufgeregt, als sie den Grund für den frühen Besuch erfuhr. Sie war ein Volltreffer. Johannes Kürten war also nicht weit gefahren, wenn er gewisse Dienstleistungen in Anspruch nehmen wollte.

Samantha lieferte auch gleich die Bestätigung für Martina Kürtens Behauptungen.

„Der Hans wollte das, was alle Männer hier wollen. Unkomplizierten Sex. Ohne langes Vorspiel, manchmal schmutzig, aber immer geil."

„Aha", kommentierte Christine Samanthas Erklärungen. „Wann war er denn das letzte Mal bei Ihnen?"

Samantha schürzte ihre rot geschminkten Lippen und dachte nach.

„Letzte Woche. Freitag. Seine Alte ist ihm wieder mal auf die Nerven gegangen."

„Und das hat er Ihnen erzählt?"

„Machen viele."

„Viele?"

„Was glauben Sie, was am Wochenende hier los ist? Zuhause gibt es langweiligen Eintopf und hier ein reichhaltiges Büffet. Hier geht es rein und raus."

Samantha grinste anzüglich.

„Ich meinte nicht die Frequenz, sondern ‚viele' Männer sprechen mit Ihnen über ihre Frauen?"

„Klar. Natürlich verhält sich die schlanke Dame des Hauses gesellschaftlich korrekt, treibt Sport und ernährt sich bewusst von fair angebauten Lebensmitteln. Aber leider ist sie ungeil und deswegen kommt ihr Mann zu mir, und dann wird halt auch gequatscht."

Samantha schaute Christine herausfordernd an. Gerade so, als wollte sie sagen: „Wer weiß, mit wem dein Mann über dich spricht."

„Einer will sogar, dass ich dusche, das Parfüm seiner verstorbenen Frau auftrage und mich neben ihn lege. Er will einfach nur das Gefühl haben, dass sie noch einmal da ist."

Torsten Kluge lenkte das Gespräch in eine andere Richtung.

„Gab es hier mal Streit?"

„Zwischen Hans und mir? Nee. Der war Gentleman. Aber Drago war nicht gut auf Hans zu sprechen."

„Wer ist Drago?"

„Drago Raspudic. Dem gehört der Laden hier. Hans hat für den Vorbesitzer die Sanierung des Gebäudes organisiert, den Verkauf abgewickelt und dafür eine saftige Courtage kassiert. Nach dem ersten Winter war Drago mit den geleisteten Arbeiten plötzlich unzufrieden und verlangte Schadenersatz von Hans. Hat ihm ‚Pinselsanierung' vorgeworfen und einen seiner Schläger hinterhergeschickt. Aber Hans hat sich davon nicht beeindrucken lassen. Im Gegenteil. Er verteilte ein paar Hunderter an einen Haufen Dorfnazis, die sich um Dragos Karre gekümmert haben. Als Warnung, sozusagen."

„Und trotzdem ließ Drago ihn hier ein und aus gehen?"

„Der Hans machte immer, was er wollte. Der hätte Drago auch aus dem Geschäft gedrängt. Der hatte die richtigen Kontakte. Das wusste jeder. Sie gingen sich aus dem Weg. So gut es eben ging."

„Wir müssen mit Drago sprechen."

„Der schläft."

„Dann wecken wir ihn."

„*Ich* mache das nicht."

Samanthas Körpersprache signalisierte, dass sie log, aber auch, dass sie sich ganz sicher nicht umstimmen lassen würde. Ihre Angst davor, Drago Raspudic bei was auch immer in diesem Moment zu stören, weckte Christines Neugier.

Sie stand auf und deutete auf einen verhangenen Durchgang hinter der Theke.

„Geht es da lang?"

Samanthas stummes Nicken wartete sie nicht ab und umrundete den Tresen.

„Christine, warte!", hörte sie Torsten Kluge hinter sich rufen.

Der Durchgang mündete in einen schmalen, dunklen Flur, an dessen Ende eine Treppe in das obere Stockwerk führte. Hinter sich hörte sie die eiligen Schritte ihres Kollegen.

„Christine, warte!", zischte Hauptkommissar Kluge erneut, um seine ungestüme Kollegin zu bremsen. Gleichzeitig öffnete er seinen Schulterholster, nahm die Dienstwaffe zur Hand, lud sie durch und steckte sie zurück.

Letztendlich hatte er es seiner vorausschauenden Vorsicht zu verdanken, dass er die Dienstjahre bei der Kriminalpolizei bis auf ein paar Schrammen unverletzt überstanden hatte. Er hatte nicht vor, daran etwas zu ändern und mit seiner jungen Kollegin unvorbereitet bei einem Puffbetreiber ins Büro zu platzen.

Gemeinsam stiegen sie die Stufen hinauf und gelangten wieder in einen langen Flur, der exakt über dem unteren lag.

„Herr Raspudic?", rief seine Kollegin vor ihm, die angesichts eines halben Dutzends geschlossener Türen einen Hinweis erwartete, in welchem der Räume Drago anzutreffen war. Doch niemand antwortete ihr.

Sie hatten das Ende des Flurs erreicht. Torsten Kluge schaute aus dem Fenster hinunter auf das Grundstück.

„Er türmt!", rief er plötzlich und lief voraus, den Flur zurück und hinunter in die Gaststube. Gleichzeitig stürmten sie aus dem Gebäude hinaus.

Drago Raspudic war ein bärtiger Mann mit kurzen dunklen Haaren im grauen Anzug. Christine hatte ein Foto von ihm in Angeber-Pose umrahmt von seinen Mädchen im Schaukasten gesehen. Er war nicht allein. Er und sein Begleiter in lederner Langjacke mit einem silbernen Aktenkoffer an der Hand rannten auf ein geparktes Fahrzeug zu. Jemand betätigte die Fernbedienung der Zentralverriegelung. Der Kofferraumdeckel des schwarzen Mercedes schwang auf. Drago warf einen überraschten Blick darauf, während er daran vorbeirannte und offenbar auf der Beifahrerseite einsteigen wollte.

„Was machst du?", hörte Christine den Mann rufen und sah, wie er seinen Begleiter verwirrt ansah. Der warf den Aktenkoffer in den Kofferraum und wollte offenbar nicht ins Auto springen und fliehen. Stattdessen griff er nach einem Gegenstand im Kofferraum und nahm ihn heraus. Dann drehte er sich herum, und sie blickte in das grimmige Gesicht eines Kaukasiers. Entschlossen. Zu allem bereit.

Sekundenbruchteile nach Torsten Kluge erkannte auch Christine, was er in seinen Händen hielt. Ihr stockte der Atem.

Dragos Begleiter lud das Schnellfeuergewehr durch und legte auf die beiden Beamten an.

Christine bekam plötzlich einen heftigen Schubs und stolperte daraufhin in ein Rhododendron-Gebüsch.

„Geh in Deckung!", hörte sie ihren Kollegen rufen.

Dann donnerte das Tak-tak-tak der Kriegswaffe über das Grundstück. Kurz darauf hörte sie Schüsse aus einer Pistole.

Für einen Augenblick verlor sie die Orientierung. Wo war oben? Wo war unten? Sie versuchte, sich aufzurichten. Das dichte Astwerk behinderte sie dabei. Durch das üppige Laub konnte sie nicht sehen, was auf dem Parkplatz geschah.

Drängende Fragen stürmten auf sie ein.

Was machte der Mann mit dem Schnellfeuergewehr gerade? Kam er auf sie zu? Wusste er, wo er sie suchen musste? War sie in Gefahr? Wo befand sich Torsten? Blieb er unversehrt oder wurde er getroffen?

Jemand versuchte, einen Motor zu starten. Sie hörte den Anlasser drehen. Doch das Aggregat sprang nicht an.

Wieder bellten Pistolenschüsse über das Grundstück und eine Sekunde später erklang erneut dieses furchterregende Tak-tak-tak.

Hektisch versuchte sie, sich aus dem Gebüsch zu befreien. Ein Ast schnellte zurück und schlug ihr ins Gesicht. Sie fluchte leise. Dann hatte sie es geschafft und kniete sich auf den nassen Boden. Sofort drang eisiges Wasser durch ihre Hosenbeine. Doch darauf konnte sie jetzt keine Rücksicht nehmen.

Schnell zog sie ihre Pistole aus dem Holster, lud sie durch und überzeugte sich mit einem kurzen Blick davon, ob der rote Sicherungsstift hervorstand. Die Waffe war nun schussbereit.

‚Das hättest du dumme Gans schon machen sollen, bevor du zu diesem Drago hinaufgestiegen bist', warf sie sich selbst vor.

Vorsichtig arbeitete sie sich an den Rand des Busches vor und warf einen Blick auf den Parkplatz.

Der schwarze Mercedes stand mit geöffnetem Kofferraumdeckel dort, wo sie ihn zuletzt gesehen hatte. Die Beifahrertür stand offen. Davor kauerte Drago auf dem Boden und stöhnte. Blut sickerte in Brusthöhe aus seiner Weste.

Plötzlich war jemand neben ihr und umfasste kräftig ihren Oberarm. Erschrocken schrie sie auf.

„Bist du okay?", hörte sie Torstens vertraute Stimme.

„Ja, ja", stammelte sie und sah in sein Gesicht.

Er lächelte sie an, um sie zu beruhigen. Schon klar. Woher dieser Mann seine unbeschreibliche Contenance nahm, war ihr schleierhaft.

Hauptkommissar Kluge zog seine Kollegin auf die Beine. Sie sicherten sich gegenseitig den Rücken, bis sie ihren Dienstwagen erreicht hatten. Dort drückte er auf die Tasten der Fernbedienung an seinem Autoschlüssel.

Im Kofferraum lagen ihre schusssicheren Westen. Sie legten sie an. Torsten Kluge telefonierte mit der Einsatzzentrale und forderte Verstärkung an. Dann liefen sie zu dem stöhnenden Drago.

„Was, zur Hölle, habt ihr euch dabei gedacht?", warf Hauptkommissar Kluge dem schwer verletzten Mann vor.

Drago sah zu ihm auf.

„Musstet ihr unbedingt heute hier aufkreuzen", stöhnte er.

„Wer ist dein Komplize?"

„Geht euch einen Scheiß an."

Christine warf einen schnellen Blick in das Wageninnere. Sie entdeckte mehrere Einschusslöcher. Offenbar hatte Torsten Drago mehrmals verfehlt, und die Projektile waren in das Armaturenbrett des Mercedes eingeschlagen und hatten die Elektronik getroffen. Wahrscheinlich war deswegen der Motor nicht angesprungen.

Hauptkommissar Kluge wandte sich ab und schaute in den Kofferraum. Ein weiteres Sturmgewehr lag darin, Munitionspäckchen und der silberne Aktenkoffer. Er öffnete ihn. Acht große Kunststoffpakete mit einem weißen Pulver darin erklärten ihm, wieso die beiden Männer so nervös gewesen waren und mit heftiger Gegenwehr reagierten.

Drogenhandel und Waffenschieberei. Und mitten in dieses Geschäft platzten die beiden ahnungslosen Beamten aus Trier.

„Du fährst lange ein", prophezeite er Drago Raspudic und überließ ihn seinen Schmerzen.

Aus der Ferne hörten sie Martinshörner.

Zu Christines Bedauern warteten sie nicht, bis die Kollegen vor Ort waren. Hauptkommissar Kluge wollte verhindern, dass der flüchtende Mann mit dem Sturmgewehr auf der Landstraße ein Fahrzeug zum Anhalten zwang, den Fahrer kidnappte und mit ihm eine Geiselfahrt durch Rheinland-Pfalz begann. Also liefen sie ihm hinterher. Einerseits auf Deckung bedacht, andererseits schnellen Schrittes, um nicht den Anschluss zu verlieren.

Vor sich hörten sie Äste brechen. Torsten Kluge gab mit seinem Mobiltelefon das Suchgebiet an die Einsatzzentrale durch. Die würde weitere Einsatzfahrzeuge zusammenziehen und das Mobile Einsatzkommando aus Wittlich anfordern. Die Kollegen vom MEK konnten aber nicht vor Ablauf einer halben Stunde eintreffen. Bis dahin würden sie ihre Verfolgung weiter fortsetzen.

Christines Nerven waren bis zum Zerreißen angespannt. Was tat der Schütze jetzt? Würde er weiter flüchten oder vor ihnen irgendwo auf sie warten, um es hier und jetzt zu Ende zu bringen? Jedes Geräusch des Waldes versuchte sie zu deuten. War es nur der Wind? Oder war es ein davon springendes Tier? Oder erwartete sie hinter dem nächsten Baum der Mann mit der fürchterlichen Waffe?

Auf ihre schusssichere Weste konnte sie sich nicht verlassen. Kriegsmunition mit einer derart hohen Durchschlagskraft hatte das Material nichts entgegenzusetzen. Es war für die Durchschlagshemmung von Pistolenmunition und Stichwaffen ausgelegt. Angst stieg in ihr auf. Sie versuchte, sich selbst Mut zuzusprechen und sich zu beruhigen. Dann warf sie einen flüchtigen Blick auf ihren Kollegen, der ebenso angespannt wie sie selbst in einigen Metern Entfernung geduckt durch das Unterholz schlich. Hochkonzentriert und ebenfalls auf jedes Geräusch achtend.

Ihr mutiger und zugleich besonnener Kollege war der Strohhalm, an den sie sich in diesem Moment klammerte.

Sie gingen ein großes Risiko ein und hatten nur wenige Möglichkeiten, die Dienstvorschriften zur Eigensicherung zu befolgen. Stämme von Bäumen und kahles Gestrüpp waren die einzige Deckung, die sie nutzen konnten.

Sie liefen tiefer in den Wald hinein. Der Mann vor ihnen flüchtete weg von der Straße, stellte Torsten Kluge zufrieden fest. Er hatte damit vorerst sein Ziel erreicht und eine Geiselnahme oder Schlimmeres verhindert.

Gefahrenabwehr von der Bevölkerung war eine Kernaufgabe der Polizei, und nur deswegen schlichen sie in diesem Moment einem wild gewordenen Drogenhändler hinterher.

Kommissarin Bernard versuchte, sich an das Gesicht des Mannes zu erinnern. Aber ihr inneres Bild blieb blass. Zu kurz nur hatte sie ihn gesehen, bevor Torsten ihr wahrscheinlich das Leben gerettet hatte und sie in das Gebüsch schubste.

Seit einigen Minuten hatten sie keine Geräusche des Flüchtenden mehr vernommen. Der Waldboden war an dieser Stelle von Moos bedeckt und das dämpfte nicht nur ihre eigenen Schritte.

Hatte der Mann seine Fluchtrichtung geändert? Hatte er vielleicht gehofft, auf der anderen Seite des Waldes wieder auf eine Straße zu stoßen, und nun bemerkt, dass dort keine Straße war?

Unschlüssig blieben sie stehen und lauschten. Jeder hinter einem dicken Fichtenstamm. Nur der Wind rauschte in den Baumkronen. Es roch nach feuchtem Laub, Waldboden und Harz. Christine fröstelte und zog ihren Kopf tief zwischen ihre Schultern. Sie sah zu Torsten hinüber. Ratlos wie sie selbst versuchte er, im Wald irgendwo eine Bewegung wahrzunehmen oder ein verräterisches Geräusch zu hören.

Es war gespenstisch. Christine fürchtete, dass ihre nächste Entscheidung die falsche sein könnte, und zögerte. Irgendetwas warnte sie. Wie auch immer man das nannte. Instinkt. Bauchgefühl, sechster Sinn. In diesem Moment hätte sie an alles geglaubt. Sogar an einen Schutzengel, der ihr kaum hörbar einflüsterte, stehen zu bleiben und weiter zu warten.

Ein leises Schnalzen ließ sie wieder Blickkontakt mit ihrem Kollegen aufnehmen. Der Hauptkommissar deutete mit einer Geste an, weiter auf gleicher Höhe voranzugehen.

Sie versuchte, das Dickicht vor sich mit den Augen zu durchbohren, und machte widerwillig ihren ersten Schritt. Ihr Fuß trat auf etwas Rutschiges. Eine Wurzel, überzogen mit Grünbelag. Sie glitt aus und verlor das Gleichgewicht. In diesem Moment ratterte das Schnellfeuergewehr durch den Wald. Projektile schlugen über ihr in den Stamm der Fichte ein und rissen Rinde und zerfetzte Holzstücke heraus, die auf sie niederprasselten.

Christine Bernard schlug auf dem Boden auf und blieb liegen. Sie presste sich so flach, wie sie nur konnte, auf das feuchte Moos und hoffte, dass der Schütze sie von seiner Position aus nicht mehr sehen konnte. Sie selbst hatte nicht die leiseste Ahnung, von wo genau der Mann auf sie geschossen hatte.

Zweimal noch schoss er auf sie. Dicht vor ihr schlugen die Projektile dumpf in den Waldboden ein. Sand und Erde wurden emporgeschleudert und rieselten auf sie herab.

In ihrer Angst, getroffen zu werden, atmete sie nicht und erwartete den nächsten Schuss. Doch er blieb aus.

Sie riskierte einen Blick hinauf auf die hellgelb leuchtende Einschussstelle am Stamm der Fichte. Ungefähr in dieser Höhe befand sich kurz zuvor noch ihr Kopf. Wäre sie nicht ausgeglitten …

Sie führte den Gedanken nicht zu Ende.

Torsten Kluge hatte das Mündungsfeuer gesehen und schoss zwei Mal auf die Stelle zwischen den dicken Fichtenstämmen.

Doch er machte sich nicht viel Hoffnung, den Mann getroffen zu haben. Zu ungezielt war sein Schuss und zu erfahren der Schütze.

Hauptkommissar Kluge glaubte inzwischen, dass sie es mit einem geübten Kämpfer zu tun hatten. Schon die sichere Bedienung einer Kriegswaffe setzte eine gewisse Erfahrung damit voraus. Vielleicht hatte der Mann eine militärische Ausbildung. Das würde auch erklären, warum der Mann seelenruhig darauf gewartet hatte, dass die beiden Beamten näher kamen, um zu einem sicheren Schuss zu kommen.

Sorgenvoll schaute er zu der Stelle, an der eben noch seine junge Kollegin gestanden hatte.

Er sah ihren Haarschopf am Boden. Er bewegte sich. Dann schaute sie kurz auf und gab ihm mit einem aufgestellten Daumen zu verstehen, dass sie okay war.

Nun zögerte Torsten Kluge. Dieser Mann nahm den Tod eines Polizeibeamten in Kauf, um seine Flucht fortzusetzen. Der würde sich von einem gerufenen „Halt! Stehenbleiben!

Polizei!" nicht aufhalten lassen. Es wurde zu gefährlich, ihn weiter zu verfolgen.

Unschlüssig blieb er hinter seinem Fichtenstamm stehen und dachte angestrengt nach. Er war verantwortlich, für das Leben von Christine. Könnte er damit leben, wenn ihr etwas passieren würde? Die Antwort war eindeutig. Nein. Also Abbruch. Sofort. Aber wie kamen sie nun dort weg?

Sobald Christine sich aufrichten würde, hätte der Schütze sie womöglich im Visier. Und sobald er selbst hinter seinem Baumstamm hervortrat, galt für ihn das gleiche.

Torsten Kluge wurde unsicher. Er fühlte sich in diesem Moment zu keiner Entscheidung fähig. Wie gelähmt stand er hinter dem Fichtenstamm und seine Gedanken drehten sich im Kreis.

Christine blieb am Boden liegen. Für den Moment fühlte sie sich dort sicherer als hinter irgendeinem Baum. Denn sie wusste ja nicht, wo genau sich der Schütze befand.

Immer wieder sah sie zu Torsten Kluge hinüber. Ihr Vorgesetzter. Hauptkommissar mit vielen Dienstjahren. Erfahren. Abgeklärt. Aber einer solchen Situation hatte er sich bisher nicht stellen müssen, das sah sie ihm an.

Er stand da und überlegte. Seine Unsicherheit darüber, welche die richtige Entscheidung war, verriet seine Körpersprache.

Immer wieder riskierte er einen kurzen Blick in die Richtung, in der er das Versteck des Schützen vermutete. Schnell zog er seinen Kopf wieder zurück und schaute zu ihr herüber.

Sie saßen fest. So viel war klar. Aber wie sollte es weitergehen? Bis zum Abend warten und hoffen, dass im Schutze der Dunkelheit der Rückzug gelang, konnten sie ja schlecht. Es war gerade erst Mittag.

Sie richtete sich wenige Zentimeter auf, um besser sehen zu können. Sofort hörte sie Torstens Schnalzen, das ihr unmissverständlich zu verstehen gab, liegen zu bleiben.

Dann knackte vor ihnen ein Ast. Torsten trat hinter seinem Baumstamm hervor und eröffnete sofort das Feuer. Er schoss zwei Mal in die Richtung, aus der er das Geräusch vermutete.

Es war die pure Verzweiflung, denn gesehen hatte er nichts. Dann, aus einer Richtung, auf die er überhaupt nicht vorbereitet war, erwiderte der Schütze das Feuer auf ihn. Er hätte ihn zielsicher getroffen, wenn sich Torsten Kluges Körper in diesem Moment nicht bereits in einer Rückwärtsbewegung befunden hätte. Um Millimeter verfehlten die Projektile seinen Kopf. Holzsplitter und Rindenstücke spritzten ihm ins Gesicht und nahmen ihm für einen Moment die Sicht. Seine eigene Furcht, getroffen zu werden, presste ihn an den Stamm der Fichte.

Christine war verzweifelt. Ihr Kollege befand sich in größter Gefahr. Er rieb sich die Augen und versuchte durch einen Tränenschleier zu erkennen, ob der Schütze sich an ihn heranarbeitete.

All ihre Aufmerksamkeit legte sie auf Torsten und sie vergaß währenddessen völlig ihre Umgebung.

Plötzlich schob sich ein maskierter, schwarz gekleideter Mann mit einer Maschinenpistole im Anschlag lautlos neben sie. Sie erschrak und spürte den Adrenalinschub durch ihren Körper schießen. Doch er gab ihr zu verstehen, ruhig liegen zu bleiben. Dann lief er geduckt an ihr vorbei.

Weitere Männer arbeiteten sich auf die Stelle zu, aus der die letzten Schüsse zu hören gewesen waren. Das MEK hatte den Einsatz übernommen.

Ihre Erleichterung hätte in diesem Moment nicht größer sein können. Eine Träne löste sich und kullerte ihr über die Wange.

Auch Torsten Kluge hatte die Kollegen vom Mobilen Einsatzkommando bemerkt und rutschte hinter seinem Baumstamm in die Hocke. Noch immer hielt er die Dienstwaffe mit beiden Händen schussbereit vor der Brust.

Die Beamten des MEK arbeiteten sich schnell voran. In wenigen Sekunden waren sie an die Stelle vorgerückt, von der aus die letzten Schüsse abgegeben wurden. Doch der Schütze hatte sie offenbar bemerkt, ihre Überzahl erkannt und war geflüchtet.

Zurück zur Straße konnte er nicht mehr. Von dort aus rückten die Männer des MEKs zu ihm vor.

Also blieb nur die Flucht in den tiefen Wald. Doch auch dort kam er nicht weit.

Christine lag noch immer am Boden, als sie in der Ferne Schüsse hörte. Auf das Tak-tak-tak des Schnellfeuergewehrs antworteten umgehend mehrere Maschinenpistolen mit kurzen Feuerstößen. Kommandos wurden gebrüllt. Ein letzter Schuss war zu hören. Dann schallte das erlösende Wort durch den Wald. „Sicher!“

Christine erhob sich und schaute an sich herunter. Schön sah sie aus. Wasser aus dem Moos war in ihre Hose gesickert. Grünbelag, Waldboden und herausgedrückte Pflanzensäfte hatten sich grün und braun auf ihrer Jeans verteilt. Sie zog sich Rindenstücke und Holzspäne aus dem Haar und stapfte auf steifen Beinen zu Torsten Kluge.

Sie sicherten ihre Waffen und steckten sie in ihre Holster. Die ersten Beamten des MEKs liefen an ihnen vorbei, zurück zu ihren Einsatzfahrzeugen.

Christine suchte nach dem Schützen. Aber er war nicht dabei. Auch Torsten Kluge hielt vergeblich Ausschau. Ein vorbeigehender MEK-Beamter beantwortete die nicht gestellte Frage.

„Keine Festnahme. Exitus.“

„Eine Trage!“, rief ein weiterer Beamter fordernd durch den Wald.

Christine bekam weiche Knie. Sie stützte sich an einem Fichtenstamm ab.

„Alles ok?“, erkundigte sich Torsten und bemerkte ihre blasse Gesichtsfarbe.

Sie nickte. Dann übergab sie sich.

„Sanitäter!“, hörte sie ihren Kollegen rufen und hob abwehrend ihre Hand. Aber diese Hand zitterte und Hauptkommissar Kluge bestand darauf, dass sie sich ärztlich untersuchen ließ.

Sie durfte den Wald auf eigenen Beinen verlassen. Gestützt von einem Sanitäter und begleitet von einer Ärztin.

Der Rettungswagen stand auf dem Parkplatz des Klubs. Die beiden Mädchen in ihren Nikolaus-Kostümen standen rauchend daneben und wurden von Jörg Rottmann vernommen.

Als er seine junge Kollegin sah, ließ er die beiden einfach stehen und eilte ihr entgegen.

„Euch kann man auch nicht alleine lassen. Ihr solltet eine Witwe vernehmen und keinen Großeinsatz auslösen", frotzelte er ruppig, aber unendlich froh, Christine unversehrt zu sehen. Sie war noch nie so glücklich, Jörgs loses Mundwerk zu hören, wie in diesem Moment. Sie mühte sich ein Grinsen ab.

Die Notärztin hatte ihr ein Beruhigungsmittel verabreicht. Damit war ihr Tag gelaufen. Sie konnte ihren Dienst nicht fortsetzen. Eingehüllt in eine Decke mit einem Becher Kaffee aus dem Klub in der Hand, saß sie auf der untersten Trittstufe am Heck des Rettungswagens. Der Kleinbus eines Bestattungsunternehmens schob sich an ihr vorbei.

Der unbekannte Schütze hatte den Versuch einer Festnahme nicht überlebt. Ein Beamter des MEKs hatte die furchtbare Kriegswaffe an sich genommen, zwei weitere trugen seinen Leichnam auf einer Trage an den Waldrand und stellten ihn dort ab. Die Mitarbeiter des Bestattungsunternehmens hoben ihn nun in einen grauen Kunststoffsack, zogen den Reißverschluss zu und legten den Toten in einen Transportsarg.

Wenige Minuten später rollte der Kleinbus beinahe lautlos wieder an Christine vorbei und verließ das Gelände.

Die Beamten des MEKs standen an ihren Einsatzfahrzeugen, legten Teile ihrer Ausrüstung ab und verstauten sie darin. Sie tranken etwas, lachten und rauchten. Einige wirkten nachdenklich. Jeder von ihnen verarbeitete den soeben beendeten Einsatz auf seine eigene Weise.

Jörg Rottmann hatte die Befragung der beiden Nikolausdamen beendet und war mit Torsten Kluge im Klub verschwunden. Das Team von Polizeihauptmeister Günther Hagemann traf ein. Tanja Rieger hatte sich um den Abtransport des schwer verletzten Dragos gekümmert und die Spurensicherung herbei telefoniert.

In ihren weißen Anzügen, mit Koffern, Fotoausrüstung und einem kleinen Klapptisch bewaffnet schwärmten sie aus. Günther Hagemann betrat mit einem Kollegen sofort das Gebäude. Der Rest blieb auf dem Parkplatz und begann damit, den schwarzen Mercedes zu untersuchen, den Tatort zu fotografieren und ausgeworfene Patronenhülsen einzusammeln. Hauptkommissar Kluge hatte den Klub wieder verlassen und half dabei, die Situation vor und während des ersten Schusswechsels nachzustellen. Einschusskanäle wurden untersucht und Schussrichtungen ermittelt. Eine Kollegin puderte den silbernen Aktenkoffer ab, sicherte Fingerabdrücke daran und hob ihn anschließend aus dem Kofferraum des Mercedes.

Christine sah Polizeimeisterin Tanja Rieger auf sich zu kommen.

„Jörg sagt, ich soll dich nach Hause fahren."

„Ich kann nachher mit Torsten fahren", versuchte Christine, sich zu wehren.

Aber die Sache schien bereits beschlossen.

„Ich muss ohnehin nach Trier ins Krankenhaus, diesen Drago vernehmen."

Christine Bernard leistete keinen weiteren Widerstand. Das Beruhigungsmittel nahm ihr die Kraft dazu.

Entweder war die Ärztin mit der Dosis sehr großzügig gewesen oder ihr Körper hatte dem Medikament an diesem Tag wenig entgegenzusetzen. Sie ergab sich und folgte Tanja zum Dienstwagen.

Viel Feind, viel Ehr

Nun hatten sie also ihre Ermittlungshinweise. Erst keine, dann zu viele. So war es oft.

Ein zunächst rätselhafter Fall offenbarte durch klassische Ermittlungsarbeit plötzlich Hintergründe, aus denen sich Motive und Tatverdächtige ergaben.

Aber Kommissarin Bernard blieb misstrauisch. Das Offensichtliche war nicht selten ein Irrweg. Das hatte sie schon mehrmals erfahren müssen und daraus gelernt.

Auf ihrer Suche nach einem brutalen Kindermörder hatte sie sich schon einmal in ihren eigenen Vorbehalten verheddert und viel zu lange eine falsche Spur verfolgt. Das sollte ihr nicht noch einmal passieren. Aber Drago Raspudic und sein schießwütiger Freund waren derzeit die Favoriten auf ihrer Suche nach dem Mörder von Johannes Kürten. Außerdem gab es da noch die Umweltaktivisten, hyperemotionale Tierschützer und sonstige Gegner seines Bauprojekts. Auch die verbitterte Ehefrau blieb tatverdächtig, und wer weiß, wem Johannes Kürten mit seiner Rücksichtslosigkeit noch alles auf die Füße getreten war.

Christine schaute gedankenverloren aus dem Fenster und spürte plötzlich Tanjas Blick auf sich ruhen. Sie sah sie an. Ihre Kollegin wirkte besorgt.

„Alles okay mit dir?"

„Ja, alles okay."

„Wirklich? Ich meine, es ist der totale Horror, wenn auf einen geschossen wird."

„Das stimmt. Aber es geht mir gut. Ich hatte nur so eine furchtbare Angst, dass ich getroffen werde und Torben nicht noch einmal sehen kann, bevor ich sterbe."

Ihre eigene Offenheit verblüffte sie selbst. Woher kam plötzlich diese Erkenntnis? Sie hatte bisher nicht darüber nachgedacht. Es war, als spräche jemand anderes aus ihr.

„So ging es mir auf diesem heruntergekommenen Bauernhof von diesem gruseligen Landwirt. Erinnerst du dich noch an unseren Einsatz?"

Natürlich wusste Christine sofort, wovon ihre Kollegin sprach. Eine Mutter und ihre sechs Töchter wurden vermisst. Während der Ermittlungen gegen den Ehemann vergiftete sich die Kommissarin an einem tödlichen Pflanzenextrakt, welches sie beinahe das Leben gekostet hatte.

„Ja, ich weiß, was du meinst."

„Auf diesem verdammten dunklen Speicher wäre ich vor Angst beinahe gestorben. Damals dachte ich für einen Moment daran, auszusteigen."

„Das hast du mir nie erzählt."

„Ich habe damals mit Jörg darüber gesprochen", entschuldigte sich Tanja beinahe dafür, sich jemand anderem anvertraut zu haben.

Christine war sichtlich erstaunt.

„Mit Jörg Rottmann?"

„Ja. Und er hat mir damals sehr geholfen. Er ist ruppig und macht nicht viele Worte, aber die, die er findet, treffen zu."

Verblüfft stellte Kommissarin Bernard fest, dass sie diese Seite an ihrem Kollegen noch nicht kennengelernt hatte, und daraus schöpfte sie Hoffnung für Melissa. Dieser Teil von Jörgs Persönlichkeit passte ganz wunderbar zu ihrer emotionalen Freundin.

„Es ist ein Wahnsinn, welchen Gefahren wir uns jeden Tag aussetzen", murmelte Tanja Rieger. Diese Feststellung war offenbar für sie selbst bestimmt. „Ich mag gar nicht darüber nachdenken. Was mache ich nur, wenn ich mal Kinder habe?"

‚Kinder?', griff Christine Tanjas Gedanken auf und sprach einfach aus, was sie in diesem Moment dachte.

„Fahr mich nicht nach Hause. Fahr mich zu Torben."

Tanja warf einen kurzen Blick auf Christines schmutzige Hose.

„Willst du dich nicht wenigstens umziehen?"

„Nein. Ich habe Kleidung bei Torben und ziehe mich dort um."

Das kleine Dorf lag scheinbar verlassen in der Nachmittagssonne. Auf den Straßen war niemand zu sehen. Mittagsruhe. Wer konnte, legte sich für ein Stündchen hin. In der Hektik der Städte undenkbar und durch die Verdichtung in der Arbeitswelt mittlerweile unmöglich.

Torben war nicht zu Hause. Christine hatte es auch nicht erwartet. Sie wusste, wo der Schlüssel zum Haus versteckt lag. In der Scheune. Ganz hinten. Dort, wo es auch am Tage stockdunkel war. Hinter einem losen Ziegel in der Mauer.

Mutig steckte Christine ihren Arm in das schwarze Loch und griff zu. Kalt spürte sie den Schlüssel in ihrer Hand. Sie trat aus der Scheune in das gleißende Sonnenlicht hinaus. Spinnweben hingen an ihren Fingern. Sie schüttelte sie ab.

Das alte Haus empfing sie mit einer bleiernen Stille. Jedes Geräusch, welches sie selbst verursachte, erschien ihr überlaut.

Der Duft nach gebratenem Frühstücksspeck hing noch in der Luft. Die Ruhe in Torbens Heim legte sich gewichtig und schützend wie ein Mantel um sie.

Sollte sie sich einen Tee brühen? Sie verwarf den Gedanken sogleich wieder und betrat stattdessen das Wohnzimmer. Vielleicht später.

Übermächtig einladend bot sich ihr der schwere Ohrensessel an. Sie setzte sich hinein, streifte sich die Schuhe von den Füßen und legte ihre Beine auf den bereitstehenden Hocker. Das abgewetzte Leder duftete leicht ranzig nach einer vergangenen Zeit. Sie schloss ihre Augen.

‚Nur für einen Moment sitzen bleiben', dachte sie und für einen Augenblick erschien noch einmal der Hochwald vor ihrem geistigen Auge. Sie erinnerte sich an die um sie herum einschlagenden Geschosse, an den Lärm und an ihre schmutzige Kleidung.

Sie musste sich umziehen. ‚Später. Nur noch eine Weile sitzen bleiben und ausruhen. Dann Torben anrufen und ihn fragen, wann er nach Hause kommt.'

Es befand sich jemand im Raum. Sie hörte ihn atmen.

„Christine?", hörte sie Torbens Stimme leise fragen.

Sie öffnete ihre Augen. Die Sonne stand tief im Westen. Sie schien durch das Fenster und tauchte den Raum in ein friedliches orange-gelbes Licht.

Torben lächelte sie an und beugte sich vor, um sie zu küssen.

Sie legte ihre Arme um seinen Nacken.

„Wie spät ist es?"

„Kurz vor vier."

„Ich bin eingeschlafen."

Torben richtete sich wieder auf. Christine erhob sich aus dem Sessel.

„Ich muss mich umziehen."

Torben warf einen Blick auf ihre schmutzige Hose.

„Was ist passiert?"

„Ein durchgeknallter Waffenhändler hat auf uns geschossen."

„Willst du darüber reden?"

„Jetzt nicht. Ich ziehe mir erst mal eine andere Hose an."

Sie verließen das Wohnzimmer. Torben lief voraus und bog in die Küche ab.

„Tee?", rief er.

„Ja, gerne."

Christine ging ins Schlafzimmer und zog sich eine saubere Hose an. In der Küche rauschte der Wasserkocher. Sie lief auf Strümpfen über den Flur ins Bad.

Torben hatte eine große Kanne schwarzen Tee gebrüht. Eine Ceylon-Assam-Mischung, die sie gerne trank. Dampfend stand sie auf dem Tisch, und daneben lag eine Ausgabe des *Trierischen Volksfreunds.*

„Die große Angst vorm bösen Wolf" prangte die Schlagzeile eines Artikels in fetten Lettern über die halbe Seite.

Christine setzte sich, zog die Zeitung zu sich heran und begann zu lesen. Torben griff nach der Teekanne und goss zwei Becher voll.

„Zwei oder drei?", hörte sie ihn fragen. Eine kleine Zange in seiner Hand schwebte über ihrer Tasse und hielt einen Würfel braunen Zucker.

„Zwei", antworte Christine und las weiter.

Torben ließ den Würfel in den Becher fallen und einen zweiten dazu.

„Wanderer haben im Hochwald einen Wolf gesehen", begann er. „Gar nicht weit von hier entfernt."

Christine ließ die Zeitung sinken.

„Wurde die Sichtung schon bestätigt?"

Torben nahm seinen Becher und pustete hinein. Dann zuckte er mit den Schultern.

„Keine Ahnung."

Christine nahm sich vor, am nächsten Tag das zuständige Forstamt anzurufen.

„Auf jeden Fall gehe ich vorerst nur mit dir zusammen im Wald spazieren."

„Damit ich den Wolf nötigenfalls erschießen kann?"

„Genau."

„Und wenn ich ihn verfehle?"

„Dann muss ich nur schneller laufen können als du."

Torben grinste frech. Christine spielte die Empörte und drohte damit, sich noch am selben Abend für diese Unverschämtheit zu rächen.

Sie erzählte Torben von ihrem Einsatz am Morgen. Das tat sie für gewöhnlich nicht. Er war in seinem Beruf auf weitgehende Unbeschwertheit angewiesen und wilde Räuberpistolen wollte sie ihm ersparen. Aber ihr Beruf gehörte nun mal zu ihrem Leben, und sie brauchte manchmal jemanden außerhalb der Kriminaldirektion, dem sie sich anvertrauen konnte.

Üblicherweise war Melissa ein dankbarer Zuhörer, aber Torben immer im Ungewissen zu halten, hielt sie für falsch.

Also achtete sie sehr darauf, wie sie sich ausdrückte, was sie genau erzählte und vor allem, worauf sie weniger detailliert einging.

Torben war ein kluger Mann und konnte ihre Auslassungen selbst ergänzen. Natürlich wusste er, dass Christines Beruf bisweilen gefährlich sein konnte.

Er goss beiden einen zweiten Becher Tee ein und stand auf.

„Magst du Maultaschen?"

„Klar."

„Mit Rucola-Sauce und einem fantastischen Grauburgunder dazu?"

„Gerne, aber dauert die Zubereitung nicht zu lange?", gab Christine zu bedenken und schaute auf die Küchenuhr.

„Sind von gestern."

„Ich ahnte schon, dass es einen Haken gibt", scherzte sie und lachte.

Während Torben den Kühlschrank öffnete, ihm mehrere Behälter entnahm und damit begann, deren Inhalt in zwei flache Töpfe umzufüllen, nippte Christine an ihrem Tee und schwieg.

Sie beobachtete ihn und suchte insgeheim nach der Antwort auf die Frage, ob sie und Torben irgendwann einmal heiraten und Kinder haben sollten. Einerseits wünschte sie sich mehr Nähe, andererseits schätzte sie auch die Distanz. Ihr Beruf war schließlich alles andere als familienfreundlich. Und Torben war Künstler, ein Mensch, der sich oft und lange zurückzog und ihr manchmal erschien, als lebe er in einer anderen Welt. Was in einer gewissen Weise ja auch stimmte. Dort gab es jedenfalls weder Mord noch Totschlag. Seine Musik war eine harmonische Aneinanderreihung von Tönen. Dissonanzen waren ihm fremd und genauso lebte er auch. In Harmonie mit sich selbst und der Welt dort draußen.

„Du bist so still heute. Gibt es etwas, dass du mir sagen möchtest?"

Torbens Gespür für ihre Gefühlslage beeindruckte sie, aber sie war noch nicht dazu bereit, mit ihm darüber zu sprechen. Nicht jetzt und nicht nach einem solchen Tag. Es würden sich günstigere Gelegenheiten bieten.

„Frauen, die plappern wie ein sprudelnder Bach, rauben Männern den Verstand", antwortete sie gleichmütig und bediente sich damit aus einem Karl May Klassiker. Ihr Vater hatte die alten Filme mit dem berühmten Häuptling der Apachen sehr geliebt und sie sich oft angesehen. Torben offenbar auch. Er drehte sich um und sah sie an.

„Frauen, die schweigen, rauben ihnen das Herz", zitierte er Winnetous Antwort auf Ribanas Worte.

Gleichzeitig prusteten sie los und lachten schallend. Christine genoss die Ausgelassenheit der folgenden Stunden sehr. Sie verbrachten den Abend in der Küche. Die Maultaschen schmeckten köstlich, und der Wein und Torbens Gesellschaft entspannten sie allmählich.

Es war bereits Mitternacht, als sie zu Bett gingen. Doch an baldigen Schlaf war nicht zu denken. Zu groß war ihr Verlangen nacheinander.

Auf ein Frühstück am nächsten Morgen mussten sie verzichten. Sie hatten verschlafen. Torben fuhr Christine mit seinem alten Toyota eilig zur Kriminaldirektion. Hinter den Vordersitzen rutschte sein leerer Cellokoffer in den Kurven rumpelnd und polternd durch das Kombiheck. Er hatte das Instrument am Tag zuvor zum Besaiten gegeben. Dort wurde es auch neu gestimmt. Das erinnerte Christine an Torbens Termin zum Vorspielen in der Philharmonie Luxembourg und daran, dass sie ihm versprochen hatte, ihn zu begleiten und diesen Termin keinesfalls zu verpassen.

Der Bahnhofsvorplatz lag unter einem zähen Dunst, der die Kälte der frühen Stunden feucht auf Christines Gesichtshaut legte, während sie aus dem Wagen stieg und die Tür zu warf.

Torben hatte sich mit einem schnellen Abschiedskuss zufrieden geben müssen und wendete den Toyota.

Christine lief über den Parkplatz auf das Gebäude zu und war mit ihren Gedanken schon bei ihren Kollegen und deren Ermittlungen am Tag zuvor, noch bevor sie die gläserne Eingangstür aufzog.

Für den Aufzug fehlte ihr wieder einmal die Geduld. Also stürmte sie die Stufen im Treppenhaus hinauf, als ob sie dadurch die halbe Stunde wieder aufholen könnte, die sie zu spät dran war.

Die Benjamini war das einzige Lebewesen in ihrem Büro. Sie schloss die Tür wieder und suchte ihre Kollegen.

Auch im Büro von Tanja Rieger und Jörg Rottmann war niemand. Also weiter zum Besprechungsraum 2.

Auf dem Flur begegnete ihr Staatsanwalt Lorscheider in bester Laune und schmetterte seiner jungen Kommissarin ein „Guten Morgen!" entgegen. Für ihren Vorgesetzten begann offenbar wieder ein grandioser Tag.

„Wie geht es Ihnen?", erkundigte er sich, während er mit knarrenden Schuhen weiter auf die offenstehende Tür des Besprechungsraumes zu lief.

„Alles gut", versicherte Christine ihm und versuchte Schritt zu halten.

Wenn Walter Lorscheider guter Laune war, war er kaum zu bremsen. Und wenn er schlechter Laune war, war es keine gute Idee, es zu versuchen.

Er ließ seine Kommissarin an sich vorbeilaufen, betrat hinter ihr den Raum und schloss schwungvoll die Tür. Wer ihm an diesem Morgen noch nicht begegnet war, raunte ein „Guten Morgen". Jörg Rottmann gähnte und Torsten Kluge telefonierte.

Christine nahm neben Tanja Rieger Platz.

„Guten Morgen, ich dachte, du kommst heute nicht."

„Doch. Wir haben verschlafen."

Tanja grinste, zog ihre Augenbrauen hoch und ließ sie wieder sinken.

„So", schallte es durch den Raum. „Dann lassen Sie mal hören. Wie ist der Ermittlungsstand im Fall Johannes Kürten?"

Walter Lorscheider hatte die Dienstbesprechung eröffnet, wies vorauseilend schon mal darauf hin, dass er wenig Zeit mitgebracht hatte, und schaute seinen leitenden Ermittler auffordernd an.

Torsten Kluge beendete sein Telefongespräch und räusperte sich.

„Wir ermitteln wegen des Verdachts des Mordes gegen Drago Raspudic und Abubakar Umarov. Raspudic und Kürten stritten sich wegen angeblich mangelhaft ausgeführter Sanierungsarbeiten an einer Immobilie, die Kürten Raspudic verkauft hat. Wir prüfen noch, ob an dem Vorwurf etwas dran ist."

Walter Lorscheider winkte ab.

„Die üblichen Scharmützel unter Kleinkriminellen. Was noch?"

Hauptkommissar Kluge schaute Jörg Rottmann an. Der ergriff das Wort.

„Abubakar Umarov hieß der bei der Festnahme durch das MEK verstorbene Schütze, der die Kollegen Bernard und Kluge unter Beschuss genommen hat. Tschetschenischer Staatsbürger. Drogenhändler und Waffenschieber.

Kämpfte für die Separatisten, bis ihm die Flucht vor der russischen Armee nach Deutschland gelang. Hier ist er untergetaucht und bewegte sich im Rotlichtmilieu. Er hat ausgezeichnete Kontakte in die russische Föderation und zu den versprengten Separatisten im Kaukasus. Von dort stammt wahrscheinlich auch das Gewehr aus ausgemusterten Beständen der Bundeswehr. Ein Heckler & Koch G3 A2. In dieser Version mit fester Schulterstütze und drehbarem Diopter Trommelvisier. Umarov gilt als übernervös und schießfreudig. Kriegsveteran eben. Der war es gewohnt, wenn es richtig knallt."

„Woher wisst ihr das?", unterbrach Kommissarin Bernard ihren Kollegen.

„Kollegin Rieger hat Drago Raspudic im Krankenhaus befragt. Ihr seid mitten in einen Deal geplatzt."

„Aber deswegen ballert man doch nicht gleich los", versuchte Christine, ihren ungestümen Einsatz im Klub zu verteidigen.

„Doch. Leute wie Umarov und Raspudic schon. Die sind grundsätzlich sehr nervös und schrecken vor nichts zurück. Ihr hättet warten und Verstärkung anfordern müssen."

„Aber wir wussten doch gar nichts von diesem Treffen", versuchte Christine, sich erneut zu verteidigen.

„Ist ja kein Vorwurf", wiegelte Jörg wenig überzeugend ab.

Christine bekam ein schlechtes Gewissen. Hatte sie sich etwas vorzuwerfen? Sie wollte lediglich diesen Raspudic befragen, mehr nicht. Wer konnte denn ahnen, wen sie dadurch aufscheuchen würde?

Tanja Rieger riss Christine aus ihren Gedanken.

„Kannten sich Kürten und Umarov?"

Jörg Rottmann zuckte mit den Schultern.

„Möglich."

„Sind sie vielleicht aneinander geraten? Haben sie irgendwelche Geschäfte miteinander gemacht?"

Wieder zuckte Jörg mit den Schultern.

„Keine Ahnung. *Du* hast Raspudic befragt."

„Angeblich wusste er nichts davon."

„Natürlich nicht", spottete Jörg Rottmann. „Der hat die Hosen voll. Wenn die Waffen und Drogen verschoben haben, gibt es Hintermänner. Die haben es nicht gerne, wenn man sie verpfeift."

„Wir müssen mehr über Kürtens Geschäfte herausbekommen. Vielleicht hat er mit Umarov zusammengearbeitet und Waffen und Drogen in den Kaukasus verschoben. Import-Export."

„Was stellt ihr euch denn vor? Ein Amtshilfeersuchen an Tschetschenien? Haben die dort überhaupt so etwas wie eine funktionierende Regierung?"

„Vielleicht wissen die Kollegen vom Kommissariat 4 etwas darüber und es laufen bereits Ermittlungen wegen organisierter Kriminalität."

„Herr Kluge, veranlassen Sie das bitte. Und weiter ...", drängte Walter Lorscheider.

Torsten Kluge übernahm wieder das Wort.

„Wir ermitteln im Umfeld des Tierparks unter den rivalisierenden Gruppen für und gegen die Errichtung einer Neubausiedlung und der Schließung des Parks. Es geht um Geld und Emotionen. Eine brisante Mischung. Wir sollten nicht ausschließen, dass sich der Täter unter den Befürwortern oder Gegnern des Bauprojekts befinden könnte."

Staatsanwalt Lorscheider nickte.

„Gut", rang er sich ab.

„Hinzu kommt Martina Kürten. Die Ehefrau. Gedemütigt und verbittert. Ihre Eifersucht und ihr offener Hass gegen den Lebenswandel ihres Mannes sind starke Motive."

Walter Lorscheider schien zufrieden.

„Johannes Kürten hat offenbar einigen Menschen auf die Füße getreten."

„Viel Feind, viel Ehr", bemerkte Jörg, und Christine war sich sicher, dass er dieses geflügelte Wort nur irgendwo aufgeschnappt hatte und dessen genaue Bedeutung nicht kannte. Aber Torsten Kluge offenbar.

„Mag sein, aber Frundsberg ist seine Rücksichtslosigkeit auch nicht bekommen."

„Frundsberg?", wiederholte Jörg Rottmann verwundert. „Wer ist Frundsberg?"

„Georg von Frundsberg. 1473 bis 1528. Süddeutscher Soldat und Landsknechtsführer in kaiserlich-habsburgischen Diensten. Irgendwann sogar in den Ritterstand erhoben. Sieger der Schlacht bei Creazzo 1513 gegen die venezianische Übermacht. Starb nach einem Aufstand seiner eigenen Soldaten gegen seine rücksichtslose Heeresführung nach einem Hirnschlag."

„Ja, und was hat der mit unserem Fall zu tun?"

„Jöörg!“, zog Tanja den Vornamen ihres Kollegen genervt in die Länge. „Von dem stammt der Spruch!“

„Und das weiß Torsten so genau?“, zweifelte Jörg fassungslos.

„Ja. Habe ich zufällig gelesen. Im *Volksfreund*“, freute sich Torsten und schmunzelte, weil er wusste, dass sein Freund und Kollege keine Tageszeitung las.

Walter Lorscheider beendete den kleinen Exkurs in Geschichte und drängte erneut zur Eile.

„So, Leute. Weiter.“

Torsten Kluge grinste immer noch.

„Wir suchen weiterhin nach Johannes Kürtens Wagen, und wir würden uns gerne seine Geschäftsunterlagen genauer ansehen. Ein Kollege vom Betrug könnte uns unterstützen. Ich möchte ausschließen, dass wir geprellte Kunden von Kürten übersehen, die ein Motiv haben. Es gibt Hinweise auf Kontakte auf den Balkan.“

Walter Lorscheider schob eine Hand in seine Hosentasche.

„Okay. Frau Rieger. Sie nehmen sich Johannes Kürtens Geschäfte vor. Sprechen Sie auch mit dem Steuerberater und dem Finanzamt. Den Durchsuchungsbeschluss für die Räumlichkeiten des Immobilienbüros beantrage ich im Anschluss an diese Besprechung. Herr Kluge kümmert sich darum, dass wir Unterstützung von den Kollegen vom Betrug erhalten.“

„Wir haben übrigens den Wagen von Martin Ranz gefunden“, meldete sich Hauptkommissar Rottmann noch einmal zu Wort. „Er wurde offenbar von ihm selbst rund acht Kilometer vom Fundort auf einem Parkplatz für Wanderer abgestellt. Mit seiner Ex-Frau haben wir telefoniert. Sie ist seit zwei Wochen zu Besuch bei ihrer Tochter in Ystad. Wir glauben nicht an einen Tod durch Fremdeinwirkung."

„Diesen Fall schließen wir ab. Oder gibt es Einwände?"

Walter Lorscheider ließ seinen Blick über die Anwesenden schweifen und nickte zufrieden, nachdem ihm niemand widersprochen hatte. Dann schaute er auf seine Armbanduhr und beendete die Dienstbesprechung. Mit drei Schritten eilte er zur Tür und war eine Sekunde später verschwunden.

Torsten Kluge räusperte sich und rief gegen das einsetzende Raunen an: „Alle noch mal zuhören! Jörg, du verfolgst weiter die Tschetschenien-Spur. Suche nach einer Verbindung zwischen Umarov und Kürten und nimm dir noch einmal Drago Raspudic und die Angestellten in seinem Klub vor.

Tanja, du kommst gleich zu mir. Wir sprechen mit den Kollegen vom Betrug. Holt euch den Durchsuchungsbeschluss und prüft Kürtens Geschäftsunterlagen und seine Verbindungen auf den Balkan. Ich selbst übernehme die Ermittlungen bei den Befürwortern des Bauvorhabens."

Christine hörte aufmerksam zu und schmunzelte, nachdem Torsten sich selbst für die Ermittlungen unter der Lokalprominenz eingeteilt hatte.

Natürlich war er durch seine Besonnenheit und große Erfahrung dafür am besten geeignet, klar. Aber bestimmt hatte auch Staatsanwalt Lorscheider auf ihn eingewirkt, damit ein Jörg Rottmann nicht erneut Flurschaden anrichten konnte. Tschetschenische Räuberbanden waren eher Jörgs Angelegenheit als mehr oder weniger verdiente Persönlichkeiten aus Wirtschaft und Politik. Denen schickte der Staatsanwalt lieber einen zurückhaltenden, aber cleveren Beamten, der von seinem Gegenüber schnell unterschätzt wurde. Und schon schnappte die Falle zu.

„Christine!", riss Hauptkommissar Kluge seine Kollegin aus ihren Gedanken. „Du kümmerst dich um die Tierparkschützer und Familie Kürten."

Christines Magen knurrte, als sie den Besprechungsraum verließ. Also lief sie auf ihrem Weg ins Büro einen Umweg über die Kantine.

Vor dem Kaffeeautomaten stand ein Kollege und bediente sich. Sie wählte an dem zweiten Automaten ein Brötchen mit Käse und wartete.

Mit spitzen Fingern zog der Mann den heißen Kaffeebecher aus der Ausgabe und balancierte damit an ihr vorbei.

„Luc?"

Der Mann sah sie an und verzog augenblicklich sein Gesicht. Der heiße Kaffee war übergeschwappt und ihm über die Finger gelaufen.

„Ein wenig mehr Wiedersehensfreude hätte ich mir schon gewünscht", lachte Christine und Luc stellte seinen Becher auf einem Tisch ab.

„Christine!", rief er und war offensichtlich nicht besonders überrascht, sie dort zu treffen.

Sie umarmten sich wie gute Freunde, und genau das waren sie auch.

Luc Nilles war ein alter Freund der Familie. Christines Eltern hatten den legeren Luxemburger sehr geschätzt, und er war einer der Gründe, warum Christine sich seinerzeit bei der Polizei in Wittlich beworben hatte. Luc war dort Hauptkommissar und leitete das Kommissariat für Todesermittlungen. Christine hätte die Frage nach einem Mentor in ihrem Leben sicher mit seiner Person beantwortet.

„Was machst du hier?"

Luc hielt sie mit beiden Händen an den Schultern fest, schob sie ein Stück von sich und sah sie an.

„Ich hatte die Nase voll von Mord und Totschlag. Hab' mich versetzen lassen. Ich bin jetzt beim Betrug."

„Hier? In Trier?"

„Ja, seit Anfang der Woche. Ich hatte noch keine Gelegenheit, dich zu treffen. Du weißt ja, ich bin immer beschäftigt."

Luc ließ seine Arme sinken und seine stahlblauen Augen ruhten auf ihren. Christine schüttelte ihren Kopf. So war er, dieser Mann. Mitte 50, jung geblieben, kurzer Bart, der ebenso grau war wie sein Haar, welches ihm halblang in Strähnen auf die Schultern fiel. Ein Jeanstyp, wenn man dieses Klischee bemühen wollte. Er erschien einfach irgendwann und war ebenso plötzlich wieder verschwunden. Dann hörte man wochenlang nichts vom ihm, bis er irgendwann vor der Tür stand. Eine Flasche Rotwein in der Hand, in der anderen eine Zigarettenkippe, die er in den Vorgarten schnippte, bevor er das Haus betrat.

‚Mama hatte sich immer furchtbar darüber geärgert', erinnerte Christine sich an die Flüche ihrer Mutter und an den Geruch nach Rauch, wenn Luc die Tochter des Hauses viel zu fest an sich drückte. Ja, Luc Nilles war ein echter Freund.

Oft saßen er und Papa bis tief in die Nacht im Wohnzimmer und unterhielten sich über die Dinge, die ihnen wichtig waren. Luc schlief irgendwann auf dem Sofa ein und Papa kroch zu seiner Frau unter die Decke, die lange vor ihm zu Bett gegangen war. Morgens beschwerte sie sich beim Anblick der leeren Flaschen darüber, dass die beiden wieder einmal viel zu viel getrunken hatten.

Nun arbeiteten sie also wieder zusammen. Christines Herz machte einen Sprung.

Luc griff nach seinem Kaffeebecher. „Ich muss los."

„Ja, klar. Ich ja auch", lachte Christine und verstellte Luc noch für einen Moment den Weg. „Ich bin froh, dass du hier bist."

Luc nickte und lächelte.

„Wir sehen uns."

Sie stand noch völlig unter dem Eindruck ihrer Begegnung, als sie den Kaffeebecher auf ihrem Schreibtisch abstellte und das Brötchen aus der Frischhaltefolie wickelte.

Sie biss hinein und schaute kauend aus dem Fenster hinunter auf den Bahnhofsvorplatz.

Luc war also jetzt im K4.

„... die Nase voll von Mord und Totschlag", hatte er gesagt.

Ob es ihr irgendwann ebenso erging? Oder würde sie vorher heiraten, Kinder bekommen und dem Beruf aus diesem Grund den Rücken kehren?

Sie ließ sich auf ihren Bürostuhl plumpsen und stupste ihre Computermaus an. Der Bildschirm erwachte aus dem Stromsparmodus.

Sie biss noch einmal in ihr Brötchen und hielt es mit den Zähnen fest. Mit beiden Händen tippte sie und suchte in einer Internetsuchmaschine nach dem Sitz und der Telefonnummer des Forstamtes Hunsrück-Hochwald.

Die Verwaltung befand sich in einem der Gebäude einer Burg inmitten des Ortes Dhronecken.

Tanja Rieger und Torsten Kluge betraten das Büro und sahen sie verwundert an. Zu komisch sah sie aus, dort, vor ihrem Computer mit dem Brötchen vor dem Gesicht.

Sie griff danach und biss ein Stück ab. Kauend tippte sie die Telefonnummer auf ihrem Apparat und wartete darauf, dass jemand das Gespräch annahm. Sie griff nach ihrem Becher und nahm einen Schluck Kaffee. Aus dem Lautsprecher erklang eine männliche Stimme.

„Landesforsten Rheinland-Pfalz, Forstamt Hochwald …"

Sie riss den Hörer vom Gerät und stellte sich vor.

„Gab es in ihrem Distrikt in den letzten Wochen eine bestätigte Wolfssichtung?", kam sie gleich zur Sache.

„Nein", war die klare Antwort. „Bisher entpuppte sich jede angebliche Sichtung als Irrtum. Im letzten Fall handelte es sich um einen streunenden Hofhund eines Landwirtes in der Nähe von Thalfang. Auch die gefunden Reste von Rissen konnten bisher nur streunenden Hunden zugeordnet werden."

„Halten Sie es für möglich, dass Wölfe in den Hunsrück einwandern und sich dort ansiedeln?", stellte Christine ihre Frage, obwohl die bereits mehrfach beantwortet wurde.

„Ja, natürlich", antwortete der Mann. „Das ist keine Frage des ‚ob' sondern nur noch des ‚wann'. Die Zuwanderung ist auch von der Landesregierung erwünscht."

Der letzte Satz klang für Kommissarin Bernard beinahe wie eine Entschuldigung dafür, dass die Forstämter gegen die Zuwanderung von Wölfen nichts unternahmen. Aber natürlich wusste sie, dass die dafür überhaupt nicht zuständig waren und auch keine Möglichkeiten hatten, die Übersiedelung von Canis lupus zu verhindern. Viehzüchter und beunruhigte Bürger sahen das anders und erhoben in den Medien absurde Vorwürfe gegen die Landesbetriebe.

Der Mitarbeiter der Forstverwaltung nannte Christine Bernard die Internetadresse des Wolfmanagementplans des Ministeriums für Umwelt, Landwirtschaft, Ernährung, Weinbau und Forsten. Sie bedankte sich und legte auf.

‚Also keine Wölfe im Hunsrück', wiederholte sie in Gedanken die Einschätzung der Forstverwaltung und rief die ihr genannte Internetseite auf.

„Gesellschaft zum Schutz der Wölfe e.V." stand da. Offenbar gab es eine Menge Leute, die fest mit der Ankunft von Isegrim rechneten.

„Die Wölfe kehren zurück - wir helfen, sie zu schützen", las sie und suchte den Link zum Managementplan.

Auf der Titelseite des 40 Seiten umfassenden Dokuments erschien ein Foto von einem friedlich dasitzenden Wolf. Beinahe lächelte er, jedenfalls konnte man den Eindruck haben.

Christine scrollte durch das Dokument. Da hatten sich viele Leute ordentlich Arbeit gemacht. Das Thema wurde offenbar von offiziellen Stellen sehr ernst genommen. Sogar die Interessen von Tierzüchtern wurden berücksichtigt. Die Landesregierung stellte Entschädigungen für Wolfsrisse in Aussicht und riet wandernden Schäfern, ihre Herden in der Nacht mit stromführenden Zäunen zu sichern.

Sie klickte die Seite weg. So spannend die Informationen auch waren, zu den Ermittlungen im Mordfall Kürten trugen sie nicht bei.

Torsten Kluge besprach mit Polizeimeisterin Rieger deren bevorstehenden Einsatz und erwähnte einen Namen, der Christine aufhorchen ließ.

„Kollege Nilles."

„Du arbeitest mit Luc zusammen?", wandte sie sich an ihre Kollegin und griff ein letztes Mal nach ihrem Kaffeebecher.

Tanja Rieger nickte.

„Offenbar. Er wurde mir vom K4 zugeteilt. Kennst du ihn? Wie ist er so?"

„Ich beneide dich", gab Christine zu, stand auf und ließ den leeren Kaffeebecher in den Papierkorb fallen.

Tanja sah sie vielsagend an.

„Ein guter Freund, mehr nicht", stoppte Christine Tanjas Fantasie und wandte sich an Torsten Kluge.

„Ich fahre zu Frau Kürten, bevor ihr dort alles auf den Kopf stellt. Danach spricht sie womöglich nicht mehr mit mir."

Torsten Kluge nickte.

„Anschließend fahre ich dann in den Tierpark", fügte sie hinzu und verließ das Büro.

Sie entschied sich wieder für die Treppe und rollte kaum eine Minute später mit ihrem Renault vom Parkplatz der Kriminaldirektion.

Fährten lesen

Jeder Mörder hinterlässt unweigerlich eine Spur, die zu ihm führt. Die Aufgabe von Kommissarin Bernard war es, sie zu entdecken, zu erkennen, wohin sie führt, und ihr zu folgen. Im Grunde war sie eine Fährtenleserin. Ganz so, wie ein Wolf, der durch die Wälder streift, auf der Suche nach Beute.

Christines Beute war Johannes Kürtens Mörder oder seine Mörderin. Martina Kürten?

Hatte Johannes Kürtens Ehefrau seine Demütigungen und Zurückweisungen nicht mehr ertragen und in einem Augenblick der Schwäche ihrem Hass nachgegeben? So, wie sie es schon einmal getan hatte und sogar den Mut besessen hatte, es zuzugeben? Diesmal aber mit tödlichem Ausgang?

Zu einem Mord führen immer mehrere entscheidende Faktoren.

Da sind zunächst einmal das Motiv und die Gelegenheit.

Martina Kürtens Motive waren Kränkung und Eifersucht.

Gelegenheit hätte sie gehabt, es sei denn, sie hätte ein Alibi für die Tatzeit. Dann galt es, zu prüfen, ob sie Mittäter hatte. Dafür kämen ihre Töchter infrage oder ein Liebhaber.

Die Fähigkeit, einen Mord zu begehen, ist ein weiterer Faktor. Wut alleine reicht nicht aus. Man muss dem Opfer entweder körperlich überlegen sein, um dessen Gegenwehr standzuhalten, oder man muss es in einen Hinterhalt locken und überraschen. Die sicherste Methode ist es, sein Opfer zu erschießen. Ob aus der Distanz oder vis-à-vis. Einer Kugel hat das Opfer in der Regel wenig entgegenzusetzen.

Aber dazu benötigt man eine Waffe.

Waffen sind in Deutschland üblicherweise registriert. Bürger müssen berechtigt sein, eine Waffe zu besitzen.

Mit einem Blick in das seit 2013 geführte nationale Waffenregister könnte sie schnell überprüfen, ob Johannes Kürten oder seine Frau eine Waffe besaßen und ob deren Kaliber mit der Tatmunition identisch war.

Bevor sie mit Martina Kürten sprach, hätte sie gerne gewusst, ob es sich so verhielt.

Sie stoppte ihren Wagen vor dem Haus, schaltete den Motor ab und wählte auf ihrem Mobiltelefon Tanja Riegers Nummer. Die Polizeimeisterin meldete sich erst nach einem halben Dutzend Freizeichen und schnaufte ihren Namen ins Telefon.

„Sorry, ich war bei Lorscheider wegen des Durchsuchungsbeschlusses", entschuldigte sie sich.

Tanja Rieger überprüfte nicht nur Johannes und Martina Kürten auf legalen Waffenbesitz, sondern auch die beiden Töchter. Doch sie erhielt in der Datenbank keine Treffer.

Kommissarin Bernard bedankte sich bei ihrer Kollegin und beendete das Gespräch.

Also keine registrierten Waffen. Blieb nur die Möglichkeit, dass Martina Kürten eine illegale Waffe benutzt hatte. Bei dem Umgang, den ihr Mann pflegte, durfte man das nicht ausschließen. Besonders nach den jüngsten Balkankriegen wurden vermehrt nicht registrierte Waffen nach

Straftaten sichergestellt. Ehemalige Soldaten handelten damit und so mancher, der eine Waffe fand, machte sie zu Geld. Die Bevölkerung des ehemaligen Jugoslawiens war arm. Vielen war jedes Zubrot willkommen.

Aber vielleicht verhielt es sich auch ganz anders und sie konnte Martina Kürten nach ihrer Befragung als Täterin ausschließen.

Sie musste mehrmals klingeln, bevor ihr geöffnet wurde.

Martina Kürten wirkte auf Christine, als hätte sie sie bei irgendeiner Tätigkeit unterbrochen.

„Ich bin am Packen. Meine Tochter holt mich heute Abend ab."

Sie bat die Kommissarin herein, schloss die Tür und ging voraus. Diesmal nicht in das Esszimmer, sondern in ein riesiges, durch große Fenster vom Tageslicht durchflutetes Wohnzimmer.

Martina Kürten nahm auf einem Sofa Platz und deutete mit einer Hand auf einen schweren Sessel.

„Und? Haben Sie Ihren Mörder?"

Christine Bernard setzte sich.

„Wir ermitteln noch."

Martina Kürten nickte, aber es schien, als wäre ihr die Antwort auf ihre Frage ohnehin egal gewesen. Dass diese Frau mit ihrem Mann nichts mehr verband, war nicht zu übersehen.

„Frau Kürten, wo waren Sie in der Nacht von Montag auf Dienstag in dem Zeitraum zwischen 19:00 Uhr abends und 06:00 Uhr morgens?"

„Hier."

„Allein?"

„Natürlich. Es ist sonst niemand im Haus."

„Keine Besuche? Kein Nachbar, der Sie gesehen haben könnte, oder ein Telefonanruf?"

„Nein."

„Was haben Sie in dieser Zeit gemacht?"

„Gebadet. Etwas gegessen. Fern gesehen. Ich bin früh zu Bett gegangen."

„Haben Sie versucht, Ihren Mann telefonisch zu erreichen?"

„Nein. Ich wusste ja, wo er war."

„Wo war er denn?"

„Bei seiner Nutte."

„Nein, das war er nicht. Das haben wir bereits ermittelt."

„Stellen Sie ihr eigentlich auch diese Fragen?"

„Das haben wir bereits."

Martina Kürten nickte, wirkte aber nicht zufrieden.

„Vielleicht hat sie ihn ja umgebracht."

„Möglich. Wir ermitteln auch in diese Richtung."

„Sie ermitteln", spottete Martina Kürten. „Und da haben Sie nichts Besseres zu tun, als ausgerechnet mir diese Fragen zu stellen."

„Wir befragen jeden, der uns Hinweise darauf geben kann, was in dieser Nacht passiert ist. Besitzen Sie eine Waffe?"

„Nein, und das haben Sie doch längst überprüft."

„Trotzdem könnten Sie Zugriff auf eine Waffe haben oder sich illegal eine beschafft haben."

„Ich weiß nicht einmal, wie so ein Ding funktioniert."

„Gibt es einen anderen Mann in Ihrem Leben?"

Martina Kürten schnaubte verächtlich.

„Danke. Nein."

Sie fuhr sich mit gespreizten Fingern durch die Haare. Es wirkte wie ein Streicheln und sollte wohl beruhigend wirken. In einer fließenden Bewegung verschränkte sie anschließend ihre Arme vor der Brust und schaute Christine Bernard trotzig an. Diese Geste war ein Signal der Abwehr und ein Hinweis darauf, dass ihre Auskunftsbereitschaft sank. Wie zur Bestätigung schleuderte sie der Kommissarin ihre Frage entgegen.

„Sind Sie nun fertig? Ich bin sehr beschäftigt und ich möchte, dass Sie jetzt gehen."

Christine ignorierte diese Aufforderung.

„Waren Sie schon einmal im Tierpark? Oben im Hunsrück?"

„Nein."

„Auch nicht mit Ihrem Mann? Ich meine, das auf dem Gelände des Tierparks geplante Neubaugebiet war sein Projekt, und Sie haben das Immobilienbüro gemeinsam geführt."

„Ich war nie in diesem Park."

„Wenn ich dort also ein Foto von Ihnen herumzeige, würde Sie niemand darauf erkennen?"

„Nein. Mein Mann hat sich um die Außentermine gekümmert. Ich habe die Objekte nur verwaltet."

„Wussten Sie von dem Widerstand gegen das Bauvorhaben?"

„Natürlich. Steht ja in jeder Zeitung."

„Mit Ihrem Mann haben Sie darüber nicht gesprochen?"

„Wozu? Außentermine waren sein Problem."

„Geht das so einfach, ich meine, diese Abgrenzung? Du machst deins, ich mache meins?"

„Was wollen Sie? Glauben Sie wirklich, durch diese Fragerei den Mörder zu finden? Gehen Sie in diesen Puff und stellen Sie dort Ihre Fragen und befragen Sie die Kriminellen, mit denen mein Mann Geschäfte gemacht hat."

„Können Sie mir Namen nennen?"

„Nein."

„Aber Sie sagten, dass Sie die Projekte Ihres Mannes verwaltet haben, und dabei sind Ihnen keine Namen bekannt geworden? Das klingt für mich nicht sehr glaubwürdig."

Martina Kürten schnaufte. Antwortete aber nicht.

„Sie erwähnten bei unserem letzten Besuch, dass Ihre Töchter kein besonders gutes Verhältnis zu Ihrem Mann hatten."

„Habe ich das?"

„Ja, und ich würde gerne mehr darüber erfahren."

„Da gibt es nichts zu erzählen."

„Das kann ich mir nicht vorstellen. In einer Familie gibt es immer etwas zu erzählen."

„Sie interessieren sich doch nur für schmutzige Wäsche."

„Gibt es die denn? Schmutzige Wäsche?"

„Gibt es die nicht in jeder Familie?"

„Wann sind Ihre Töchter hier ausgezogen?"

Christine Bernard sah sich in dem Raum um, so als würde sie nach Hinweisen auf die Antwort ihrer Frage suchen.

Martina Kürten antwortete wieder nicht.

„Ich sehe keine Fotos."

„Es gibt hier auch keine. Sie sind beide vor ihrem Abitur ausgezogen."

„Wenn ich Ihre Nachbarn befragen würde, was könnten die mir über das Verhältnis Ihrer Töchter zu Ihrem Mann sagen?"

Martina Kürten hatte die Drohung verstanden. Diese Kommissarin würde sich die gewünschten Informationen nötigenfalls woanders besorgen.

„Unterstehen Sie sich. Das geht niemanden etwas an."

„Was geht niemanden etwas an? Gab es ein Problem? Wurde Ihr Mann handgreiflich? Ging es um Gewalt? Oder schlimmer?"

Christine hatte den Eindruck, dass dicht unter Martina Kürtens Oberfläche die Wahrheit auf sie wartete. Doch sie bekam erneut keine Antwort.

„Frau Kürten?"

Christine wartete einige Sekunden, bevor sie ihre nächste Frage stellte, und wagte vor dem Hintergrund von Johannes Kürtens Rücksichtslosigkeit und seiner sexuellen Neigungen einen Schuss ins Blaue.

„Frau Kürten, Sexualität ist Privatsache. Aber nur dann, wenn sie nicht gegen Gesetze verstößt. War Missbrauch ein Thema in Ihrer Familie?"

„Ich rufe jetzt meinen Anwalt an. Und bis der hier ist, sage ich kein Wort mehr."

Auch ohne ein solches Ausweichmanöver war der hohe Grad der Zerrüttung in dieser Ehe und Frau Kürtens

Ablehnung, mit einer außenstehenden Person darüber zu sprechen, offensichtlich. Kommissarin Bernard erhob sich.

„Das ist nicht nötig. Ich habe im Moment keine weiteren Fragen."

Martina Kürten grinste. Vorerst war es ihr gelungen, sich der unbequemen Befragung zu entziehen.

Es klingelte an der Haustür. Sie stand auf, Christine folgte ihr.

Vor dem Haus standen Polizeimeisterin Tanja Rieger, Hauptkommissar Luc Nilles und ein halbes Dutzend weiterer Beamte. Einige trugen zusammengefaltete Kartons.

„Guten Tag, Frau Kürten. Wir führen eine Hausdurchsuchung durch. Das hier ist der Beschluss."

Tanja Rieger trat einen Schritt vor und reichte Martina Kürten das Dokument. Die nahm es entgegen und wich zurück.

Christine Bernard ließ die Beamten an sich vorbei laufen.

„Jetzt sollten Sie doch Ihren Anwalt anrufen."

Für das nächste Gespräch mit Martina Kürten würde sie ihr eine Vorladung in die Kriminaldirektion schicken müssen. Noch einmal würde ihr diese Frau keinen Zutritt zum Haus gewähren.

Wütend sah sie die Kommissarin an und wusste im Moment nicht, was sie zuerst tun sollte. Ihren Anwalt anrufen oder dieser Kommissarin entgegenschleudern, was sie von ihr hielt. Und das wären keine freundlichen Worte gewesen.

Christine Bernard wartete nicht, bis Martina Kürten sich entschieden hatte.

Ihr Rat, einen Anwalt hinzuzuziehen, war nicht gehässig gemeint gewesen, sondern eine notwendige Belehrung nach Polizeidienstvorschrift. Aber das wusste Martina Kürten offenbar nicht, und sie machte nicht den Eindruck, als lege sie Wert darauf, dass es ihr jemand erklärt.

Christine verabschiedete sich, lief die Stufen hinab und angelte in ihrer Hosentasche nach ihrem Autoschlüssel. Sie drückte auf die Taste der Fernbedienung für die Zentralverrieglung und zog die Fahrertür ihres Mégane auf.

Als sie beim Einsteigen einen schnellen Blick hinauf zur Haustür riskierte, stand Martina Kürten mit vor der Brust verschränkten Armen wie eine Statue auf dem obersten Treppenabsatz und sah auf sie herab.

In den nächsten Stunden würde sie nur machtlos dabei zuschauen können, wie die Kollegen dieser Kommissarin ihr Haus und das Büro ihres verhassten Mannes durchsuchten und alles mitnahmen, was sie für wichtig hielten.

Christine startete den Motor und wendete ihren Wagen. Martina Kürten zog sich ins Haus zurück.

Sie war auf Kommissarin Bernards Liste der möglichen Täter weiter nach oben gerückt.

Favoriten blieben weiterhin Johannes Kürtens Kontakte ins Rotlichtmilieu und auf den Balkan. Einen Mann zu erschießen, ihn zu entkleiden und womöglich dabei zuzusehen, wie er von einem Rudel Wölfe zerfleischt wurde, zeugte von einer unglaublichen Brutalität oder von außerordentlicher Gefühllosigkeit. Vollständige Abgestumpftheit oder grenzenloser Hass waren für solch eine Tat nötig.

Ersteres fand man bei Berufsverbrechern, Letzteres bei Frauen wie Martina Kürten, deren Gefühle seit Jahren verletzt wurden und deren aufgestaute Verzweiflung sich in einem Kurzschluss entladen haben könnte.

Gemessen daran hielt Kommissarin Bernard es für unwahrscheinlich, den Mörder im Umfeld des Tierparks zu finden. Bei dem Gerangel zwischen den beteiligten Gruppen ging es um Geld und Emotionen und verschiedene Ideologien, aber die zu überschreitende Schwelle bis hin zu einem grausigen Mord war hoch. Woher sollte die notwendige Energie gekommen sein, sie zu überwinden?

Wenn das Neubaugebiet am gemeinen Feldhamster scheitern sollte, würden sich die Investoren ein neues Projekt suchen. Sollte hingegen der Park tatsächlich geschlossen werden, würde sich die bunte Schar der Verteidiger nach empörten Protesten bald zerstreuen, und alle kehrten wieder in ihren bürgerlichen Alltag zurück.

Trotzdem musste auch diese Spur sauber zu Ende ermittelt werden, damit man sie gegebenenfalls ausschließen konnte.

Es war später Vormittag, als Christine ihren Wagen auf dem Parkplatz des Tierparks abstellte.

Im Gebäude am Haupteingang kassierte Marianne von zwei holländischen Touristen Eintrittsgeld und verkaufte ihnen einen Parkführer und kleine grüne Kartons mit Wildfutter darin, die deren Kinder mit rot glühenden Wangen voller Vorfreude lautstark schüttelten und immer wieder daran rochen. Aufgeregt tobten sie damit umher und konnten es kaum abwarten, die ersten Tiere damit anzulocken.

Marianne warf der Kommissarin nur einen kurzen Blick zu und nickte, als sie sie erkannte. Christine durchquerte das Gebäude und trat in den Park hinaus.

Vereinzelt liefen Besucher auf den Wegen. Justin schob in der Nähe der Wildkatzengehege mit schlurfenden Schritten eine Schubkarre vor sich her und verschwand damit soeben hinter einer Hecke. Dann entdeckte sie Kurt Weber. Er trug den Kadaver einer toten Ricke über seiner Schulter und lief damit in Richtung Wolfsgehege.

Christine beschleunigte ihren Schritt.

„Ah, die Frau Kommissarin", grüßte Kurt Weber freundlich, als sie ihn eingeholt hatte. „Da kommen Sie ja gerade richtig. Gleich ist Fütterung bei den Wölfen."

„Ist das der Wildunfall von Dienstagmorgen?"

„Ja, genau. Habe ihn gestern aufgetaut."

Kurt Weber schnaufte. Das tote Tier wog schwer, und der Weg zum Wolfsgehege war weit.

„Muss das denn sein? Ein ganzes Tier?"

„Das müssen Sie Rosi fragen. Sie ist die Expertin. Davon abgesehen ist das die am besten besuchte Fütterung. Scheint also niemanden zu stören. Im Gegenteil. Auf dem Futterturm stehen die Besucher oft so dicht gedrängt, dass ich schon befürchtet habe, er fällt um, und die Leute stürzen in das Gehege hinein."

Kurt Weber lachte angestrengt.

Auf dem Futterturm drängten sich erwartungsvoll zwei Dutzend Parkbesucher. Roccos Rudel wimmelte darunter umher. Jedes der Tiere glaubte offenbar, die Position eines der anderen sei günstiger als die eigene, und versuchte, es zu vertreiben. Es war ein Schubsen und Drängeln, ein Fiepen und Wimmern und ein Schnappen und Knurren.

Rosi stand in der Futterschleuse und beobachtete ihre Schützlinge aufmerksam. Kurt Weber erklomm die ersten Stufen hinauf auf den Turm.

Rosi drehte sich um und entdeckte Christine.

„Ach, hallo. Komm rein, hier kannst du besser sehen."

Christine war sich eigentlich sicher, dass sie das gar nicht wollte. Besser sehen. Was denn? Zusehen, wie ein Rudel Wölfe ein Reh zerfetzt und verschlingt?

Sie folgte Rosis Einladung trotzdem. Mit einem mulmigen Gefühl im Bauch trat sie in die Futterschleuse und zog die Tür aus Maschendraht wieder hinter sich zu.

Kurt Weber hatte die Brüstung des Futterturms erreicht und legte den Kadaver darauf ab. Die Besucher standen mit Digitalkameras und Mobiltelefonen bereit. Die nächsten Minuten würden wohl perfekt dokumentiert werden. Das Gemetzel als Fotos in die sozialen Netzwerke gepostet und als Beweisvideo im Kreis von Nachbarn, Freunden, Bekannten und Arbeitskollegen umhergezeigt. Wir waren dabei. Auch wenn der eine oder andere vorerst nicht mehr ruhig schlafen können würde. Die Lust am Unheil war größer.

Frauen zogen ihre Köpfe etwas tiefer in die Kragen ihrer wetterfesten Jacken und behielten ihre Hände in den

Taschen. Ihre Partner versuchten zu erklären, wovon der Stadtmann überhaupt nichts mehr verstand. Die ganze Szenerie wirkte auf Christine grotesk. Und dann klatschte der Kadaver auf den Boden und Fell und Köpfe waren sofort über ihm. Gefletschte Zähne gruben sich in das Fleisch und rissen daran. Knochen brachen krachend. Ein einziges Jaulen und Knurren, ein Reißen und Rucken. Rocco biss ein im Rang niedrigeres Tier beiseite und schlug seine Zähne in eine der beiden Keulen. Mit den Pfoten stemmte er sich in den Waldboden und nach einem einzigen Ruck seiner Nackenmuskulatur riss der Hinterlauf aus dem blutenden Körper. Er stürmte damit davon.

Ein kräftiger Wolf mit einer beigefarbenen Zeichnung im Fell hatte sich den anderen Hinterlauf geschnappt und versuchte, damit zu flüchten. Doch zwei Tiere aus dem Rudel verfolgten ihn. Sie trieben ihn dicht am Zaun vorbei vor sich her. Christine konnte ihren Atem und das Blut riechen und sie sah ihre blutverschmierten, furchterregenden Zähne. Währenddessen nutzte ein anderes Tier seine Chance und trennte den Kopf und einen Teil der Schulter aus dem Kadaver heraus und stürmte damit davon. Nur kurz gehetzt gewann es schnell Abstand zu seinen Verfolgern, und sie kehrten zu den Überbleibseln der Ricke zurück. Diese wenigen Reste waren schnell aufgeteilt und der ganze Spuk in nicht mehr als einer Minute vorbei. Wer leer ausging oder seinen Anteil bereits verschlungen hatte, lief mit feiner Nase dicht über dem Boden umher und leckte hier und dort vereinzelte Tropfen Blut vom Waldboden auf. Zum Schluss ein hoffnungsvoller Blick hinauf auf den

Futterturm in bleiche Gesichter. Dann stürmte auch das letzte Tier davon. Vielleicht hatte ja einer der Kameraden seinen Anteil noch nicht verschlungen und man konnte ihn ihm möglicherweise abjagen.

Die Stimmung auf dem Futterturm war inzwischen umgeschlagen. Das Ereignis steckte allen, leicht zu erkennen, in den Knochen. Solch ein grausiges Schauspiel hatten die Ausflügler an diesem Vormittag wohl nicht erwartet.

Kurt Weber stieg steifbeinig die Stufen hinab.

„Jo, Mädel", rief er Christine Bernard in väterlichem Ton zu. „So sieht das aus, wenn du in der Winterwelt vom Hundeschlitten fällst", scherzte er und las von dem bleichen Gesicht der jungen Kommissarin ab, was er schon oft gesehen hatte.

Christine spürte Übelkeit in sich aufsteigen und kämpfte dagegen an. Tief atmete sie die kalte Luft ein und wieder aus. Doch der Eindruck der letzten Minute ließ sich nicht so einfach vertreiben. Ihre Vorstellung davon, was in der Nacht mit Johannes Kürtens bleichem Körper geschehen war, hätte dieser Vorführung keineswegs bedurft.

Sie legte ihre kalten und zittrigen Finger auf die Klinke der Maschendrahttür und drückte sie herunter. Hinter ihr verließ auch Rosi das Gehege und schloss es ab.

Besorgt und verlegen ließ sie das Schlüsselbund in ihre Jackentasche fallen.

„Tut mir leid. Ich habe nicht erwartet, dass dich das so mitnimmt."

„Ist schon okay. Ich habe nur noch nie etwas Vergleichbares gesehen und war nicht darauf vorbereitet."

„Wölfe sind wilde Tiere. Was erwartest du? Tischmanieren?"

Rosi hatte offenbar das Bedürfnis, ihre Schützlinge zu verteidigen.

„Hast du dir mal die Haltungsbedingungen und die Schlachtung unserer Nutztiere angesehen? Der Mensch quält seine Beute, so lange sie lebt. Oft Jahre lang. Die Tiere leben ohne Würde, zum Profitbringer degradiert. Vollgepumpt mit Medikamenten, damit sie die Tortur irgendwie überstehen. Wölfe tun das nicht. Sie töten ihre Beute schnell. Oft entkommt sie ihnen. Die Chancen sind fair verteilt und ihr Jagderfolg liegt bei gerade einmal zehn Prozent. Nur eine von zehn Attacken endet erfolgreich. Sie verwerten das gesamte Tier. Nichts wird zurückgelassen. Und was machen wir? Die besten Stücke werden zu Steaks, Schnitzel und Schinken verarbeitet. Der Rest kommt in die Wurst und was nicht in die Wurst kommt, wird getrocknet, gemahlen und den armen Viechern wieder zu fressen gegeben. Wir zwingen Pflanzenfresser zum Kannibalismus."

Christine wollte protestieren, doch dann erinnerte sie sich an die BSE-Skandale. Eine durch verfüttertes Tiermehl ausgelöste Rinderseuche trieb tausende Tiere in den Wahnsinn. Nur durch massenhafte Notschlachtungen wurde die Eskalation abgewendet und die Ausbreitung über alle Kontinente hinweg verhindert. Und dann folgte die grausame Krankheit Creutzfeldt-Jakob, die das menschliche Gehirn degeneriert und die durch den Verzehr von kontaminiertem Rindfleisch und dessen Folgeprodukte wie Gelatine ausgelöst wird. Jeder Pudding und jeder Joghurtbecher stand im Verdacht eines tödlichen Inhalts.

Die Vorführung war vorbei. Es gab nichts mehr zu sehen. Die ersten Besucher stiegen von dem Futterturm herunter.

Etwas unschlüssig sahen sie sich um und suchten nach dem richtigen Weg auf ihrem Rundgang durch den Park. Etwas so Spektakuläres wie die vergangene Wolfsfütterung konnten sie nicht mehr erwarten. Entsprechend verhalten war ihre Begeisterung für Hängebauchschweine und Muffelwild, die ihnen der bunte Wegweiser im nächsten Gehege ankündigte.

Rosi zog ihren Schlüsselbund wieder aus ihrer Jackentasche. „Kommst du mit zu Titus? Er hatte noch nichts zu fressen."

Christine verspürte wenig Verlangen danach, Zeuge eines weiteren Gemetzels zu werden, und zögerte.

„Er wird alleine gefüttert. Häppchen. Keine Sorge", warb Rosi aufmunternd und versuchte offenbar erneut, ihre Begeisterung für Wölfe auf die Kommissarin zu übertragen.

Christine riss sich zusammen und folgte ihr zum Nachbargehege.

Kurt Weber hatte sich ein Stück von ihnen entfernt und beantwortete Fragen von Parkbesuchern. Breitbeinig stand er da. Er schien das Interesse der Leute an seinem Fachwissen zu genießen und reicherte seine Ausführungen mit ausladenden Gesten und Hinweisen an.

‚Dieser Mann gehörte an keinen anderen Platz, als in diesen Park', dachte Christine plötzlich und fragte sich, ob Kurt Weber zu einem Mord fähig gewesen war, um seinen Arbeitsplatz behalten zu können und so einem unwürdigen Ende seines Arbeitslebens in irgendeiner Fabrik zu entgehen.

Titus befand sich nicht in der Nähe des Zauns. Christine konnte ihn auch im Gehege nirgendwo entdecken.

„Er lauert irgendwo. Er sieht uns, auch wenn wir ihn nicht sehen", erklärte Rosi und bückte sich nach einem vor der Tür der Futterschleuse abgestellten Plastikeimer mit fest verschlossenem Deckel. Sie entfernte den Deckel, griff sich den Eimer und schloss die Tür zur Schleuse auf.

Am Boden der Schleuse gab es eine Schublade aus Metall. Sie ragte in das Gehege. Wenn man sie in die Futterschleuse zog, konnte man sie gefahrlos befüllen und zurück schieben.

Wortlos beugte Rosi sich vor und deutete an, den Inhalt des Eimers in die Lade kippen zu wollen. Christine begriff, was Rosi von ihr erwartete, hockte sich an den Zaun und zog die Lade in die Futterschleuse.

Titus „Häppchen" waren groß wie Handbälle und bestanden aus einem Stück Fleisch am Knochen und Innereien. Rosi senkte den Eimer und sie polterten in die Schublade.

Christine glaubte, ein riesiges Herz zu erkennen und Lungengewebe, war sich aber nicht sicher.

Plötzlich hörte sie ein Hecheln und erschrak. Der große Wolf stand keine zehn Zentimeter von ihr entfernt und leckte kurz am Maschendraht. Sie konnte seinen Atem riechen. Dann sah er sie erwartungsvoll an und wartete.

„Er hat sich für das Futter gerade bedankt", lachte Rosi. „Worauf wartest du?"

Christine erwachte aus ihrer Starre und schob wie ferngesteuert die Lade in das Gehege.

Sofort stürzte Titus vor und schnappte nach dem größten Brocken. Beinahe tapsig eilte er damit auf seinen riesigen Pfoten ein Stück davon und begann, es zu verschlingen.

Christine beobachtete den Wolf, bis die Schublade leer war. Einerseits fasziniert von diesem stolzen und schönen Tier, andererseits gruselte es ihr, wenn sie hörte, wie die Knochen unter seinem Kieferdruck krachten. Sofort startete ihr Kopfkino und sie sah Johannes Kürtens Leiche in der Nacht in dem Gehege liegen.

Titus überzeugte sich schnüffelnd davon, dass die Schublade wirklich leer war, und wartete einen Augenblick, ob die beiden Menschen da diesen Zustand ändern würden. Nachdem er offenbar zu der Überzeugung gekommen war, dass die Lade leer bleiben würde, trabte er lautlos davon.

Christine sah ihm nach. Dann erhob sie sich und wäre beinahe umgefallen. Ihre Beine waren eingeschlafen und taub und prickelten kurz darauf fürchterlich.

Sie verließen die Futterschleuse. Zufrieden ging Rosi mit dem leeren Plastikeimer voraus. Christine schloss hinter ihr die Gehegetür ab und reichte ihr den Schlüsselbund.

„Weshalb bist du eigentlich hier?", fragte Rosi und drückte den Deckel wieder auf den Eimer.

„Hast du Martina Kürten hier im Park schon einmal gesehen?"

Beinahe gleichgültig schlurfte Rosi mit ihren Gummistiefeln durch das feuchte Gras auf eine rostige Schubkarre zu und stellte den Eimer hinein.

„Kürtens Frau? Ich weiß nicht, wie sie aussieht. Schon möglich, dass sie mal hier war."

„Bist du Johannes Kürten mal in Begleitung begegnet? Mit einer jüngeren Frau, einem Mann oder mit einer seiner Töchter oder beiden?"

Christine beschrieb Rosi Samantha und Drago und hoffte auf einen Treffer.

„Nein. Wenn er mir über den Weg lief, war er immer allein. Ich lege auch nicht viel Wert darauf, seine Familie kennenzulernen."

Rosi ließ ihren Schlüsselbund in ihre Jackentasche fallen, umfasste mit beiden Händen die Griffe der Schubkarre und richtete sich wieder auf.

„Ich muss in die Verwaltung. Uns wurde eine Timber-Fähe angeboten. Für Titus beginnt im Januar die Ranzzeit."

„Ihr wollt noch mehr Wölfe? Es sind doch schon so viele."

„Nur den einen noch", wiegelte Rosi ab. „Wir wollen reinrassige Timber."

Die alte Schubkarre vor sich her schiebend stiefelte sie davon, und die Kommissarin sah ihr einen Moment nach.

Wen Rosi mit „wir" meinte, wäre interessant zu erfahren. Christine jedenfalls glaubte, dass sie viel eher allein die treibende Kraft hinter dem ehrgeizigen Wolfsprogramm des Parks war. Sie schien die drohende Schließung des Tierparks völlig auszublenden.

Kurt Weber hatte offenbar seine letzte Anekdote erzählt. Mit den Händen bis zu den Ellenbogen in den Taschen seiner Latzhose stand er herum und beobachtete gedankenverloren die weiterziehenden Besucher.

„Na, wieder Farbe im Gesicht?", scherzte er, als die Kommissarin neben ihn trat.

Sie stellte ihm die gleichen Fragen, die sie an Rosi bereits gerichtet hatte. Doch auch Kurt Weber war Johannes Kürten nie in Begleitung begegnet. Und auch er hatte von dem Immobilienmakler keine hohe Meinung.

Bisher gab es also keine Hinweise darauf, dass Martina Kürten, ihre Töchter oder Samantha und Drago Raspudic den Park betreten hatten.

Um sich aber bei Dunkelheit zu orientieren, ohne bemerkt zu werden und ohne Spuren zu hinterlassen den Körper von Johannes Kürten in das Wolfsgehege verbringen zu können, musste der Täter das Gelände kennen.

„Ich würde gerne wissen, wer die Leute sind, die für den Erhalt des Tierparks kämpfen."

„Jo, das bin ich, die Rosi, Justin, Marianne, Wilhelm, ein paar Aushilfen und Studenten und die Mitglieder des Vereins. Und der Tierarzt. In einer Neubausiedlung bliebe ihm nur übrig, den Katzenschnupfen von verwöhnten Stubentigern zu behandeln."

Kurt Weber lachte.

„Wer ist Wilhelm?"

„Wilhelm Reiter war früher Tierpfleger in einem großen Zoo. Er ist hier so ein bisschen der Chef. Armer Kerl, hat schweres Asthma und ist seit zwei Wochen in einer Klinik an der See. Marianne kümmert sich vorübergehend um die Geschäfte des Parks."

Der Parkleiter schied für Christine als Täter sofort aus. Er war zum Tatzeitpunkt nicht vor Ort und mit seiner Atemwegserkrankung schwerer körperlicher Anstrengung nicht gewachsen. Sie notierte sich, seine Anwesenheit in der Klinik der Vollständigkeit halber mit einem Telefonanruf zu überprüfen.

Die Familie aus den Niederlanden, der Christine an der Kasse im Gebäude am Eingang schon begegnet war, näherte sich. Die Kinder stürmten ausgelassen auf Kurt Weber zu, nachdem sie in ihm einen Mitarbeiter des Parks erkannt hatten. Aufgeregt fragten sie ihn nach der Wolfsfütterung und Kurt Weber bemühte sich, ihre Enttäuschung darüber zu dämpfen, dass sie eine halbe Stunde zu spät gekommen waren.

Christine Bernard verabschiedete sich und lief zurück zum Gebäude am Eingang.

Marianne saß an der Kasse und telefonierte. Sie gab eine Futterbestellung durch und bemerkte die Kommissarin erst, als sie ihr Gespräch beendet hatte.

„Ich hätte gerne eine Liste aller Vereinsmitglieder."

„Suchen Sie jemand Bestimmtes?"

„Nein, reine Routine."

„Die Liste ist lang. Ich sende Sie Ihnen wieder per E-Mail."

„Wie viele Mitglieder hat denn der Verein?"

Marianne überlegte.

„300?"

Christine zeigte sich überrascht.

„Dieser Tierpark ist ja nur eines von vielen Projekten, die der Verein unterstützt. Heimatmuseen, Wanderwege und Denkmalpflege gehören auch dazu."

„Kümmern Sie sich auch um Zukäufe von Tieren hier im Park?"

„Nein. Das entscheidet meistens Wilhelm."

„Meistens?"

„Ja", stöhnte Marianne etwas resigniert. „Die Rosi hat sich immer wieder hartnäckig durchgesetzt, bis er ihr bei ihren Wölfen freie Hand gelassen hat."

„Ist er den Wölfen ebenso zugetan wie Rosi?"

„Nicht so bedingungslos wie sie, aber er erkennt natürlich auch den wirtschaftlichen Erfolg des Parks mit den Wölfen."

„Sie sagte mir, dass sie ein weiteres Tier beschaffen möchte."

„Ja", bedauerte Marianne. „Und wenn Justin das Gehege wieder einmal offen stehen lässt, dann fressen sie uns irgendwann."

Marianne lachte und beabsichtigte damit wohl, ihre Befürchtungen abzuschwächen. Was ihr wenig überzeugend gelang.

„Ist das bei den Wölfen denn schon einmal passiert?"

„Das müssen Sie Rosi fragen", beendete Marianne das Gespräch plötzlich und eine Spur zu barsch. „Ich muss noch einige Bestellungen durchgeben", log sie, da war sich Christine sicher, aber Marianne machte nicht den Eindruck, als wäre sie zu weiteren Auskünften bereit. Mild lächelnd legte sie den Telefonhörer an ihr Ohr, tippte eine Nummer und schien auf eine Verbindung zu warten.

Kommissarin Bernard sah Justin durch ein Fenster hindurch in einem Gehege für Schafe Heuballen aufstapeln und verließ das Gebäude.

Sie rief ihm die gleichen Fragen über den Drahtzaun hinweg zu, die sie Rosi und Kurt bereits gestellt hatte. Justin hielt es nicht für nötig, ihr einige Schritte entgegen zu kommen, er brüllte seine Antworten auf die schon bekannte schnoddrige Weise über die Wiese. Auch er hatte Johannes Kürten nie in Begleitung im Park gesehen und äußerte sich wenig freundlich dazu, was er von dem Immobilienmakler hielt. Nicht ohne seine Aussage mit einer eindeutigen und nicht jugendfreien Handbewegung zu garnieren.

Christine beschloss, die Ermittlungsergebnisse ihrer Kollegen abzuwarten und dann zu versuchen, sich Fotos von Martina Kürten, ihren Töchtern, Samantha und Drago zu beschaffen. Wenn einer von ihnen den Park besucht hatte, erinnerte sich vielleicht doch jemand an sie und sie konnte dieser Fährte folgen.

Fisch oder Fleisch

Kommissarin Bernard verließ den Tierpark und fuhr zurück nach Trier. In ihrem Büro in der Kriminaldirektion wartete jetzt der weniger aufregende Teil der Arbeit einer Kriminalbeamtin auf sie.

Während ihr Renault mit Richtgeschwindigkeit gemächlich über die Autobahn rollte, ließ sie ihr Mobiltelefon Torbens Nummer wählen und lauschte dem Freizeichen.

„Hallo, mein Schatz“, erklang es etwas bedrückt aus der Freisprechanlage.

Christine musste nicht lange überlegen, was Torbens Stimmung drückte. Ein wichtiger Termin in seinem Leben rückte unaufhaltsam näher. Sie kannte dieses Gemisch aus Befürchtungen und Ungewissheit darüber, was einem bevorstand.

„Übst du für Dienstag?“

„Hmm.“

„Und?“

„Geht so.“

„Woran liegt es?“

„Kann mich nicht konzentrieren. Es hängt so viel davon ab, und das belastet mich.“

„Was hängt denn davon ab?“, stellte Christine sich dumm. „Du hast doch ein Engagement. Wenn sie dich nicht wollen, was soll's“, versuchte sie, ihn aufzumuntern.

„Wenn ich in Luxembourg spielen könnte, wäre ich näher bei dir. Wir hätten mehr Zeit füreinander."

Christine durchströmte ein warmes Gefühl.

„Weiß ich doch", entschuldigte sie sich sanft. „Ich wollte es nur noch einmal hören."

„Vielleicht sollte ich lieber den ‚Schwan' spielen. Sans Saëns liegt mir womöglich mehr."

„Bach macht aber mehr Eindruck", konterte Christine kämpferisch und vergaß in diesem Moment, dass Torben ein gänzlich anderer Charakter war als sie selbst. Nachgiebiger. Nach vorne stürmen, alles riskieren und alles gewinnen oder grandios scheitern war nicht sein Wesen.

„Und was heißt ‚vielleicht' und ‚womöglich'?"

„Du hast ja recht", überraschte Torben sie mit seiner widerstandslosen Zustimmung. „Ich bleibe bei Bach", seufzte er.

Christine schmunzelte. Für gewöhnlich hatte sie es mit Menschen zu tun, die erheblich mehr Widerstand leisteten.

„Wenn Bach zu schwer ist ...", appellierte sie an Torbens Ehrgeiz, kam aber nicht mehr dazu, ihren Satz zu beenden.

„... dann werden die mich an der Philharmonie nicht nehmen", stellte er nüchtern fest, und seine Stimme klang noch ein wenig trauriger.

„Lass dich von deinem Gefühl leiten. Spiel den ‚Schwan' und begeistere sie oder wähle das ‚Prélude' und überzeuge sie damit. Glaube an dich, und triff deine Entscheidung mit dem Herzen, nicht mit dem Verstand."

Beinahe hätte Christine vergessen, weshalb sie Torben angerufen hatte, und wechselte unvermittelt das Thema.

„Was hältst du von einem gemeinsamen Abendessen mit Melissa und Jörg Rottmann? Morgen? 20:00 Uhr? Ich mache ein dänisches Smörrebröd. Suchst du den Wein dazu aus?"

Dankbar nahm Torben Christines Vorschlag an und schwankte sogleich zwischen einem trockenem Rosé d'Alsace oder einem Chablis Grand Cru.

Eingeschaltete Warnblinkanlagen an den Fahrzeugen vor Christine lenkten ihre Aufmerksamkeit wieder auf den Straßenverkehr. Sie beendete ihr Telefongespräch, nahm den Fuß vom Gas und setzte ihn auf das Bremspedal. Mit einem Blick in den Rückspiegel versicherte sie sich, dass nachfolgende Fahrzeuge das Stauende ebenfalls bemerkten und abbremsten.

Ein Schwertransport mit Überbreite war auf den verengten Fahrstreifen in einer Baustelle liegen geblieben. Es sah nicht danach aus, als würden die Fahrbahnen für den Verkehr sobald wieder freigegeben werden.

Christine fluchte stumm in sich hinein und schaltete den Motor ab. Vereinzelt stiegen Fahrer aus ihren Wagen aus, liefen umher oder telefonierten.

Christine ließ ihr Handy Melissas Nummer wählen und wartete darauf, dass ihre Freundin das Gespräch annahm.

Melissa freute sich über die Einladung und ihre Freude steigerte sich noch, als Christine sie aufforderte, Jörg anzurufen, um ihn ebenfalls einzuladen.

Die nächsten zwei Stunden stand sie auf der Autobahn. Die Zugmaschine des Schwertransporters wurde gewechselt, dann ging es endlich weiter.

Mit einem dringenden Bedürfnis, hungrig und durstig erreichte sie die Kriminaldirektion, fuhr mit dem Aufzug sogleich in die oberste Etage und begnügte sich nach ihrem Toilettengang mit dem, was die Automaten in der Kantine zu dieser Tageszeit noch bereithielten.

Mit einer Flasche Mineralwasser und einem weichen Ciabatta-Brötchen, belegt mit einem ledrigen Blatt Salat und angetrocknetem Mozzarella auf dem sich müde zwei Tomatenscheiben rekelten, betrat sie ihr Büro.

Kollege Kluge war nicht an seinem Platz. Wahrscheinlich ermittelte er noch im Umfeld der Befürworter des Bauvorhabens.

Sie ließ sich auf ihren Stuhl plumpsen, schubste die Computermaus und biss in ihr Brötchen. Ihr PC erwachte aus dem Energiesparmodus und meldete drei E-Mails.

Die erste Nachricht bestätigte ihre Vermutung. Torsten führte seine Ermittlungen außer Haus durch und fuhr danach direkt zum Schießtraining. Er kam nicht mehr ins Büro und wünschte bereits ein schönes Wochenende.

Die zweite E-Mail wurde von Jörg Rottmanns Smartphone gesendet und enthielt nur vier Worte und einen Smiley.

„Danke für die Einladung. J. :-)"

Die letzte Nachricht war von Marianne Koch. Die nette Dame aus dem Tierpark. Im Anhang befand sich wie vereinbart die Liste aller Mitglieder des Fördervereins.

Mit einem mulmigen Gefühl im Bauch aufgrund ihrer Erfahrungen mit den schon einmal gegen sie geführten Cyberattacken klickte sie doppelt auf die angefügte Datei. Dann biss sie noch einmal in ihr Brötchen und stellte erleichtert fest, dass sich tatsächlich nur ein harmloses Dokument geöffnet hatte.

Immer noch verspürte sie ein diffuses Gefühl der Beunruhigung im Umgang mit moderner Technik, seit sie in einem ihrer letzten Fälle von der Hackerin Hannah Graf attackiert worden war. Genau genommen verzichtete sie seither auf den privaten Einsatz von elektronischen Geräten, wenn es nicht zwingend notwendig war.

Die Liste enthielt 314 Namen und Adressen. Darunter die der Personen im Vorstand des Fördervereins, des Kassenwarts, des Tierarztes des Parks und allen Angestellten und Aushilfen.

Kommissarin Bernard startete INPOL, das Informationssystem der Polizei, und begann damit, die Namen der Reihe nach einzugeben.

Erst bei Ludwig, Justin meldete das System einen Treffer. Neben den persönlichen Daten waren auch alle Straftaten aufgeführt, bei denen es zu einer Verurteilung gekommen war.

Unerlaubter Waffenbesitz. Halbautomatische Stichwaffe mit Aufspring-Mechanismus. Schwere Körperverletzung nach einem Streit mit einer Stichwaffe mit einer Klingenlänge von mehr als 12 cm. Widerstand gegen die Staatsgewalt. Ladendiebstahl.

Der schnoddrige Justin war also schon mehrfach auffällig geworden und für die Polizei kein Unbekannter.

Ebenfalls verurteilt und somit vorbestraft war Martinek, Kerstin. Drogenbesitz, Verstoß gegen Demonstrationsverbote und ebenfalls Widerstand gegen die Staatsgewalt. Ihr Name befand sich gleich unter dem von Justin auf der Liste. Das war trotz der alphabetischen Reihenfolge bestimmt kein Zufall. Justin und Kerstin hatten sich vielleicht im Tierpark kennen gelernt und waren möglicherweise seither ein Paar. Gleich und gleich gesellt sich gern. Christine Bernard trug sich auf, das zu überprüfen, und notierte sich die Adressen der beiden.

Die restlichen Namen auf der Liste ergaben keine weiteren Treffer.

Nun ja, was hatte sie erwartet? Gemeinnützige Fördervereine waren üblicherweise nun mal kein Hort des Verbrechens und somit wenig ergiebig bei der Suche nach Verdächtigen.

Müde ließ sie sich gegen die Lehne ihres Bürostuhls fallen und warf einen Blick auf die kleine Uhr am unteren rechten Rand auf ihrem Bildschirm. 19:34 Uhr. Zeit, nach Hause zu fahren.

Ihr weißer Mégane glänzte im Laternenlicht. Die Scheiben waren beschlagen, aber nicht zugefroren.

Kurz überlegte sie, sich etwas zu essen zu beschaffen und mit nach Hause zu nehmen. Aber sie konnte sich nicht entscheiden, auf was genau sie Appetit hatte, und sie hatte auch keine Lust, den gerade aufheizenden Wagen wieder zu verlassen und sich noch in irgendeinem Imbiss anzustellen.

Sie parkte ihren Wagen vor dem Haus, in dem sich ihre Wohnung befand, und nahm die Treppe.

Ihr Gefrierfach bot ihr ein Fertiggericht mit Nudeln und Gemüse an. Während es in der Mikrowelle seine Kreise drehte, stieg sie unter die Dusche.

Ihr Abendessen hielt, was ein in der Mikrowelle zubereitetes Gericht verspricht. Außen zu heiß, innen kalt. Sie rührte es um, was die Sache auch nicht besser machte. Sie aß es lauwarm und ohne Appetit. Den Rest des Abends beschäftigte sie sich damit, die Einkaufsliste für den kommenden Tag zu schreiben, und schmunzelte dabei über eine Erinnerung an ihre Mutter. Mama hatte Smörrebröd gerne gegessen und sich immer wieder köstlich über das lustige Wort amüsiert. Nur zwischen Fisch oder Fleisch konnte sie sich nie entscheiden und bot ihren Gästen immer beides an.

Müde ließ Christine den Stift aus der Hand rollen, stand auf, löschte in der Küche das Licht und ging zu Bett.

Den folgenden Vormittag verbrachte sie im Supermarkt. Sie kaufte verschiedene Sorten Brot, Fisch und Käse, Schinken und Roastbeef, und Gemüse und Kräuter zum Garnieren. Bis zum späten Nachmittag arbeitete sie in ihrer Küche.

Torben war ihr erster Gast. Er war eine Stunde zu früh.

Er stellte den Wein kalt und half ihr dabei, den Esstisch im Wohnzimmer zu decken.

Er wirkte etwas zufriedener als noch am Tag zuvor, und Christine schloss daraus, dass er seine Übungen fortgesetzt hatte und Fortschritte machte.

‚Zwei Tage noch', zählte sie in Gedanken die ihm verbleibende Zeit zum Üben, während sie ihre Arme um seinen Nacken legte und ihn zu einem langen Kuss an sich zog.

Dienstagvormittag musste er dann beweisen, ob er als Musiker ausreichend qualifiziert war, um in dem renommierten Orchester der Philharmonie Luxembourg ein Engagement zu bekommen.

Damit verbunden waren sein Wunsch und ihre Hoffnung, dass sich ihre beiden Leben weiter einander annäherten.

Auch wenn es für einen Außenstehenden so aussah, als würden sie sich kaum auf einander zu bewegen, so kamen sie dennoch gut voran.

So unterschiedlich sie auch waren, sie hatten Vertrauen zueinander aufgebaut, achteten die Bedürfnisse des anderen und schätzten seine Qualitäten. Zuwendung und Respekt waren ihr Fundament.

Es war keine stürmische Liebe, aber ihre Liebe würde den Stürmen des Lebens standhalten. Davon war Christine überzeugt und genoss Torbens stille Umarmung mit geschlossenen Augen.

Es klingelte. Mehrmals, und es klang beinahe fordernd. Jörg Rottmann verlangte nach Einlass, da war sich Christine sicher.

„Ich mache den Wein auf", kündigte Torben an und löste sich von ihr.

Der ruhige Mann verschwand in der Küche. Christine öffnete die Wohnungstür und hörte den Aufzug summen.

Gerne hätte sie Torben ihren Eltern vorgestellt, aber dafür war es zu spät. Vielleicht sahen ihre Seelen von dort, wo sie sich jetzt befanden, zufrieden auf sie herab und lächelten. Ihre Gesichter erschienen vor Christines geistigem Auge und sie hätte sich beinahe der Melancholie des Augenblicks hingegeben. Aber die Aufzugtüren schoben sich auf, und Melissas überdrehtes Gegacker riss sie aus ihren Gedanken.

Auf hohen, nagelnden Absätzen stakste sie ihr entgegen und umarmte sie überschwänglich. Offenbar hatte sie sich bereits Mut angetrunken und war entsprechend aufgekratzt.

Parfüm und Make-up hatte sie etwas zu reichlich aufgetragen und ihre toupierten blonden Haare fielen ihr wie eine Löwenmähne auf die Schultern.

Einen Mann wie Torben hätte sie mit einem solchen Auftritt wie ein Zug glatt überrollt, aber ein Jörg Rottmann war ihr anscheinend gewachsen.

Lässig stand er mit einer Hand in der Hosentasche im Hintergrund und grinste.

Christines Smörrebröd und Torbens Wein harmonierten. Er hatte sich für den trockenen Rosé d'Alsace entschieden.

Während sie an ihrem Glas nur nippte, trank Melissa in großen Schlucken.

Jörg wechselte nach einem Glas zu Mineralwasser und bat nach dem Essen um einen Kaffee. Erstaunlicherweise harmonierten die beschwipste Melissa und Jörg Rottmann an diesem Abend ebenfalls. Christine lehnte sich zufrieden zurück und beobachtete die beiden.

Melissa plapperte sich ihre Unsicherheit von der Seele und Jörg hörte geduldig zu.

„Wie kommt ihr in eurem Fall voran?", fragte sie unvermittelt und blickte mit glasigen Augen über den Rand ihres Glases.

Christine hob eine Augenbraue und sah ihren Kollegen an. Üblicherweise wurde über Ermittlungsstände privat nicht gesprochen.

Jörg legte seinen Arm um Melissas Schulter, die diese Geste sichtlich genoss.

„Ich habe Melissa von dem Tierpark erzählt und von den Wölfen dort."

‚Fisch oder Fleisch', verlangte Christines Mutter oft von ihrer Tochter, wenn die sich wieder einmal nicht entscheiden konnte.

Jörg hatte sich offenbar entschieden, denn er zog Melissa zärtlich ein kleines Stück an sich und hatte anscheinend eine feste Vorstellung von dem Fortgang des Abends. Und Melissa machte nicht den Eindruck, als würde sie etwas dagegen haben.

„Das mit euren Wölfen erinnert mich an Norbert."

Jeder in der Runde sah sie fragend an und Christine hoffte, dass ihre Freundin jetzt nicht irgendeinen dummen Fehler machte und von einem ihrer Verflossenen erzählte und Jörg daraufhin seine Absichten korrigierte.

Melissa schob ihr halbvolles Glas von sich.

„Machst du mir einen Kaffee?“

Sie hatte offenbar Sorge, dass sie den Ereignissen in den nächsten Stunden nicht mehr gewachsen sein könnte, wenn sie ihren Alkoholkonsum nicht einschränkte.

Torben stand auf und legte eine Hand auf Christines Schulter.

„Bleib sitzen. Ich mache das.“

Melissa erzählte von Norbert, einer ihrer Mitschüler in der 10. Klasse. Christine atmete innerlich auf.

„Norbert stand auf nordische Mythologie. Die Asen. Odin, Thor und so weiter. Ein richtiger Nerd. Na ja, jedenfalls erzählte er uns irgendwann die Geschichte vom Fenriswolf.“

„Lokis erster Sohn“, rief Torben, während er die Küche verließ.

Überrascht schaute Christine ihm dabei zu, wie er mit einer Tasse Kaffee in der Hand den Tisch umrundete.

„Du interessierst dich für nordische Mythologie?“

„Skandinavische Geschichte, Leistungskurs“, gab er beinahe schüchtern zu, zuckte entschuldigend mit den Schultern und traf mit seiner Bescheidenheit Christine mitten ins Herz.

„Noch so einer“, neckte Melissa ihn, während er die Tasse Kaffee vor ihr abstellte.

„Zucker? Milch?“

„Beides bitte. Ich bekam damals Alpträume von Norberts Horrorgeschichten.“

Torben verschwand wieder in der Küche.

Jetzt war Christines Neugier geweckt und sie erwartete eine spannende Geschichte.

„Das Meiste habe ich vergessen", begann Melissa. „Aber grauslich war es. Das Viech hat irgendeinem die Hand abgebissen."

„Tyr. Dem Gott des Kampfes und des Sieges", bestätigte Torben und stellte Milch und Zucker vor Melissa ab.

Dann nahm er wieder auf seinem Stuhl neben Christine Platz und schien zu glauben, dass sich die angefütterte Runde mit dem Häppchen zufrieden gab.

„Jetzt erzähl schon", belehrte Jörg ihn ungeduldig eines Besseren und schaute ihn auffordernd an.

‚Vorsicht, Jörg. Das ist Kultur', dachte Christine und rief ihren Gedanken sofort wieder zurück. Sie kannte ihren Kollegen nicht gut genug, um sich diese Anmaßung erlauben zu können. Sicher, er war kein Feingeist, aber deswegen war er keineswegs ungebildet.

„Loki ist einer der Asengötter in der nordischen Mythologie und der Blutsbruder Odins", begann Torben. „Er zeugte mit der Riesin Angrboda die drei germanischen Weltfeinde. Den Fenriswolf, die spätere Herrscherin der Unterwelt Hel und die Midgardschlange, die als weltumspannende Seeschlange im Urozean lebt. Die Asen fühlten sich durch den Fenriswolf bedroht und brachten ihn nach Asgard, dem Wohnort ihres Göttergeschlechts. Dort stand er unter ihrer Beobachtung. Zunächst war er ein harmloses Tier, aber er wuchs sehr schnell und die Götter fürchteten, er könnte ihnen irgendwann gefährlich werden. Also ließen sie ihn in Ketten legen, die er aber sogleich zerriss. Schließlich wollten sie ihm die magische Fessel Gleipnir anlegen, die aussah wie ein dünner Faden. Dieser Faden stammte von den Zwergen und war gesponnen aus den Sehnen der Bären, dem Atem der Fische, den Bärten der Frauen, dem Speichel der Vögel, dem Geräusch eines Katzentritts und den Wurzeln der Berge. Der Fenriswolf wurde misstrauisch und verlangte, dass einer der Götter ihm eine Hand in sein Maul legen soll, bevor man ihm die Fesseln anlegte. Außer Tyr war dazu niemand bereit. Der Fenriswolf zerrte und riss an seinen Fesseln, aber sie hielten seinen Befreiungsversuchen stand. Daraufhin biss er Tyr die rechte Hand ab."

Melissa hatte genug gehört und schüttelte sich.

„Genau so etwas Gruseliges hat Norbert immer erzählt."

Jörg hingegen gab sich nicht zufrieden.

„Was ist mit dem Fenriswolf passiert? Blieb er gefesselt?"

„Nein", fuhr Torben fort. „Nachdem die Wölfe und Zwillingsbrüder Skalli und Hati Sonne und Mond verschlungen hatten, fielen die Sterne vom Himmel und lösten ein Erdbeben aus, wodurch sich der Fenriswolf befreien konnte.

Im Kampf der Riesen gegen die Götter, genannt Ragnarök, verschlang er während einer Schlacht Odin. Odins Sohn Vidar rächte schließlich seinen Vater, zerriss dem Fenriswolf das Maul und tötete ihn."

„Also ist er weg", stellte Jörg trocken fest und schaute Melissa an.

„Siehst du. Ein Happy End."

„Nicht ganz", widersprach Torben. „Am Ende von Ragnarök wirft der Feuerriese Surt mit Flammen um sich und löst den alles zerstörenden Weltenbrand aus."

„Und wieso sind wir dann noch da?", fragte Christine und schaute Torben herausfordernd an.

Doch der hatte auch darauf eine Antwort.

„Weil durch den Ausgleich von Chaos und Ordnung ein Gleichgewicht entstand, welches der wiedergeborene Odin dazu nutzte, eine neue Welt zu schaffen."

„Also doch ein Happy End", beharrte Jörg.

„Na ja", zweifelte Melissa. „Wenn ich mir die Welt so ansehe ..."

„Ich rette dich, wenn es mal eng für dich wird", versprach Jörg, und Melissa sah ihn an, als wäre sie ihm schon jetzt dafür dankbar.

Torben musste weitere spannende Geschichten von den Asen in Asgard erzählen. Vom Göttervater Odin, seinem achtbeinigen Pferd Sleipnir, von Thor und dessen Kampf gegen die Midgardschlange und von Heimdall, dem Wächter der Götter, der von neun Riesenmüttern, die zugleich Schwestern waren, am Rande der Erde geboren wurde.

Torben war der Star des Abends. Ohne Zweifel. Mit einer unbeschreiblichen Leichtigkeit lieferte er Daten und Fakten und erklärte komplizierte Zusammenhänge so, dass jeder sie verstand und seinen Ausführungen folgen konnte.

Christine hing an Torbens Lippen und sie war stolz auf ihn. So sehr, dass sie befürchtete, die anderen könnten es bemerken und sie für ein verliebtes Mädchen halten, das leicht zu beeindrucken war. Aber so war es nicht.

Er ließ andere Menschen an sich und seinen Fähigkeiten teilhaben. Seine Musik, seine Erzählungen an diesem Abend, seine höfliche Zurückhaltung und seine Zuwendung im Allgemeinen waren etwas Besonderes.

Wieder dachte Christine an ihre Eltern und wie sie von dort, wo sie jetzt waren, herunterblickten und sahen, welches Glück sie mit Torben teilte. Plötzlich huschte ihr ein Gedanke durch den Kopf und sie dachte an das Schicksal. Ob es so etwas wie Vorsehung gab und ob ihre Eltern „da oben" vielleicht etwas damit zu tun gehabt hatten, in dem Moment, als sie sich im Krankenhaus begegneten, kurz nachdem sie dem Tode so nahe gewesen war?

Jörg lobte Christines Smörrebröd. Melissa stimmte ihm sogleich zu und bedankte sich für den schönen Abend. Sie schaute auf ihre Armbanduhr.

„Oh, schon so spät", stellte sie fest und spielte die Überraschte.

Das war das Zeichen des Aufbruchs. Die beiden wussten offenbar genau, womit sie den Rest der Nacht verbringen würden. Christine konnte sich ein Grinsen nicht verkneifen. Selbst Torben gelang es offenbar, die verschlüsselte Botschaft zu dechiffrieren, denn er drehte verlegen am Stiel seines Glases und wusste offenbar nicht, wie man darauf reagiert.

„Wir könnten doch mal bei Torben grillen, hmm? Was meinst du, Schatz?", schlug Christine vor und schaute ihn an.

„Äh, ja, klar, aber wir haben Winter. Vielleicht lieber Ente?", stammelte er, und Christine amüsierte sich darüber, dass er sich von ihren unerwarteten Vorschlägen immer noch verunsichern ließ. Torben war bestimmt vieles, aber eben nicht spontan.

Sie begleitete Melissa und Jörg zur Tür und schaltete ihnen das Licht im Hausflur ein.

Jörg drückte mehrmals auf die Ruftaste für den Aufzug und schien zu erwarten, dass sich die Kabine dadurch dann für ihn ganz exklusiv und natürlich unverzüglich auf den Weg machen würde.

Er flüsterte Melissa etwas zu, sie gackerte frech und zu laut. Christine befürchtete, der Krawall könnte die kleine Tochter ihrer Nachbarin aufwecken.

„Hey, leise ihr zwei", zischte sie ermahnend, und dann zogen sich summend die Aufzugtüren auf.

Torben hatte bereits damit begonnen, den Tisch abzuräumen, und pendelte beladen mit Gläsern und den Resten des Smörrebröds zwischen Küche und Wohnzimmer.

Christine drückte die Wohnungstür hinter sich ins Schloss und verspürte wenig Lust, ihm dabei zu helfen.

Als er wieder aus der Küche kam, verstellte sie ihm den Weg und schlang ihre Arme um seinen Nacken. Dann zog sie ihn an sich und küsste ihn. Sie zerrte ihm das Hemd aus der Hose und fuhr ihm mit einer Hand zärtlich über seine nackte Haut.

Sie hatte offenbar nicht die Absicht, jetzt ihre Wohnung aufzuräumen. Das war Torben erstaunlich schnell bewusst. Er tastete nach dem obersten Knopf ihrer Bluse. Abwechselnd küssend und kichernd entledigten sie sich der ersten Kleidungsstücke auf ihrem Weg ins Schlafzimmer und ließen sich dort auf das Bett fallen.

Im winterkalten Wald

Mit nicht mehr als ihren Socken bekleidet erwachte Christine am nächsten Morgen und überlegte, was sie zuerst tun sollte. Duschen oder Kaffee kochen.

Sie entschied sich für den Kaffee. Sein Duft weckte Torben, während sie unter der Dusche stand.

Sie frühstückten bis in den Vormittag hinein, spülten anschließend das Geschirr vom Abend zuvor und räumten ihre Wohnung auf. Am Nachmittag gingen sie Hand in Hand am Moselufer spazieren und nutzten die wenigen Sonnenstrahlen zu dieser Jahreszeit. In einem Café in der Innenstadt, unweit der Porta Nigra, tranken sie eine heiße Schokolade.

Torben benötigte noch Zeit zum Üben seines Cellospiels, deshalb war es für Christine keine Überraschung, als er sich am frühen Abend von ihr verabschiedete und nach Hause fuhr.

Sie telefonierte mit Melissa, um sich zu versichern, dass der Abend für ihre Freundin nicht wieder in einer Katastrophe geendet hatte.

Melissas Bildsprache angefüllt mit Superlativen wie „mega" und „obergeil" drängten ihr die Gewissheit auf, dass diesmal wohl alles erwartungsgemäß verlaufen war. Also verschob sie die Befragung ihres Kollegen auf den kommenden Morgen. Vor der Dienstbesprechung gelang es ihr vielleicht, Jörg eine Bestätigung zu entlocken.

Die erste Dienstbesprechung an diesem Montag hatte für Kriminalhauptkommissar Torsten Kluge bereits am frühen Morgen stattgefunden. Die Kollegen vom Kriminaldauerdienst übergaben ihre Ermittlungsergebnisse aus ihren Einsätzen in der vergangenen Nacht an die zuständigen Kommissariate. Staatsanwalt Walter Lorscheider erkundigte sich nach den Ermittlungsständen in den Fällen, für die die ihm unterstellten Kommissariate zuständig waren.

Torsten Kluge verzichtete in der Regel auf die Anwesenheit seiner Ermittler zu diesen „Elefantenrunden" genannten Dienstbesprechungen und führte lieber eine eigene in kleinerer Runde ungefähr zwei Stunden später.

Christine Bernard saß bereits an ihrem Schreibtisch und hatte die für sie eingegangenen E-Mails überflogen. Jetzt tippte sie an ihrem Ermittlungsbericht vom Freitag. Polizeimeisterin Rieger drückte mit ihrem Ellenbogen die Türklinke der Bürotür herunter und stieß sie mit ihrer Schulter auf. In den Händen hielt sie einen Becher Kaffee und ein Käsebrötchen.

„Morgen. Weißt du wo Luc ist?"

Christine blickte kurz auf.

„Nein. Soll er denn an der Besprechung teilnehmen?"

Tanja nickte mit vollem Mund und stellte ihre Tasse auf dem Fenstersims ab. Weiter kauend schaute sie auf den Bahnhofsvorplatz hinunter.

Nacheinander betraten nun auch die Hauptkommissare Kluge, Rottmann und Luc Nilles das Büro.

„Guten Morgen zusammen. Lorscheider lässt sich entschuldigen", begann Torsten Kluge, legte eine Mappe auf seinem Schreibtisch ab und blieb stehen. Er wollte offenbar keine Zeit verlieren und sprach sofort weiter.

„Ermittlungsstand Johannes Kürten. Ich schlage vor, Christine beginnt, dann Tanja und Luc und dann ich. Mit Jörg habe ich schon gesprochen, da kommt es zu einer Verhaftung. Einsatz in drei Stunden. Aber zuerst will ich wissen, was ihr habt."

Erwartungsvoll schaute er Christine an, die daraufhin ihre Kollegen kurz über ihren Ermittlungsstand in Kenntnis setzte.

„Gut. Martina Kürten einbestellen. Wir befragen sie hier. Sollte sich dein Verdacht des Kindesmissbrauchs durch Johannes Kürten erhärten, ziehen wir Anke Vollmer als Polizeipsychologin hinzu. Diesen Tierpfleger Justin Ludwig und Kerstin Martinek bestellen wir ebenfalls zur Vernehmung ein."

Christine nickte und übergab an Tanja Rieger und Luc Nilles, der es seiner Kollegin überließ, die gemeinsamen Ermittlungsergebnisse vorzutragen.

„Alles, was wir bisher haben, so viel Zeit hatten wir ja noch nicht, deutet daraufhin, dass Johannes Kürtens Geschäfte sich überwiegend am Rand der Legalität bewegt haben. Zumindest in den letzten zehn Jahren. Davor kam er nach dem Abzug des US-Militärs durch den Verkauf von deren Liegenschaften zu Wohlstand. Dieses Geschäftsmodell griff er nach dem Rückzug der Bundeswehr aus verschiedenen Standorten später noch einmal auf und verdiente wieder ansehnlich. Die zur Verfügung stehenden Finanzmittel nutzte er zum

Erwerb weiterer Immobilien, ließ sie mehr oder weniger aufwendig sanieren und stieß sie mit Gewinn wieder ab. Im Zuge dessen kam es in den letzten drei Jahren immer wieder zu Klagen gegen ihn mit der Beschuldigung des Pfuschs am Bau. Teilweise mit betrügerischer Absicht. Zu einer Verurteilung kam es bisher nicht. Ein Verfahren ist noch anhängig. Die Stadt Trier klagt auf Schadenersatz wegen mangelhaft ausgeführten Arbeiten an einem ehemaligen Kasernengebäude der französischen Armee, welches sie von Johannes Kürten für die Einrichtung einer Suchtberatungsstelle und eines Jugendzentrums erworben hat."

„Was ist mit Geschäftskontakten auf den Balkan?", unterbrach Torsten Kluge seine Kollegin.

„Da haben wir kaum etwas gefunden. Entweder fehlen die Unterlagen mittlerweile oder es gab schlicht keine Aufzeichnungen."

„Oder sie liegen bei seinem Steuerberater. Wir brauchen einen Durchsuchungsbeschluss für dessen Geschäftsräume, der zeigte sich nämlich wenig kooperativ", forderte Luc Nilles.

„Hmm", brummte Torsten Kluge. „Schwierig. Wir haben nicht genug Hinweise, aber ich versuche es."

Er kritzelte etwas auf seine Schreibtischunterlage und richtete sich wieder auf.

„Ich hatte mich ja um das Umfeld der Baubefürworter gekümmert. Alles ehrenwerte Leute."

Das Wort „ehrenwert" hatte er mit zwei Fingern und einer Geste in Anführungszeichen gesetzt.

„Bis auf das eine oder andere Gerangel untereinander mithilfe ihrer Anwälte gab es nichts Auffälliges. Das sind auch keine Leute, die ihre Widersacher erschießen und nachts in ein Wolfsgehege schleifen. Die lassen entweder machen oder sie bedienen sich juristischer Mittel, um gegen jemanden vorzugehen. Das sind überwiegend Bauunternehmer, Landwirte, Waldbesitzer, Makler, Ärzte, Versicherungsagenten und so weiter. Die meisten haben einen Flecken Erde geerbt und wollen ihn nun zu Geld machen. Die Frau vom Bürgermeister und zwei Mitarbeiter der Gemeindeverwaltung haben sich kurz vor der anstehenden Änderung des Flächennutzungsplans Grundstücke gekauft. Das könnte man als illegale Spekulation verfolgen. Aber wir suchen einen Mörder und keine kommunalen Kleinkriminellen. Ich sehe da keinen Ermittlungsbedarf."

Endlich war Jörg Rottmann an der Reihe. Man sah es ihm an, dass er die Berichte seiner Kollegen für belanglos hielt. Er war davon überzeugt, dass nur er selbst wesentlich zu der Antwort auf die Frage beitragen konnte, wer Johannes Kürten getötet und ihn dann in das Gehege verbracht hatte.

„Es geht um was ganz anderes", wischte er alle Ermittlungsergebnisse seiner Kollegen beiseite. „Dieser Kürten war an einem Menschenhändlerring beteiligt. Daher auch seine häufigen Puffbesuche."

„Moment", unterbrach Torsten Kluge ihn. „Das wissen wir noch nicht."

„Kann doch gar nicht anders sein. Raspudic und Umarov handelten mit Drogen, Waffen und Nutten. Na ja, und wo kommen die meisten von denen denn her? Vom Balkan. Sicher nicht alle freiwillig. Wenn überhaupt eine von denen freiwillig hier ist.

Raspudic und Umarov waren an dem Tag, als ihr denen über den Weg gelaufen seid, auf dem Weg zu Tudor."

„Wer ist Tudor?", fragte Christine.

„Ilja Tudor. Ein schmieriger Mädchenhändler aus einem Dorf in der Nähe von Bukarest. Raspudic und Umarov hatten einen Koffer Koks dabei, um Tudor für seine nächste Lieferung zu bezahlen. Er regelte den Austausch und den Transport der Mädchen von einem Puff zum anderen."

„Kreisverkehr", spottete Jörg, nicht ohne stolz darauf zu sein, dies alles ermittelt zu haben.

„Woher weißt du das alles?", fragte Luc, und Christine hatte das Gefühl, dass Luc von Jörgs Geschichte nicht überzeugt war.

„Eine Informantin."

„Aus dem Milieu?", zweifelte Luc Nilles.

„Ja, aus dem Milieu", stöhnte Jörg Rottmann genervt. „Sie will aussteigen, und wir sollen ihr zu einer neuen Identität verhelfen."

Gequält verzog Luc Nilles sein Gesicht.

„Soll es geben", versuchte Jörg, die Bedenken seines Kollegen zu zerstreuen.

Christine hatte genug gehört.

„Aber was hat das alles mit Johannes Kürten zu tun?"

„Jetzt ...!", erhob Jörg Rottmann seine Stimme mit gleichzeitig aufgestelltem Zeigefinger. „... wird es interessant. Tina behauptet, Kürten und Raspudic hätten sich gestritten, weil Kürten sich in Raspudics Geschäft gedrängt hat."

„Wie das?"

„Er drohte ihm damit, der Polizei einen Tipp zu geben, wenn er ihn nicht teilhaben lasse. Zwischen den beiden ging es nicht um ein bisschen bröckeligen Mörtel."

„Und Raspudic stieg darauf ein?"

„Zum Schein. Vermute ich mal. Die haben sich mit ihm getroffen, ihn kalt gemacht und den Wölfen zum Fraß vorgeworfen. Spuren beseitigen. Man braucht nicht viel Fantasie, um sich das vorzustellen."

„Betonklötze an den Füßen und in der Mosel versenken sind out?", nörgelte Luc Nilles.

Jörg Rottmann zog genervt die Luft zwischen seinen Zähnen hindurch.

„Nur weil ihr nix habt, heißt das ja nicht, dass ich nicht weiß, wie man ermittelt", griff er Luc an. „Tina erscheint mir sehr glaubwürdig."

„Tina wer?", wollte Tanja wissen.

„Florentina Popescu. Schafft bei Raspudic an."

„Diese Mädchen sprechen meistens nur wenige Brocken Deutsch", zweifelte Luc weiter. „Stelle ich mir schwierig vor, bei so einer umfangreichen Aussage."

Jörg Rottmann wurde es zu viel.

„Sag mal Torsten ...", wandte er sich hilfesuchend an seinen Kollegen.

Der hob beschwichtigend seine Hand. „Jörg hat Freitagnacht einen Übersetzer organisiert und Frau Popescu hier in der Kriminaldirektion ordnungsgemäß vernommen. Der

Haftrichter hat den Haftbefehl für Ilja Tudor bereits ausgestellt. Der Einsatz erfolgt in Idar-Oberstein. Dort ist Tudor gemeldet. Die Kollegen vor Ort sind informiert. Wir bekommen zwei Beamte von der Streife zur Unterstützung."

Christine hatte für Lucs Vorbehalte gegen Ermittlungsergebnisse, die auf der Aussage einer einzelnen Zeugin aus dem Milieu beruhten, durchaus Verständnis. Aber ihrer Ansicht nach hatte Jörg alles richtig gemacht, sich die Aussage von einem Dolmetscher übersetzen zu lassen. Die bevorstehende Verhaftung und anschließende Vernehmung dieses Ilja Tudor würde sicher dazu beitragen, dass der Fall Kürten bald abgeschlossen werden konnte. Die Spur, die Jörg entdeckt hatte, war die bisher vielversprechendste und bestätigte auch ihre persönliche Einschätzung. Johannes Kürten hatte sich mit Leuten eingelassen, denen er offenbar nicht gewachsen war.

Ihre eigenen Ermittlungen gegen Martina Kürten und Justin Ludwig musste sie zwar der Vollständigkeit halber fortsetzen, aber ihre Zweifel an einer Tatbeteiligung einer der beiden wuchsen.

Sie nutzte die verbleibende Zeit nach der Dienstbesprechung bis zur Abfahrt nach Idar-Oberstein und tippte ihren Bericht zu Ende.

Gegen 9:30 Uhr verließen sie in zwei Dienstfahrzeugen das Gelände der Kriminaldirektion. Jörg Rottmann und Tanja Rieger fuhren voraus. Christine war bei Torsten Kluge zugestiegen, und schon bald hatten sie den schwarzen BMW ihres Kollegen aus den Augen verloren.

Hauptkommissar Kluge hingegen steuerte den Dienst-Audi ruhig über die Autobahn. Die Festnahme war für den späten Vormittag geplant, kurz bevor Ilja Tudor laut Zeugenaussage für gewöhnlich das Haus verließ.

Sie erreichten den Wohnblock mit der grauen Fassade gegen 10:45 Uhr. Um 11:00 Uhr sollte der Zugriff erfolgen.

Jörg Rottmann war an dem Gebäude vorbeigefahren und parkte seinen BMW von Straßenbäumen verdeckt in etwa 50 Meter Entfernung.

Torsten Kluge lenkte seinen Wagen in eine Grundstückseinfahrt in etwa gleicher Entfernung zum Wohnblock, von der aus sie den Hauseingang in dem Gebäude beobachten konnten, in dem Tudor seine Wohnung hatte. Die Kollegen von der Streife waren noch nicht vor Ort. Sie sollten erst in der letzten Minute vorfahren, damit Ilja Tudor nicht gewarnt wurde.

Feinste Regentropfen sammelten sich auf der Frontscheibe. Christine Bernard zog ihre Dienstwaffe aus dem Schulterholster, kontrollierte, ob sich Patronen im Magazin befanden, und steckte die Waffe zurück. Sie hoffte, die Pistole nicht einsetzen zu müssen, aber nach ihrer Erfahrung mit dem wild um sich schießenden Abubakar Umarov wollte sie auf jeden Fall vorbereitet sein.

Ihre Hände wurden feucht. Wie so oft. Die Aufregung vor einer Festnahme ließ sich nicht verdrängen. Sie spürte, wie sie unter den Achseln zu schwitzen begann, und ließ das Fenster auf ihrer Seite ein Stück herunter.

Torsten erzählte etwas von seiner Frau und den Kindern. Er war der Einzige im Team, der verheiratet war und Familie hatte. Christine hörte nicht zu. Sie warf einen Blick auf die Borduhr des Audis. 10:56 Uhr. Noch dreieinhalb Minuten. Sie ging in Gedanken den bevorstehenden Einsatz durch und schätzte, dass sie zu Fuß fünfundzwanzig Sekunden bis zum Hauseingang brauchen würden. Überall klingeln außer bei Ilja Tudor. Falls jemand durch die Gegensprechanlage nachfragt, „Post" oder „Paket" rufen. Irgendjemand fernentriegelt die Haustür. Dann noch fünf Sekunden die Treppe rauf bis vor seine Wohnungstür im ersten Stock. Klingeln, beiseitetreten und gleichzeitig rufen: „Polizei! Herr Tudor, bitte öffnen Sie die Tür!"

Wenn er nicht innerhalb von drei Sekunden an der Tür sein sollte, um sie zu öffnen, Dienstwaffen in den Anschlag nehmen und die Tür gewaltsam öffnen und eindringen. Gegenseitig Rückendeckung geben und einen Raum nach dem anderen durchsuchen. Ist er allein oder sind weitere Personen in der Wohnung? Sind sie eine Gefahr? Setzt sich Ilja Tudor zur Wehr oder lässt er sich widerstandslos festnehmen?

Dem Verhafteten seine Rechte vorlesen. Handschellen anlegen. Abführen lassen.

Wenn weitere Personen angetroffen werden, sich ausweisen lassen, gegebenenfalls Personalien feststellen. Anschließend nach Beweismaterial suchen, welches den Anfangsverdacht stützt.

Wer an der Adresse nicht gemeldet ist, muss die Wohnung verlassen. Prüfen, ob alle Fenster geschlossen sind. Nötigenfalls Haushaltsgeräte wie Toaster oder Backofen außer Betrieb nehmen. Offenes Feuer löschen. Kerzen,

Zigarettenkippen, Ofen, Räucherwerk oder wodurch sonst noch ein Brand entstehen könnte. Eingangstür verschließen und versiegeln.

Ilja Tudor würde dann von den Kollegen in Trier erkennungsdienstlich behandelt werden. Fingerabdrücke. Gewicht. Größe. Statur. Farbe von Haar und Augen. Weitere persönliche Merkmale. Es würden Fotos gemacht werden und dann fände eine Überführung in das Untersuchungsgefängnis statt.

So oder ähnlich liefen die meisten Einsätze zur Festnahme eines Verdächtigen ab.

„Die Kollegen von der Streife sind da", hörte sie Torsten Kluge neben sich ankündigen, bevor er aus dem Wagen stieg. Sie folgte ihm zwischen zwei vorbeifahrenden Fahrzeugen hindurch über die Straße.

Leider trat das erste Problem bereits bei Punkt zwei auf. Sie kamen nicht ins Haus. Eine ältere Dame brauchte die kleine Ewigkeit von zehn Sekunden, bis sie sich krächzend über die Gegensprechanlage danach erkundigte, wer bei ihr geklingelt hatte. Sie belehrte die Beamten darüber, dass die Post schon durch sei und sie kein Paket erwartete.

Torsten Kluge gab sich als Polizist zu erkennen, was die Zweifel der Dame zunächst nicht ausräumen konnte. Erst als er ihr mit rechtlichen Konsequenzen drohte, summte endlich der Türöffner. Sie stürmten die Treppe hinauf, klingelten und klopften und forderten Ilja Tudor auf, die Tür zu öffnen. Doch nichts geschah. Ein kräftiger Tritt löste das Problem. Schnell war die Drei-Zimmer-Wohnung durchsucht. Es wurden zwei weibliche Personen angetroffen, die kaum Deutsch sprachen. Tudor war nicht in der Wohnung. Es duftete nach frisch gebrühtem Kaffee. Kommissarin Bernard sah Ilja Tudor durch das geöffnete Küchenfenster flüchten. Es befand sich schräg oberhalb der Haustür. Offenbar hatte er bemerkt, dass sich die Kriminalbeamten Zutritt zum Haus verschafft hatten, und gewartet, bis sie im Hausflur verschwunden waren. Dann war er aus dem Fenster gesprungen.

Einer der beiden Streifenbeamten hatte sich vor dem Haus postiert, den Flüchtenden bemerkt und die Verfolgung aufgenommen. Tanja Rieger und Jörg Rottmann sicherten die Rückseite des Hauses und hatten von der Flucht noch nichts bemerkt.

„Er türmt!", rief Christine, eilte aus der Wohnung hinaus und die Treppenstufen hinunter. So schnell sie konnte, rannte sie über das Rasengrundstück dem Kollegen von der Streife hinterher. Hatte er noch Sichtkontakt zu dem Flüchtenden? Offenbar nicht. Denn er blieb plötzlich schwer atmend stehen und sah sich um. Die kalte Luft kondensierte bei jedem seiner Atemzüge.

„Weg", schnaufte er.

Christine rannte an ihm vorbei. Ihre Pistole immer noch in ihrer Hand. Passanten verfolgten sie mit ihren Blicken. Eine Frau mit einem kleinen Jungen an der Hand deutete auf ein angrenzendes Grundstück. Der Kommissarin blieb nichts anderes übrig, als dem Hinweis zu folgen. Ob er in die Irre führte oder nicht, konnte sie nicht überprüfen.

Das gepflegte, von dichten Hecken umsäumte Anwesen bot kaum Möglichkeiten, sich zu verstecken. Sie lief eine geteerte Einfahrt hinauf, dann über den kurz gemähten Rasen, passierte einen alten Springbrunnen ohne Wasser und erreichte eine mit blass-roten Bruchsteinplatten gepflasterte Terrasse. Im Glas der geschlossenen Fenster und Türen des zweistöckigen Gebäudes spiegelte sich der Dezemberhimmel. Christine Bernard konnte Ilja Tudor nirgendwo entdecken. Sie lief weiter bis hinter das Haus. Dort grenzte das Grundstück an einen dicht mit Bäumen und Sträuchern bewachsenen Hang. Sie überlegte, ob es Tudor gelungen sein könnte, sich Zutritt zum Haus verschafft zu haben, oder ob er den Hang hinauf geflüchtet war. Mit ihren Augen suchte sie die Fassade nach Hinweisen auf ein Eindringen in das Gebäude ab. Sohlenabdrücke, Verschmutzungen am weißen Putz oder nicht verschlossene Fenster oder Türen. Doch sie bemerkte nichts Auffälliges. Sie versuchte zu lauschen, und dadurch einen Hinweis auf Tudors Fluchtrichtung zu erhalten. Doch der Lärm des Straßenverkehrs übertönte die meisten Geräusche. Dann suchte sie mit einem schnellen Blick den Hang ab und entdeckte den flüchtenden Mann an einer lichten Stelle auf allen vieren den steilen Hang hinauf hetzend. Die Hälfte hatte er bereits geschafft.

‚So ein Mist', fluchte sie in sich hinein und steckte ihre Dienstwaffe in ihr Schulterholster. Um Ilja Tudor den Hang hinauf zu folgen, brauchte sie beide Hände, und er machte nicht den Eindruck, als würde er Gewalt anwenden wollen. Er setzte anscheinend auf eine schnelle Flucht, um sich der Verhaftung zu entziehen.

Christine Bernard suchte sich eine günstige Stelle für ihren Aufstieg und rannte los.

Der Boden unter ihren Füßen war teilweise von Geröll und Laub bedeckt. Morsche Äste, bisweilen armdick, behinderten ihr Fortkommen. Schnell bemerkte sie, dass eine Mischung aus Krabbeln und Klettern auf allen Vieren tatsächlich die effektivste Methode war, den Steilhang zu bezwingen.

Sie kam schlecht voran. Immer wieder glitt sie auf einem von Laub bedeckten Stein aus oder sie trat auf einen Ast, der unter ihren Schuhen wegrollte. Dann rutschte sie ein Stück zurück und musste sich noch mehr anstrengen, um wieder vorwärts zu kommen. Sie warf schnell einen Blick nach oben, entdeckte Ilja Tudors Hinterteil und seine strampelnden Beine und sah, dass es ihm auch nicht anders erging. Doch er hatte einen Vorsprung herausgearbeitet und den galt es, zu verringern. Also strengte sie sich noch mehr an.

Ihr Herz hämmerte gegen ihre Rippen, sie keuchte und stöhnte und ihre Hände krallten sich in den Waldboden, auf der Suche nach Halt. Mit kräftigen Schritten stemmte sie sich immer weiter nach oben, bis ihre Waden schmerzten. Sie nutzte jede Möglichkeit, sich an den Stämmen von jungen Bäumen oder an tiefhängenden Ästen oder Wurzeln hinaufzuziehen. Dankbar nutzte sie jede Gelegenheit der Erleichterung. Schließlich kam sie voran und holte sogar auf.

Das hatte wohl auch Tudor bemerkt, der den Kamm des Hangs erreicht hatte. Doch er lief nicht einfach weiter, sondern suchte nach dicken Ästen und schweren Steinen, die er hinunter werfen oder rollen konnte.

Christine bemerkte seine Absichten zu spät und wurde von einem herabstürzenden Stein überrascht. Er traf ihren linken Fuß, durch den plötzlichen Verlust an Halt stürzte sie und rutschte einige Meter zurück. Der Stamm einer jungen Birke bremste sie schmerzhaft im Schritt. Schnell suchte sie nach einem Stamm eines größeren Baumes und robbte darauf zu. Über ihr warf Ilja Tudor den nächsten Stein.

Schwer atmend lehnte sie in ihrer Deckung mit dem Rücken an der vermoosten Rinde einer verkrüppelten Eiche und tastete nach ihrem Mobiltelefon. Sie rief Torsten an und erklärte ihm, wo sie sich befand.

„Tudor flüchtet in westliche Richtung", schnaufte sie in das Gerät. „Er leistet Widerstand und bewirft mich mit Steinen. Aber er scheint unbewaffnet zu sein."

„Seine Waffe haben wir sichergestellt. Er hatte wohl keine Zeit mehr, sie mitzunehmen. Bleib, wo du bist, wir sind gleich da."

Einfach sitzen zu bleiben, war für Kommissarin Bernard keine Option. Mehrmals riskierte sie einen schnellen Blick und zog ihren Kopf sofort wieder zurück. Solange Ilja Tudor dort oben mit Steinen warf, konnte sie sich ausruhen. Er aber auch, und seine Erschöpfung war wohl auch ein Grund, warum er nicht weiter gelaufen war. Aber gegen ihn lief die Zeit. Er musste wissen, dass diese Polizistin Kollegen hatte und diese sich auf ihn zu bewegten.

Erneut warf sie einen Blick auf die Stelle, an der gerade noch Ilja Tudor gestanden hatte. Doch nun war er weg. Der Wind trug den Klang von Martinshörnern aus der Stadt heran. Sie wusste, was das bedeutete. Eine Ringfahndung lief an. Die Umgebung wurde abgeriegelt.

‚Nahbereich. Fünf Kilometer im Durchmesser. Inklusive Straßensperren', schätzte sie. Weiter konnte Tudor in der kurzen Zeit nicht gekommen sein. Ab jetzt war jeder zur Verfügung stehende Beamte auf den Beinen und suchte nach dem flüchtigen Mädchenhändler. Sicher sendete der lokale Radiosender schon Durchsagen an die Bevölkerung, zu Hause zu bleiben, Fenster und Türen geschlossen zu halten und als Autofahrer keine Anhalter mitzunehmen.

Sie verließ ihre Deckung und krabbelte wieder den Hang hinauf. Nun war sie vorsichtiger und beobachtete ihre Umgebung aufmerksamer. Keinesfalls wollte sie in einen Hinterhalt geraten. Doch Ilja Tudor blieb vorerst verschwunden.

Dann hatte sie endlich den Kamm erreicht und wurde enttäuscht. Sie hatte Grundstücke mit Häusern, eine Straße oder wenigstens Gärten erwartet. Schließlich befanden sie sich im Stadtgebiet von Idar-Oberstein. Aber vor ihr lag ein ausgedehntes Waldgebiet.

Wehmütig warf sie einen Blick zurück und sah zwischen den kahlen Baumkronen hindurch die Dächer der Stadt unter sich. Winzig klein, wie bei einer Modelleisenbahn. Ein Streifenwagen hielt mit Sondersignal vor dem Haus, in dem sich Tudors Wohnung befand. Die Beamten stiegen aus und sahen zu ihr hinauf. Aber sie war sich sicher, dass sie sie auf diese Entfernung in dem dicht bewachsenen Gelände nicht bemerken würden. Immerhin liefen sie jetzt in ihre Richtung.

Sie wandte sich um und lauschte. Dort oben gab es keinen Straßenverkehr, dessen Geräusche alles überdeckten. Und so war es auch das Knacken eines brechenden Astes, der ihr Ilja Tudors Fluchtrichtung verriet. Sie rannte los.

Kommissarin Bernard konnte den Mann nicht sehen, aber hören. Also konzentrierte sie sich darauf, aufzuholen. Aber plötzlich hörte sie von ihm keine Geräusche mehr. Sie blieb stehen und konzentrierte sich auf jeden Laut in ihrer Nähe. Aneinander schlagende Äste, die der leichte Wind gegeneinander trieb. Der Ruf einer Krähe. Flugzeugtriebwerke hoch oben über den Wolken. Sonst nichts.

Behutsam setzte sie einen Fuß vor den anderen und vermied es, auf am Boden liegende Äste zu treten. Aber selbst das Knistern des trockenen Laubes unter ihren Schuhen erschien ihr so laut, dass sie glaubte, Tudor könnte es hören.

Langsam arbeitete sie sich weiter vor. Vorsichtshalber nahm sie ihre Dienstwaffe aus dem Schulterholster.

‚War der Mädchenhändler weiter gelaufen, und sie konnte die Geräusche, die er verursachte, nicht mehr hören oder wartete er irgendwo hinter einem Baumstamm auf sie, um seine lästige Verfolgerin in einen Hinterhalt zu locken?' Diese Frage stellte sie sich selbst, doch eine Antwort gab es darauf vorerst nicht.

Das Geräusch schlagender Rotorblätter näherte sich. Ein Helikopter. ‚Polizeihubschrauber', war Christine überzeugt.

Jetzt wurde es langsam eng für Ilja Tudor.

Als wenn er in diesem Moment zu der gleichen Erkenntnis gelangt wäre, stand er plötzlich vor ihr. Völlig überraschend hinter einem dicken Eichenstamm hervorgetreten.

Sie hatte für einen Augenblick nicht aufgepasst und sich von dem herannahenden Hubschrauber ablenken lassen.

Der dicke Knüppel in seinen Händen sauste auf ihren Kopf zu. Sie erschrak und riss schützend ihre Arme hoch. Ihren Kopf verfehlte der wuchtige Schlag, aber der Knüppel traf ihren Unterarm. Etwas brach krachend. Sie hoffte, nicht der Knochen ihres Arms. Sie verlor die Waffe aus der Hand. Mit einem dumpfen Geräusch landete sie im Laub vor Ilja Tudors Füßen. Er erkannte seine Chance sofort, bückte sich danach und hob sie auf. Dann richtete er Christines Dienstwaffe auf sie. Jetzt waren alle Sinne der jungen Kommissarin auf Überleben ausgerichtet. Sie schaute in die Mündung ihrer neuen Dienstwaffe. Diese verhasste Walther P99Q sollte ihr also jetzt zum Verhängnis werden. Hier also würde sie sterben, in diesem winterkalten Wald. Allein mit diesem Menschenhändler. Wie ein Blitz durchfuhr ein in dieser Situation völlig unnützer Gedanke ihren Kopf. Torben.

Ilja Tudor krümmte hämisch grinsend seinen Zeigefinger und drückte ab.

Bach oder Sans Saëns

Polizeimeisterin Rieger und Hauptkommissar Rottmann rannten auf ihren schwarzen BMW zu und warfen sich hinein. Soeben hatten sie erfahren, in welche Richtung Ilja Tudor flüchtete. Mit heulendem Motor und kurz durchdrehenden Rädern raste der schwere Wagen los. Noch bevor Jörg Rottmann sich den Sicherheitsgurt anlegte, stellte er das Blaulicht auf das Dach und schaltete das Sondersignal ein.

Er kannte den hoch gelegenen Stadtteil, auf den sich der Mädchenhändler zu bewegte. Dort oben befanden sich unter anderem eine Kaserne und eine Artillerie-Schule der Bundeswehr. Sie konnten ihm vielleicht den Weg abschneiden, wenn er den bewaldeten Teil des Viertels verließ.

Hoch konzentriert trieb Jörg den starken Dienstwagen die schmale Straße hinauf und schnitt die engen Kurven, wenn es der Gegenverkehr zuließ. Tanja Rieger wurde auf ihrem Beifahrersitz heftig hin und her geworfen. Die Finger ihrer rechten Hand umklammerten den Griff in der Türverkleidung, mit der anderen Hand stützte sie sich auf dem Polster ihres Sitzes ab.

Rechts vor ihnen erschien das Waldstück, von dem sie erwarteten, dass sich darin der flüchtende Ilja Tudor auf sie zu bewegte. Jörg Rottmann schaltete das Blaulicht und das Sondersignal aus.

Und tatsächlich. Mit Blut verschmiertem Gesicht humpelte der Mädchenhändler den Waldrand entlang und wollte die Straße überqueren. Scheinbar war er im Unterholz gestürzt und hatte sich verletzt. Das heranschießende Auto bemerkte er viel zu spät. Als wollte es ihn überfahren, raste es auf ihn zu. Erst im letzten Moment lenkte der Fahrer den Wagen links an ihm vorbei. Doch der Kotflügel und die A-Säule der Windschutzscheibe touchierten den angeschlagenen Mann und warfen ihn um.

Benommen lag er am Boden und war noch dabei herauszufinden, wo oben und unten war, als eine kräftige Hand ihm schon unter den Arm griff und ihn auf die Beine zog. Eine Polizistin stand plötzlich hinter ihm und legte ihm sofort Handschellen an. Ein Hubschrauber knatterte heran und blieb über ihnen stehen.

Unter dem infernalischen Lärm der Turbinen und dem Sturmwind der kreisenden Rotorblätter führte man Ilja Tudor mit flatterndem Hemd und Hosenbeinen zu einem schwarzen BMW und drückte ihn im Fond auf die Sitzbank. Kurz sah er im Innenspiegel des Wagens sein eigenes Gesicht. Blutig, schmutzig, die Haare zerzaust. Die Strapazen der letzten Stunde hatten an ihm gezerrt.

Beinahe war der abgekämpfte Mann froh, sich einen Moment ausruhen zu können.

Polizeimeisterin Rieger beugte sich in den Wagen, zog den Sicherheitsgurt um ihn herum und schnallte ihn an. Er roch ihr Parfüm und den Duft ihrer Haare.

Der Hubschrauber drehte ab. Ein weiterer Wagen rollte heran.

Hauptkommissar Torsten Kluge sah den Helikopter davonfliegen. Jörgs Körpersprache ließ ihn sofort erkennen, dass sie Ilja Tudor verhaftet hatten. Lässig lehnte sein Kollege mit vor der Brust verschränkten Armen an seinem Dienstwagen und wartete, bis der dunkle Audi neben ihm zum Stehen kam. Mit dem Daumen deutete er auf den Fond seines Wagens.

„Verpackt und reisebereit“, rief er, nicht ohne Stolz in der Stimme.

Das waren die Momente, die er liebte.

Torsten schaltete den Motor ab und stieg aus. Er schob eine Hand in seine Hosentasche und warf einen Blick in Jörgs Wagen. Dann richtete er sich wieder auf.

„Wieso blutet er?“

Jörg Rottmann zuckte mit den Schultern.

„Keine Ahnung. Er kam schon so aus dem Wald. Hingefallen, oder so. Ist mir auch egal.“

„Ich kann Christine nicht erreichen“, informierte Tanja Rieger ihre beiden Kollegen über ihre erfolglosen Versuche, Kommissarin Bernard ans Telefon zu bekommen.

Jörg Rottmann stieß sich von seinem Wagen ab.

„Weit kann sie nicht sein. Sie muss dicht hinter Tudor gewesen sein.“

Alle schauten zum Waldrand und suchten ihn nach ihrer Kollegin ab. Doch sie war nicht dort.

Tanja Rieger steckte ihr Mobiltelefon in ihre Jackentasche.

„Ich gehe sie suchen. Vielleicht hat sie keinen Empfang.“

„Warte!“

Torsten Kluge ging zu seinem Dienstwagen, beugte sich hinein, zog den Zündschlüssel ab und warf die Fahrertür zu.

„Ich lasse euch den Wagen hier und fahre mit Jörg zurück nach Trier. Ich will Tudor so schnell wie möglich vernehmen."

Dann drückte er auf den Knopf der Fernbedienung und verriegelte den Audi. Den Schlüssel warf er seiner Kollegin zu, die ihn geschickt auffing.

Mit langen Schritten lief Tanja Rieger auf den Waldrand zu und war bereits hinter den ersten Büschen verschwunden, während Jörg Rottmann seinen Dienstwagen wendete und die beiden Hauptkommissare davon brausten.

„Christine!", rief sie in den Wald hinein, blieb stehen und lauschte. Doch sie bekam keine Antwort.

Wo genau sie nach ihrer Kollegin suchen sollte, hatte sie sich nicht überlegt. Sie hatte erwartet, dass Christine schon bald hinter dem flüchtenden Tudor aus dem Wald heraustreten würde, und es überraschte sie, dass genau das nicht geschehen war. Und es bereitete ihr Sorgen.

Unschlüssig blieb sie stehen und versuchte, zwischen all den Baumstämmen, Büschen und mit trockenem Laub behangenen Ästen einen Hinweis auf ihre Kollegin zu erhalten.

Ein kalter Windstoß blies durch die Kronen der Bäume und ließ ihre kahlen Äste wie die Knochen eines Gerippes klappernd aneinander schlagen. Sie zog den Reißverschluss ihrer Jacke zu.

„Christine!", rief sie noch einmal, und dann kam ihr der Gedanke, ihre Kollegin könnte zurückgelaufen sein, den Hang hinunter bis zu dem Haus, in dem sich Tudors Wohnung befand. Doch sie verwarf ihre Vermutung. Wenn Christine diesem Tudor dicht auf den Fersen gewesen war, musste sie bemerkt haben, dass er verhaftet wurde. Und dann hätte sie auch sie und Jörg gesehen und wäre ganz sicher nicht in die entgegengesetzte Richtung davon gelaufen.

Beunruhigt lief die junge Polizeimeisterin ohne Ziel im Wald hin und her und suchte den Boden ab. So, als erwartete sie Christine nicht aufrecht durch den Wald laufend, sondern womöglich verletzt am Boden liegend. Doch sie konnte ihre Kollegin nirgendwo entdecken.

Tanja tastete nach ihrem Mobiltelefon und wollte Torsten Kluge anrufen und fragen, wie sie sich weiter verhalten sollte. Vielleicht hatte sich Christine ja auch inzwischen bei ihm gemeldet, und er hatte nur vergessen, es ihr mitzuteilen, oder ihr Handy fand in diesem Wald kein Mobilfunknetz. Doch ein prüfender Blick auf das Display ihres Gerätes bestätigte einen guten Empfang.

Bevor sie die Telefonverbindung zu ihrem Kollegen aufbauen lassen wollte, rief sie noch einmal laut in den Wald hinein. „Christine! Wo bist du?"

Wieder rauschte ein Windstoß durch den Dezemberwald und trieb raschelnd trockenes Laub auf dem Boden vor sich her.

„Ich bin hier", hörte sie plötzlich die Stimme ihrer Kollegin dünn und nicht weit entfernt von ihr. Und dann entdeckte sie sie und eilte zu ihr.

Christine lehnte mit dem Rücken am mächtigen Stamm einer einzelnen Douglasie. Fast sah es so aus, als suchte sie Schutz unter deren ausladenden Ästen. Ihre langen dunklen Haare hatten sich fast gänzlich aus einem haltenden Haargummi befreit. Ihre Wangen waren feucht und das sonst so leuchtende braun ihrer geröteten Augen wirkte dunkler als üblich. Sie hatte offenbar geweint. Am langen Arm, in einer schmutzigen Hand, baumelte ihre Dienstwaffe.

„Mein Gott, bin ich froh dich zu sehen. Ich dachte schon ..."

Tanja sprach nicht weiter. Sie nahm Christine einfach in den Arm und drückte sie an sich.

Christine legte ihre Arme um ihre Kollegin, und so standen die beiden Frauen eine Weile in diesem Winterwald und waren froh, dass die eine von ihnen noch lebte.

„Was ist passiert? Bist du okay? Wir haben Tudor verhaftet."

Tanja trat einen Schritt zurück. Christine hielt ihr für einen Moment ihre Dienstwaffe entgegen und steckte sie dann in ihr Schulterholster.

„Das ungeliebte Ding hat mir heute das Leben gerettet. Unglaublich. Ja, ich bin ok. Mein Unterarm schmerzt höllisch, aber ich glaube, es ist nichts gebrochen. Lass uns hier verschwinden. Ich erzähle dir im Wagen, was passiert ist."

Wenige Minuten später erreichten die beiden Frauen ihren Dienstwagen. Als Tanja sich ans Steuer setzte, den Motor startete und losfuhr, klappte Christine die Sonnenblende auf ihrer Seite herunter und schaute in den kleinen Spiegel.

‚Schön siehst du mal wieder aus', dachte sie ironisch und begann damit, ihr Haar zu einem Zopf zu binden.

„Ich brauche etwas zu trinken. Fahr bitte auf die Naheüberbauung und dann in Richtung Bad Kreuznach. Ein paar Kilometer aus der Stadt heraus gibt es ein Schnellrestaurant."

Während Tanja ihre Bestellung aufgab, verschwand Christine auf der Damentoilette. Sie trafen sich wieder auf dem Parkplatz und setzten sich in den Dienstwagen. Tanja nippte an einem Becher Kaffee. Christine hielt ihren Pappbecher mit einem halben Liter Mineralwasser in der Hand und sog durstig an dem Strohhalm. Die kleine Portion Pommes frites teilten sie sich.

Christine beobachtete eine Familie mit zwei Kindern beim Einsteigen in ihr Fahrzeug und leckte sich das Salz von den Fingern.

„Stell dir vor, dieser Tudor hätte mich heute eiskalt erschossen. Mit meiner eigenen Waffe. Sie fiel mir aus der Hand, nachdem er mich überrascht und mit einem Knüppel geschlagen hatte. Aber er kannte sich mit diesem Modell offenbar nicht aus. Er übersah, dass die Pistole noch nicht gespannt war. Als ich sah, wie er auf mich zielte und einfach abdrückte, war ich wie erstarrt. Aber als ich sein überraschtes Gesicht bemerkte, nachdem sich kein Schuss gelöst hatte, begriff ich, dass ich kompromisslos und entschlossen handeln musste. Ich trat ihm dorthin, wo es besonders weh tut, und nachdem er sich vor Schmerz krümmte, trat ich noch einmal zu und traf sein Gesicht. Er ließ meine Waffe fallen und stürzte. Dann warf er mir eine Hand voll Dreck ins Gesicht und trat mir die Füße weg. Ich schlug hin, und in der Zeit, die ich brauchte, um wieder etwas zu sehen und meine Pistole aus dem Laub am Boden zu fischen und sie durchzuladen, rappelte er sich wieder auf und humpelte flink wie ein Wiesel davon."

„Deshalb seine gebrochene Nase", stellte Tanja trocken fest.

Christine nickte.

„Ich brachte einfach nicht mehr den Mut auf, ihn weiter zu verfolgen. Ich habe total versagt."

„Nein, das hast du nicht! So etwas darfst du nicht einmal denken! Tudor war dir körperlich überlegen, was solltest du machen? In dieser Situation durftest du auch mal unfair sein."

„Dieser Umarov hätte den Spannzustand meiner Walther sofort erkannt. Aber Tudor ist eben Mädchenhändler und kein Waffenhändler. Von diesem kleinen Unterschied hing heute mein Leben ab."

Christine sog gurgelnd und röchelnd den letzten Rest ihres Wassers aus dem Becher.

„Stell dir vor, der hat einfach abgedrückt. Eiskalt. Menschenleben interessieren diese Leute nicht."

Tanja Rieger streckte ihren Arm aus, legte ihn ihrer Kollegin hinter den Nacken und zog sie kurz an sich.

„Ich habe auch schon einige Male darüber nachgedacht ins Kommissariat 4 zum Betrug oder ins K14, Wirtschaftskriminalität, zu wechseln. Ich habe das Gefühl, dass wir es in den letzten Jahren mit einer ganz neuen Art von

Verbrechern zu tun bekommen haben. Erbarmungslos. Menschenverachtend. Vollkommen rücksichtslos. Erinnerst du dich noch an den Raubmord an der Ladenbesitzerin, die sie für lächerliche 20 Euro erstochen haben? Die alte Dame hätte sich ohnehin nicht zur Wehr setzen können. Wozu also diese sinnlose Brutalität?"

Tanja sammelte die Pappbecher und die leere Pommes frites Schachtel ein und stopfte alles in die Papiertüte, in der ihr der Verkäufer ihre Bestellung überreicht hatte. Dann stieg sie aus dem Wagen und entsorgte den Abfall in einen Mülleimer in der Nähe des Eingangs zum Restaurant.

Christine beobachtete sie dabei und dachte darüber nach, was ihre Kollegin gerade gesagt hatte. Vielleicht hatte sie recht. Immerhin war sie innerhalb weniger Tage gleich zwei Mal in eine lebensbedrohliche Situation geraten und auch sie hatte das unbestimmte Gefühl, dass Straftäter selbst Ordnungskräften gegenüber zunehmend respektlos und ablehnend begegneten. Aber war ein Zurückweichen die richtige Antwort auf diese Entwicklung? War ein entschlossenes Dagegenhalten nicht vorzuziehen?

Aber diese Entscheidung musste jeder Beamte für sich selbst treffen. Und jeder hatte seine persönliche Schwelle, über die er irgendwann vielleicht nicht mehr hinwegtreten konnte. Im Angesicht des Todes hatte sie an Torben gedacht und an das nicht gelebte Leben mit ihm, wenn sie in diesem winterkalten Wald dort gestorben wäre.

Es war ein Augenblick der Wahrheit, und sie musste eine Antwort auf eine Frage finden, die sie sich selbst bisher nicht gestellt hatte.

War sie stark genug, sich den Herausforderungen weiterhin zu stellen, die ihr gefährlicher Beruf mit sich brachte?

Tanja Rieger zog die Fahrertür auf und nahm wieder hinter dem Steuer Platz. Christine lächelte sie an.

„Für heute haben wir genug von Schwerverbrechern. Wir fahren jetzt zu Martina Kürten und bringen sie nach Trier zur Vernehmung. Wenn wir ihr die Vorladung per Post schicken, rät ihr Anwalt ihr ohnehin nur, sie zu ignorieren. Dann muss die Staatsanwaltschaft sie vorladen und das dauert dann wieder. Aber wenn zwei Beamtinnen vor ihr stehen, leistet sie sicher keinen Widerstand. Ich würde den Fall Kürten gerne abschließen. Vielleicht haben wir oder Torsten und Jörg ja heute Abend schon ein Geständnis."

Tanja startete den Motor und ließ den Dienstwagen vom Parkplatz herunter rollen.

Christine wunderte sich wieder einmal über sich selbst, wie schnell es ihr nach den Ereignissen der letzten Stunden gelungen war, auf Ermittlungsroutine umzuschalten.

Das apricotfarbene Haus der Kürtens stand in der Nachmittagssonne, die schüchtern durch eine dünne Wolkendecke herab schien. Ihr blasses Licht wärmte kaum und so war es der kalte Wind, der dominierte und die beiden Beamtinnen die Reißverschlüsse ihrer Jacken bis oben hin schließen ließ.

Sie warfen die Türen des Audis zu und stiegen die Waschbetonstufen hinauf. Christine klingelte. Mehrmals. Niemand öffnete.

Sie gingen um das Haus herum und warfen einen Blick durch ein Oberlicht in die Doppelgarage. Sie war leer. Offensichtlich war Martina Kürten nicht zu Hause.

Christine Bernard erinnerte sich daran, dass Frau Kürten ihr gegenüber angekündigt hatte, eine ihrer Töchter besuchen zu wollen.

Sie bat Tanja Rieger, die Adressen und Telefonnummern zu ermitteln und herauszubekommen, zu welcher der beiden Töchter Martina Kürten gefahren war. Sie selbst lief ein Stück die Straße hinauf und klingelte am Haus nebenan. Eine ältere Dame öffnete ihr. Der Duft frisch gebrühten Kaffees wehte ihr entgegen. Die krächzende Stimme eines Mannes erkundigte sich neugierig aus einem der hinteren Räume, wer denn an der Tür sei.

Kommissarin Bernard stellte sich vor, lehnte es aber ab, auf einen Kaffee hinein zu kommen.

„Wissen Sie, wann Ihre Nachbarin, Frau Kürten, heute das Haus verlassen hat?"

Die alte Dame überlegte.

„Nein. Ich habe sie in den letzten Tagen überhaupt nicht gesehen."

„Heinz", rief sie in das Haus hinein. „Wann hast du Frau Kürten das letzte Mal gesehen?"

Ein alter Mann schlurfte gebeugt heran.

„Das war am Freitagabend. Wir gingen gerade zu Bett, erinnerst du dich? Das Garagentor schlug zu und sie fuhr davon."

„Und sie kam nicht mehr wieder?"

„Nein."

„Haben Sie eine Vermutung, wohin sie gefahren sein könnte?"

„Nein. Leider nicht."

Christine bedankte sich und lief zum nächsten Haus. Auch deren Bewohner hatten Martina Kürten seit dem Freitagabend nicht mehr gesehen. Wohin sie gefahren war, wusste niemand.

Tanja saß noch im Wagen und telefonierte. Christine trat neben den Audi und zog die Fahrertür auf. Die Polizeimeisterin sprach mit einem Kollegen aus der Kriminaldirektion, der etwas für sie recherchieren sollte. Dann beendete sie ihr Gespräch.

„Die Töchter der Kürtens wünschen keinen Kontakt mehr zu ihren Eltern. Warum, wollten mir beide am Telefon nicht sagen. Martina Kürtens Eltern leben nicht mehr, Geschwister hat sie keine. Johannes Kürten war ebenfalls Einzelkind. Ob seine Eltern noch leben, weiß ich noch nicht."

„Kannst du das bitte ermitteln. Ich rufe Torsten an und frage, was wir machen sollen."

Christine war überzeugt davon, dass Martina Kürten untergetaucht war. Sie hatte also entweder etwas zu verbergen oder sie wollte sich einer erneuten Befragung entziehen. Damit rückte sie auf der Liste der Verdächtigen endgültig auf Platz zwei. Jetzt galt es, mögliche Hinwendungsorte zu finden. Eine Freundin, einen Freund, einen neuen Mann in Martina Kürtens Leben, Freunde ihres Mannes und so weiter. Passagierlisten von Flughäfen anfordern und durchsehen, Schiffspassagen und Grenzübertritte ins außereuropäische Ausland kontrollieren. Mühsame Ermittlungsarbeit stand ihnen bevor. Routine. Büroarbeit. Wenig spannend.

Kommissarin Bernard trat einige Meter vom Auto weg, angelte das Mobiltelefon aus ihrer Jackentasche und informierte ihren Vorgesetzten. Tanja Rieger zog fröstelnd die Fahrertür wieder zu.

Hauptkommissar Kluge gab knappe Anweisungen.

„Foto beschaffen und mir senden, Personenbeschreibung durchgeben. Mach du das bitte. Ich spreche mit Lorscheider und gebe dann die Fahndung raus. Schlüsseldienst schicke ich dir, damit ihr ins Haus kommt, und eine Streife. Wer weiß, was euch darin erwartet."

„Wie weit seid ihr mit der Vernehmung von Tudor?"

„Wir warten auf den Dolmetscher. Ein Arzt ist gerade bei ihm. Tudor behauptet, du hättest ihm ins Gesicht getreten."

„Ja, das stimmt."

„Gab es dafür einen besonderen Grund? Du kennst unseren Staatsanwalt ja, Lorscheider will so etwas ganz genau wissen."

„Was denkst du? Du kennst mich doch? Natürlich gab es dafür einen Grund."

„Na, gut. Wir bekommen ja deinen Bericht."

Christine Bernard beendete das Gespräch und ließ ihr Telefon in ihre Jackentasche fallen.

Sich für die Verteidigung ihres Lebens rechtfertigen zu müssen, erschien ihr nach so vielen Dienstjahren immer noch seltsam. Aber das gehörte zum Polizeialltag. Widerstand gegen Beamte hatte für den Täter kaum nennenswerte Folgen. Im Gegensatz dazu wurden Beamte für Gewaltanwendung während einer Festnahme empfindlich bestraft, wenn sie deren Notwendigkeit nicht nachweisen konnten.

Tanja Rieger war aus dem Wagen gestiegen und warf die Fahrertür zu.

„Johannes Kürtens Vater lebt nicht mehr. Seine Mutter wohnt in einem Pflegeheim und leidet an Demenz."

„Torsten braucht ein Foto von Martina Kürten. Wir warten auf die Kollegen von der Streife und den Schlüsseldienst. Ich höre mich noch ein wenig um."

Tanja nickte, rieb ihre Hände aneinander und stieg wieder in den Wagen. Christine bemerkte auf dem Nachbargrundstück der Kürtens eine Frau, die rauchend auf der Terrasse stand. Sie betrat das Anwesen und zeigte ihren Dienstausweis.

„Guten Tag, Kommissarin Bernard. Kriminalpolizei."

Offenbar unbeeindruckt zog Martina Kürtens Nachbarin an ihrer Zigarette, atmete ein und stieß den Rauch wieder aus.

„Wissen Sie, wo sich Frau Kürten aufhält?"

„Nee. Martina hat sich bei mir nicht abgemeldet."

„Kannten Sie Frau Kürten gut?"

„Nee. Sie war nicht so der soziale Typ."

„Waren Sie befreundet?"

Sie schüttelte ihren Kopf und drückte ihre Zigarette in einem Blumentopf aus.

„Nachbarn halt. Wir haben hin und wieder zusammen gegrillt."

„Kennen Sie die Töchter der Kürtens?"

„Nee. Als mein Mann und ich hierher gezogen sind, waren die schon ausgezogen."

„Seltsam, finden Sie nicht? Noch bevor sie ihre Schule beendet hatten."

Die wortkarge Frau zuckte mit den Schultern und verschränkte ihre Arme vor der Brust. Christine hatte das Gefühl, dass sie etwas wusste, es aber nicht sagen wollte.

„Es muss doch einen Grund dafür gegeben haben."

„Ach, wissen Sie, es wird so viel getratscht."

„Was genau meinen Sie?"

„Angeblich hat der Johannes seine Kinder angefasst. Ich glaube das zwar nicht, aber wer weiß schon so genau, was passiert, wenn abends beim Nachbarn das Licht ausgeht?"

„Haben Sie mit ihm oder mit seiner Frau mal darüber gesprochen?"

„Nee, ganz bestimmt nicht", lachte sie spröde. „Johannes war kein Mann, der sich zur Rede stellen ließ."

„Gab es mal Streit?"

Martina Kürtens Nachbarin warf einen schnellen Blick hinüber auf das andere Grundstück.

„Da drüben wurde es öfter mal laut. Ich weiß aber nicht genau, worum es ging."

„Hat Johannes Kürten seine Frau geschlagen?"

„Kann sein. Ich weiß es nicht."

„Wie ist Ihr Name?"

„Gabriele Reuter."

Die Frau war mindestens zehn Jahre jünger als Martina Kürten und doch war sich Christine sicher, dass die Distanz zwischen den beiden Frauen weit weniger groß war, als es diese sperrige Nachbarin vorgab.

„Gabriele, Sie verschweigen mir etwas."

Sie biss sich auf die Unterlippe.

„Martina hatte mal eine blutige Lippe. Mehr weiß ich nicht."

Aus dem Augenwinkel sah Kommissarin Bernard einen Streifenwagen vor dem Haus der Kürtens halten. Dicht gefolgt von einem Kleintransporter mit aufgedruckter Werbung für Hausmeisterdienste aller Art.

„Gibt es einen neuen Mann im Leben Ihrer Nachbarin?"

„Glaube ich nicht. Martina hat die Nase erst mal voll vom starken Geschlecht", spottete Gabriele Reuter und steckte sich eine zweite Zigarette an.

„Und Sie wissen wirklich nicht, wo Frau Kürten sich aufhalten könnte?"

„Nein, ich weiß es nicht. Aber ich kann verstehen, dass sie sich dem ganzen Geschwätz entzieht. Jeder glaubt, etwas zu wissen, und hat angeblich etwas gehört. Und wenn es nicht spektakulär genug ist, wird eben etwas hinzugedichtet."

Christine Bernard überreichte Gabriele Reuter eine Visitenkarte.

„Wir fahnden nach Martina Kürten. Rufen Sie mich bitte an, wenn sie wieder auftaucht. Wir können ihr helfen. Unser psychologischer Dienst ist viel besser als sein Ruf. Sich seinen Ängsten und seelischen Schmerzen nicht zu stellen, ist schlimmer, als sich in professionelle Hände zu begeben."

„Ich sag es ihr, wenn ich sie sehe."

Gabriele Reuters letzte Antwort war vielleicht die einzig aufrichtige in dem Gespräch, vermutete Kommissarin Bernard. Auch wenn sie den Aufenthaltsort von Martina Kürten tatsächlich nicht kennen sollte, was Christine stark bezweifelte, so machte sie sich doch Sorgen um ihre Freundin. Dass die beiden befreundet waren, hatte Gabriele Reuter zwar abgestritten, aber Christine glaubte ihr nicht.

Sie verabschiedeten sich voneinander. Christine Bernard lief über den Rasen zurück auf das Anwesen der Kürtens. Nicht einmal ein kleiner Zaun hinderte sie daran. Die beiden Grundstücke gingen nahtlos ineinander über und das stärkte ihre Vermutung, dass Martina Kürten und Gabriele Reuter viel mehr waren als nur Nachbarn.

Die Haustür stand offen. Der Mann vom Schlüsseldienst ließ sich von Tanja Rieger den Auftrag unterschreiben. Die beiden Kollegen von der Streife kontrollierten bereits alle Räume des Gebäudes.

Erwartungsgemäß trafen sie niemanden an.

Christine suchte das Schlafzimmer und öffnete Schranktüren und Kommodenschubladen auf der Suche nach einem Hinweis, welche Kleidungsstücke Martina Kürten mitgenommen haben könnte. Doch sie reiste offenbar mit kleinem Gepäck. Zumindest ließen die wenigen offensichtlichen Lücken kaum Rückschlüsse darauf zu, ob ihre Garderobe aus Sommer- oder Winterkleidung bestand. Auf ein Reiseziel zu schließen, war also nicht möglich.

Ein weiteres Problem stellte das für die Personenfahndung notwendige Foto von Martina Kürten dar. Im ganzen

Haus hing keine einzige Aufnahme von ihr an der Wand. Es standen auch nirgendwo Bilderahmen, so wie man es erwarten würde und es in den meisten Haushalten üblich war.

Tanja Rieger, Christine Bernard und die Kollegen von der Streife teilten sich auf und begannen, danach zu suchen.

Nach einer halben Stunde wurde Tanja Rieger fündig. In einer Schublade in einem Sideboard im Esszimmer entdeckte sie eine Aufnahme von den Kürtens und den Reuters beim gemeinsamen Grillen. Aufgenommen auf der Terrasse der Kürtens. Das Foto wurde beschnitten. Ein nicht mehr zu erkennender Mann am linken Bildrand sitzend könnte Johannes Kürten gewesen sein.

Die Aufnahme wurde über seine übereinander geschlagenen Beine in weißer Hose hinweg gemacht und zeigte Martina Kürten und Gabriele Reuter nebeneinander sitzend in vertrauter und offenbar guter Stimmung. Der Fotograf könnte Gabriele Reuters Ehemann gewesen sein.

„Das nehmen wir mit", entschied Christine.

Der Mitarbeiter des Schlüsseldienstes verriegelte die Haustür hinter ihnen. Polizeimeisterin Rieger und Kommissarin Bernard bedankten sich bei den Kollegen von der Streife für ihren Einsatz.

Während der Rückfahrt nach Trier gab Christine die Personenbeschreibung für die Fahndung nach Martina Kürten durch.

In der Kriminaldirektion überließ Tanja Rieger das sichergestellte Foto den Kollegen vom Erkennungsdienst.

Die mussten es erst scannen und den Ausschnitt, auf dem Martina Kürten zu erkennen war, mit einer Bildbearbeitungssoftware freistellen.

Kommissarin Bernard fand ihr Büro wieder einmal verlassen vor. Torsten und Jörg waren sicher noch im Untersuchungsgefängnis und vernahmen Ilja Tudor.

Mit einem Seufzer setzte sie sich vor ihren PC und bewegte die Computermaus. Auf dem Bildschirm erschien der Posteingang ihres E-Mail-Kontos. Sie las die Betreffzeilen. Keine der eingegangenen Nachrichten erschien ihr wichtiger als der Bericht für Torsten Kluge und den Staatsanwalt über ihren Einsatz in Idar-Oberstein.

Sollte Tudor Anzeige wegen Körperverletzung erstatten, bestand die Gefahr eines Disziplinarverfahrens gegen sie. Mit Unbehagen erinnerte sie sich an eine zurückliegende Vernehmung durch den internen Ermittler Hauptkommissar Richard Welfen vom Landeskriminalamt.

Ein Drogenhändler hatte sich durch seine Flucht der Verhaftung entziehen wollen und wurde dabei von einem Kleintransporter erfasst. Er erlag im Krankenhaus seinen schweren Verletzungen. Einer der Mittäter behauptete später, Christine hätte den Drogenhändler zu Tode gehetzt.

Die Polizeidienstvorschrift regelte das Vorgehen bei Verhaftungen eindeutig. Der Verdächtige steht unter dem Schutz des Staates und gilt bis zu seiner Verurteilung als unschuldig. Wer konnte schon vorhersagen, ob sich der Flüchtende später auch als der Täter herausstellte? Ob er nur die Nerven verloren hatte, sich bedroht fühlte oder wegen eines minderschweren Delikts vor der Polizei weggelaufen war? Bei einem flüchtenden Verdächtigen könnte es sich also um einen Unschuldigen handeln. Käme er während einer Festnahme zu Schaden oder gar zu Tode, müsste der Staat haften. Also der Steuerzahler. Der Bürger. Christines Souverän.

Hinterherschießen oder wilde Verfolgungsjagden, wie es oft in Filmproduktionen zu sehen war, waren verboten. Schon wegen der Verletzungsgefahr für Unbeteiligte. Die Polizei setzte bei flüchtenden Verdächtigen immer auf die Fahndung, niemals auf eine bedingungslose Nachstellung.

Also gab sie sich diesmal besondere Mühe beim Verfassen ihres Einsatzberichtes und wurde erst durch das Knurren ihres Magens daran erinnert, dass es wieder einmal spät geworden war. Sie speicherte das Dokument ein letztes Mal und beendete die Anwendung.

Müde schaltete sie ihre Schreibtischlampe aus und verscheuchte ihre Sehnsucht, Torben an diesem Abend noch sehen zu wollen. Sie konnte sich vorstellen, womit er wenige Stunden vor dem Termin in der Philharmonie seine Zeit verbrachte. Er übte Stücke von Bach oder Sans Saëns. Oder er schlief bereits. Sie schickte ihm eine Kurznachricht und wünschte ihm eine gute Nacht. Eine Antwort erhielt sie nicht mehr.

Ihr weißer Renault Mégane begrüßte sie mit einem gelb-orangenen Blinken, nachdem sie den Knopf für die Fernentriegelung gedrückt hatte. Die Stadt schien bereits zu schlafen. Nur wenige Fahrzeuge begegneten ihr auf dem Heimweg.

Ihr Kühlschrank bot ihr die auf einem Teller zusammengestellten Reste des Smörrebröds an. Dankbar griff sie zu, nahm den Teller und eine Flasche Mineralwasser mit ins Bad und duschte kauend mit dicken Backen. ‚Ausgehungert', schmunzelte sie, als sie ihr Gesicht im Spiegel sah. ‚Du lernst das nie, dir zwischendurch mal etwas zu essen zu gönnen', tadelte sie sich selbst. Dann putzte sie sich die Zähne und löschte das Licht. Der Schein der Straßenlaternen leuchtete fahl durch die Fenster in ihre Wohnung. Sie ging in ihr Schlafzimmer und ließ sich ins Bett fallen.

Der Himmel am nächsten Morgen begrüßte sie blau-weiß, aber der junge Tag hatte es in sich. Die Ereignisse überschlugen sich.

Schon auf ihrer Fahrt in die Kriminaldirektion klingelte ihr Mobiltelefon. Aufgeregt erklärte Torben ihr, dass sein Termin zum Vorspielen in der Philharmonie Luxembourg um zwei Stunden vorverlegt wurde. Der Orchesterdirektor wollte gerne zugegen sein, hatte aber überraschend einen Termin und bot an, das Vorspielen auf einen anderen Tag zu verlegen oder es früher stattfinden zu lassen.

Torben hatte sich für die Vorverlegung entschieden. Er glaubte, gut vorbereitet zu sein, und wollte sich und seine angespannten Nerven nicht noch länger einer lähmenden Ungewissheit aussetzen.

Christine beruhigte Torben und sicherte ihm zu, dass sie trotzdem pünktlich in der Philharmonie erscheinen würde. Dann lenkte sie ihren Renault auf den Parkplatz vor der Kriminaldirektion und fluchte. Aus irgendeinem Grund war an diesem Morgen kein einziger Parkplatz mehr frei. Möglicherweise waren wegen einer Schulung oder aus einem anderen Grund Kollegen von entfernten Dienststellen angereist und belegten nun die üblicherweise freien Flächen. Wie dem auch war, sie parkte ihren Mégane hinter den beiden Fahrzeugen von Kollegin Rieger und Luc Nilles.

Die Polizeimeisterin begegnete ihr auf dem Gang. Mit einem einzigen Blick las sie von deren Gesicht ab, dass etwas Ungewöhnliches passiert sein musste. Tanja schnitt eine Grimasse, ähnlich der einer vor Schmerzen verzehrten Fratze, und schüttelte eine Hand vor ihrem Oberkörper, als hätte sie sich verbrannt.

„Super dicke Luft da drin", verkündete sie und deutete auf Christines Bürotür. „Jörg und Torsten haben sich gestern bis in den späten Abend mit der Vernehmung dieses Tudor herumgeschlagen, und heute Morgen widerruft Jörgs Zeugin ihre Aussage."

„Diese Tina?", vermutete Christine.

Tanja nickte.

„Auweia."

Christine wusste nur zu genau, wie heftig der Kollege Hauptkommissar auf solche Pannen reagierte.

„Und dein Freund Luc ist auch nicht so der Diplomat."

„Wieso?"

„Stellt der sich vor den tobenden Jörg und sagt dem: ‚Habe ich doch gesagt. Zeugen aus dem Milieu …'."

Jetzt war es Christine, die ihr Gesicht wie von Schmerzen entstellt verzog.

„Lebt Luc noch?", scherzte sie.

Tanja Rieger drückte die Bürotür auf und ließ ihrer Kollegin den Vortritt. Jörg Rottmanns Baritonstimme schlug ihnen lautstark entgegen. Mit beiden Fäusten in den Hosentaschen federte er hoch aufgerichtet und auf Zehenspitzen vor dem ohnehin einen halben Kopf kleineren Luc Nilles auf und ab. Zwischen den beiden schien ein Streit entbrannt zu sein.

„Jetzt ist mal Ruhe hier", forderte Torsten Kluge und begrüßte Christine mit einem knappen „Morgen". Auch er war offenbar nicht bester Laune.

„Der Audi A8 von Johannes Kürten wurde gefunden", begann er und hatte offenbar nicht die Absicht, weiter die fehlgeschlagene Vernehmung von Ilja Tudor zu diskutieren. „Ausgebrannt. Spurensicherung ist unterwegs. Kümmerst du dich darum? Das Fahrzeug steht in einem Waldstück etwa fünfzehn Kilometer vom Tierpark entfernt."

Dann reichte er ihr einen Zettel.

„Das sind die GPS Daten."

Christine nahm den Zettel entgegen und setzte sich an ihren Schreibtisch. Schnaubend verließ Jörg Rottmann das Büro. Luc Nilles grinste.

„So werdet ihr bestimmt keine Freunde", mahnte Christine.

Luc erwiderte nichts, aber sein unbekümmerter Gesichtsausdruck ließ unschwer erahnen, was er darüber dachte. ‚C'est la vie.'

Französisches ‚laissez-faire' duldete Hauptkommissar Kluge aber nicht, und dies drückte er mit einer einzigen Frage an Luc Nilles gerichtet aus.

„Seid ihr beiden mit euren Ermittlungen über die wirtschaftlichen Aktivitäten von Johannes Kürten fertig?"

Zweifaches Kopfschütteln forderte Torsten Kluges folgende Anweisung geradezu heraus.

„Dann wisst ihr ja, was ihr zu tun habt", kommandierte er und scheuchte damit Tanja und Luc aus seinem Büro.

Christine schubste ihre Computermaus und kontrollierte ihren Posteingang. Aber ihre Neugier trieb sie vor sich her und veranlasste sie zu einer vorsichtigen Frage.

„Was ist denn nun mit diesem Tudor?"

Torsten richtete sich in seinem Schreibtischstuhl auf und schaute Christine über den Bildschirm hinweg an. Seine Augenpartie deutete darauf hin, dass er über das Scharmützel zwischen Jörg Rottmann und Luc Nilles insgeheim grinste.

„Jörg hat mit seiner Zeugin nicht direkt gesprochen, sondern sich ihre Aussagen von einem Dolmetscher übersetzen lassen. Diese Tina hat ihre Aussage heute früh telefonisch widerrufen. Sie steht den Ermittlungsbehörden im Fall Ilja Tudor nicht mehr zur Verfügung. Offenbar wurde sie unter Druck gesetzt und bereits nach Rumänien zurückgeschickt. Sie behauptet, der Übersetzer hätte falsch übersetzt. Tudor können wir ohne ihre Aussage keinen Menschenhandel nachweisen."

„Diese Tina wird wohl ein bisschen Geld bekommen haben. Ein Mord an ihr wäre ja fast schon ein Schuldeingeständnis. Was ist mit den Frauen, die wir in Tudors Wohnung angetroffen haben?"

„Die ‚Damen' geben an, in Deutschland Urlaub zu machen und sich auf einer Bildungsreise zu befinden."

Natürlich war das Szenario lächerlich und durchsichtig, und jeder wusste, was im Hintergrund geschehen war. Aber das Resultat war, dass dieser Tudor zunächst auf freien Fuß gesetzt werden musste. Beweise gegen ihn gab es keine und die einzige belastende Zeugenaussage wurde widerrufen. Staatsanwalt Lorscheider würde, wenn er es nicht schon getan hatte, anordnen, Ilja Tudor aus der Untersuchungshaft zu entlassen. Mehr als ein Verfahren wegen Widerstand gegen die Staatsgewalt bei seiner Festnahme und unerlaubtem Waffenbesitz erwartete den Mädchenhändler nicht.

„Ich habe noch etwas", unterbrach Torsten Kluge die Überlegungen seiner Kollegin.

„Martina Kürten ist gestern Abend nach Montenegro eingereist. Ihr Grenzübertritt in ein außereuropäisches Land wurde der Fahndung zwar gemeldet, aber leider zu spät und die Grenzbeamten haben es versäumt, sie aufzuhalten. Tanja kümmert sich um ein Amtshilfeersuchen. Montenegro führt derzeit Verhandlungen zum Beitritt zur Europäischen Union und wird sich sicher kooperativ verhalten. Die internationale Fahndung läuft."

‚Tja, was bedeutete das jetzt? Ein kurzfristig angesetzter harmloser Urlaub an der Adria, um sich zu erholen und die schrecklichen Ereignisse und die Demütigungen hinter sich zu lassen? Oder befand sich Martina Kürten auf der Flucht, und ihr Verhalten war ein weiterer Hinweis darauf, dass die Spur zu dem Mörder ihres Mannes zu ihr und auf den Balkan führte?'

Kommissarin Bernard nahm es der verbitterten Frau nicht übel, dass sie über das zerrüttete Verhältnis zu ihren

Töchtern gelogen hatte. Welche Mutter gab schon gerne zu, dass sie von sich selbst glaubte, versagt zu haben? Aber vielleicht war es auch alles ganz anders und Martina Kürten war auf dem Weg zu ihrem Liebhaber, den sie als Geschäftspartner ihres Mannes kennengelernt hatte. Waren sie womöglich ein Liebespaar, das gemeinsam gemordet hatte?

Einen internationalen Haftbefehl zu beantragen, war aussichtslos. Den derzeitigen Ermittlungsstand konnte man nicht einmal „Beweislage" nennen. Martina Kürten blieb zwar eine der Hauptverdächtigen, aber außer einem Dickicht an Vermutungen und Hörensagen hatten sie nichts gegen sie in der Hand.

Christine entfuhr ein kurzer Seufzer. Dann erhob sie sich.

„Ich fahre zu Günther und schaue mir Johannes Kürtens Autowrack an. Anschließend kann ich auch gleich im Tierpark vorbeifahren und Justin Ludwig befragen. Ich möchte auch mit dieser Kerstin Martinek sprechen."

„Sollen wir die beiden nicht besser vorladen?"

Sie machte eine wegwerfende Handbewegung.

„Dieser Justin ist nicht der Schlauste, aber dass er einer Vorladung der Polizei nicht folgen muss, weiß der. Und die Staatsanwaltschaft lädt ihn erst vor, wenn wir Ermittlungsergebnisse vorweisen können. Außer den Einträgen in das Vorstrafenregister gibt es bisher keine Verdacht erhärtenden Hinweise gegen die beiden."

Christine Bernard bewegte sich auf die Bürotür zu.

„Bei allem, was wir bisher über Johannes Kürten wissen, kann ich mir auch nicht vorstellen, dass dieser Justin ein

Motiv haben soll, ihn umzubringen. Die lebten doch in völlig verschiedenen Welten. Und drohender Jobverlust als Motiv ist mir zu dünn."

„Man kann nie wissen ...", rief Torsten ihr mahnend hinterher, während sie das Büro verließ und die Tür hinter sich zu zog.

In ihrem Wagen gab sie die GPS Daten, die sie zu Polizeihauptmeister Günther Hagemann und seinem Team von der Spurensicherung führen sollten, in das Navigationsgerät ein. Auf dem Bildschirm erschien ein riesiges Forstgebiet, durchzogen von Brandschutzschneisen, und nur von wenigen Freiflächen oder Ansiedlungen unterbrochen. Der Täter hatte den Wagen tief in den Wald gefahren, bevor er ihn angezündet hatte. Vielleicht dazu noch in der Nacht. Deshalb hatte niemand die Flammen gesehen oder den Rauch gemeldet.

Sie lenkte ihren Renault rückwärts vom Parkplatz herunter auf die Straße und wechselte in den Vorwärtsgang.

Ihre Fahrt führte sie durch dichte Wälder. An einer dunklen Stelle tief im Hochwald verpasste sie die Abzweigung, bremste und setzte ihren Wagen mit jaulendem Getriebe zurück. Weiter ging es durch dicht stehendes Nadelgehölz immer tiefer in den Wald hinein. Bald zweifelte sie daran, dass sie es mit ihrem Mégane überhaupt bis zu der Fundstelle schaffen würde. Immer tiefer und enger wurden die Fahrspuren, immer dichter bewachsen der Wegesrand. Die Karosserie schaukelte und knarzte, das Fahrwerk polterte und ächzte. Gras und kahles Heidelbeergestrüpp schabten am Unterboden entlang. Noch 250 Meter, las sie vom Display ab. Sie schaltete die Scheinwerfer ein, denn die Kronen der dicht stehenden Bäume schirmten das Tageslicht ab. Der Duft des Waldbodens und der von Baumharz, Pilzen, Moosen, vergangenem Holz und moderndem Laub drangen in das Wageninnere ein. Ein großer Greifvogel saß auf dem Weg und hackte mit scharfem Schnabel auf etwas in seinen Klauen ein. Erst kurz bevor der heranrumpelnde Wagen die Stelle erreicht hatte, schwang er sich auf und schleppte ein blutiges Bündel aus Fell, Fleisch und Knochen in seinen Fängen mit sich davon.

‚Rotkäppchen!', fiel ihr plötzlich ein und sie konnte sich lebhaft vorstellen, dass dieser Teil des Hunsrücks bald wieder Wolfsland war. Wildreich und fern von den Menschen boten sich Isegrim und dessen Gefolge ideale Bedingungen. Hier hatte der Mensch deren Lebensraum noch nicht gänzlich zerstört. Große Rudel konnten in diese Waldgebiete unbemerkt einwandern und scheu und zurückgezogen darin leben. Ein Paradies für den Wolf und ein Horror für Christine, dort alleine herumzuirren. Noch 50 Meter versprach das Navigationsgerät. Die Räder des Renaults stolperten über dicke Steine und zerrten am Lenkrad. Eine letzte Richtungsänderung und dann sah sie im Halbdunkeln den silbergrauen Kleinbus der Spurensicherung stehen und einige Meter dahinter das schwarz verkohlte Gerippe der Luxuslimousine.

Kommissarin Bernard hielt ihren Wagen an und schaltete den Motor ab. Sie ließ den Renault einfach auf dem Weg stehen und stieg aus. Sofort umgab sie eine ungewohnte Stille. Sie vernahm das Rauschen ihres eigenen Blutes in ihren Ohren. So tief im Wald war sie bis dahin noch nicht gewesen, und diese Stille hatte etwas Magisches und Furchteinflößendes zugleich. Falls ihr dort etwas passieren sollte, würde sie niemand schreien hören? Aber was könnte ihr schon widerfahren. Der einzige Feind, den sie bisher kennen gelernt hatte, war der Mensch. Und der begegnete ihr gewöhnlich in schlecht ausgeleuchteten Parkhäusern der Innenstadt, wenn er ihr feindlich gesinnt war. Oder in einer U-Bahn, am Bahnhof oder auf irgendeinem Hinterhof. Auf jeden Fall in der Stadt. Die alte Urangst der Menschen vor dem Wald war seit Ausgang des 19. Jahrhunderts unbegründet. Hier trieb sich niemand mehr herum und versteckte sich. Der moderne Verbrecher bevorzugte ein urbanes Umfeld. Gut erschlossen. Dönerbude, Internetzugang und Mobilfunknetz jederzeit verfügbar.

Der gewöhnliche Unhold kannte sich in der Natur nicht mehr aus und wäre ohne Supermarkt in kürzester Zeit verhungert, verdurstet oder hätte sich hoffnungslos verirrt.

Also keine Gefahr und doch beschlich Christine ein unbehagliches Gefühl, und sie beeilte sich, in die Nähe ihrer Kollegen zu kommen.

Was, wenn es nun doch schon Wölfe im Hunsrück gäbe und besonders mutige Tiere sich nicht durch die Menschen in ihren weißen Anzügen abschrecken ließen?

Unwillkürlich beschleunigte sie ihren Schritt.

Polizeihauptmeister Günther Hagemann stand mit einem Klemmbrett vor dem Audi und konzentrierte sich auf seine Notizen.

„Guten Morgen", grüßte er, als er seine Kollegin bemerkte. „Wo sind denn die Herren Kluge und Rottmann?"

„Wunden lecken. Eine Zeugin hat ihre Aussage widerrufen, und sie mussten daraufhin einen Mädchenhändler wieder laufen lassen."

Günther Hagemann nickte kurz. Christine beugte sich herunter und warf einen Blick in das Autowrack. Die Polster der Sitze waren bis auf den Fahrersitz vollständig verbrannt. Kunststoffteile fehlten überwiegend. Nur verrußte oder angerostete Metallgerippe hatten den Brand überstanden. Die Scheinwerfer und die Fensterscheiben waren geborsten, die Reifen geplatzt, der Gummi geschmolzen und nur die Metallgeflechte und die Felgen waren übrig geblieben.

„Die linke Seite des Wagens war von dem Feuer weniger betroffen. Woher kommt das?"

„Ich vermute, Wind und Regen aus Südwest", murmelte Günther Hagemann und schrieb eine Notiz zu Ende.

Dann ließ er sein Klemmbrett sinken.

„Ich kläre das mit dem Wetterdienst. Wir haben die Polsterreste abgerollt und schauen mal, was wir da so finden."

„Wer hat den Wagen gefunden?"

„Der Jagdpächter. Dieser Teil gehört zur Kernzone des Nationalparks. Weitgehend naturbelassen. Hierher kommt selten jemand."

„Okay. Was sonst noch?"

Günther Hagemann zeigte auf das Heck des Wagens.

„Einschussloch im Kofferraumdeckel, und den da haben wir gefunden."

Er deutete auf eine große Plastiktüte auf einem bereitgestellten Klapptisch.

„Benzinkanister. Super Plus. Lag neben der Fahrertür. Leider verschmolzen und teilweise verkohlt. Keine Fingerabrücke. Vielleicht mitgebracht. Wohl eher aber aus dem Fahrzeug. Erst wurde der Wagen überschüttet, dann der Kanister fallen gelassen und zum Schluss alles angesteckt."

„Der Täter hat sein Opfer durch den Kofferraumdeckel erschossen und dann den Wagen angesteckt? Ist das hier passiert? Lag Johannes Kürten in dem Kofferraum, und war er das Opfer?"

„Weiß ich noch nicht, liegt aber nahe."

„Ist das hier der Tatort oder wurde das Opfer woanders erschossen und der Wagen erst anschließend hierher gefahren?"

Günther Hagemann zuckte zweimal mit den Schultern.

„Wie kam der Täter von hier wieder weg?"

„Zu Fuß, denke ich. Es gab nur eine Reifenspur hierher bis zu diesem Fahrzeug, und diese Spur endet auch hier."

„Zu Fuß in der Nacht durch diesen Wald? Wer kennt sich denn hier so gut aus?"

„Ich kenne keinen", scherzte Günther Hagemann.

„Hat der Täter gewartet, bis der Wagen verbrannt war, oder hat er den Tatort vorher verlassen?"

„Nach den Fußspuren zu urteilen und der Asche darauf würde ich sagen, er ist vorher gegangen."

„Ihr habt Fußspuren? Reichen die Abdrücke für einen Abguss?“

„Leider nein.“

„Wieso nicht?“

„Wind und Regen aus Südwest?“, erinnerte der Chef der Spurensicherung seine Kollegin an die Wetterlage in der Nacht des Brandes.

Ein Geräusch, welches in der Tiefe dieses Waldes nicht fremder hätte klingen können, ertönte aus Christine Bernards Jackentasche. Sie holte ihr Mobiltelefon hervor und nahm das Gespräch an.

Die Häufungen der Ereignisse an diesem Morgen setzten sich unvermindert fort. Torbens alter Toyota hatte seinen Dienst verweigert. Er sprang nicht an. Torben bemühte sich, ruhig zu wirken, aber Christine hörte die Anspannung deutlich aus seiner Stimmlage heraus. Das Cello musste mindestens eine Stunde vor dem Spielen in den Räumlichkeiten der Philharmonie akklimatisiert werden. Hinzu kam die Zeit, die er benötigte, um sein Instrument anschließend zu stimmen und ein paar Striche darauf zu spielen.

Die einzige Chance, die Philharmonie in Luxembourg noch rechtzeitig zu erreichen, bestand darin, schnellstmöglich jemanden zu finden, der ihn und sein Instrument abholte und nach Luxembourg brachte.

„Okay, das kann ich schaffen, entspann dich“, hörte Günther Hagemann seine junge Kollegin beruhigend auf jemanden einreden. Dann verabschiedete sie sich, lief zu ihrem Wagen und stieg ein.

Ein Wendemanöver ließ der schmale, von Bäumen und tiefhängenden Ästen begrenzte Waldweg nicht zu. Also setzte Christine ihren Renault geübt bis zur nächsten Weggabelung zurück. Eine Abgaswolke stand im Licht der Scheinwerfer vor der Motorhaube. Sie legte den Vorwärtsgang ein und durchstieß sie.

So schnell wie möglich und so vorsichtig wie nötig ließ sie den Wagen zurück zur Straße rumpeln. Dann gab sie kräftig Gas.

Sie hatte Torben nicht die Wahrheit gesagt. Die Zeit würde wahrscheinlich nicht reichen, um die Philharmonie im angestrebten Zeitfenster zu erreichen. Das Konzerthaus befand sich mitten in der Stadt. Dichter Verkehr, wie heute üblich zu beinahe jeder Tageszeit, und eine Entfernung von über hundert Kilometern ließen sie an ihren eigenen Worten zweifeln.

Schon tauchte der erste Sattelzug vor der Nase ihres Mégane auf, der sich rußend und mit augenscheinlich letzter Kraft durch die Hügel des Hunsrücks schleppte. Es sollte nicht der Letzte gewesen sein. Sie überholte ihn zügig und blieb auf dem Gas. Bei Morbach quälte sich ein optimistischer Lenker eines altersschwachen Vierzig-Tonners aus Rumänien trotz Überholverbots mit geschätzten drei Stundenkilometern an seinem Kollegen aus Bulgarien in einem Tanklastzug vorbei.

Christine fluchte und hätte sich beinahe dazu verleiten lassen, ihr Blaulicht auf das Dach zu stellen. Aber wegzaubern konnte sie den dahinschleichenden LKW damit auch nicht. Endlich lenkte der Fahrer sein „LONG VEHICLE" wieder auf die rechte Fahrbahnseite zurück. Christine drückte das Gaspedal durch. Die Nase des Renaults hob sich und der Vortrieb drückte sie in den Sitz.

Torben stand mit seinem schwarzen Cellokoffer bereits ungeduldig vor dem Haus. Nervös half er Christine dabei, die Rücksitzbank umzulegen und fingerte an der Verriegelung herum. Sie unterbrach seine erfolglosen Bemühungen und bat ihn, sich schon in den Wagen zu setzen. Doch er bestand darauf, sein Cello selbst in den Kofferraum zu legen.

Die Herausforderung der folgenden Fahrt bestand für Christine darin, ihre antrainierten Fahrkünste so weit zu beschränken, dass Torben nicht noch aufgeregter wurde, als er es ohnehin schon war, und gleichzeitig so schnell wie möglich die Philharmonie zu erreichen. Bis auf eine Notbremsung und den Abbruch eines Überholmanövers wegen überraschend auftretenden Gegenverkehrs an einer unübersichtlichen Stelle war ihr das gelungen. Sie war stolz auf sich und schaute triumphierend in Torbens blasses Gesicht, während sie nur wenige Minuten später als angestrebt das Ortseingangsschild von Luxembourg Stadt erreichten. Die glänzenden Fassaden der City lagen im gleißenden Licht der Vormittagssonne.

Sie bremste den Renault auf Stadtgeschwindigkeit herunter, setzte ihre Sonnenbrille auf und ließ den Wagen in Richtung Westen über die Avenue „John F. Kennedy" rollen. Noch 250 Meter bis zum „Place de l'Europe" frohlockte das Navigationsgerät.

Das Gelände des „Parc Des Troit Glands" zog an Torbens Fenster vorbei und dieser Anblick entspannte ihn. Nur noch wenige Sekunden bis zur Philharmonie. Die verbleibende Zeit würde reichen. Christine stoppte den Wagen vor dem Bühneneingang.

„Tataaa", rief sie und lachte. „Du wirst es schaffen, ich bin ganz sicher."

Dann küsste sie Torben leidenschaftlich. Er sah ihr in die Augen und plötzlich verlor die bevorstehende Prüfung etwas von ihrem Schrecken. Was bedeutete es schon, wenn sie ihn ablehnen sollten? Es handelte sich um ein Engagement. Mehr nicht. Seine Liebe zu dieser wunderbaren Frau aber blieb. Ihre Geschichte ging weiter und irgendwann würde es eine andere Gelegenheit für ihn geben, sich zu beweisen. Das Leben war ein mächtiger Strom, und niemand konnte vorhersehen, wohin er einen trieb.

Torben stieg aus, wuchtete den schweren Cellokoffer aus dem Kofferraum und trug ihn in das Gebäude.

Christine steuerte ihren Wagen in das Parkhaus unter dem „Place de l'Europe" und fuhr mit dem Aufzug in das Gebäude der Philharmonie hinauf.

Im Bistro im Foyer bestellte sie sich einen Cappuccino. Langsam ließ sie einen Löffel Zucker im Milchschaum versinken. Dann zog sie ihr Mobiltelefon aus der Jackentasche, schaltete es stumm und ließ es wieder zurückgleiten.

Sie dachte an Torben und an die Anspannung und die Ängste, die in ihm tobten. Seine bedeutende Stunde nahte und sie erinnerte sich an ähnlich herausfordernde

Situationen in ihrem eigenen Leben. Wettbewerbe lagen ihr nicht. Torben auch nicht. Sie fühlte mit ihm und spürte, wie ihre Hände feucht wurden.

Sie trank aus und ging im Foyer ein wenig umher. Draußen vor den riesigen Glasscheiben floss der Stadtverkehr. Lautlos zogen unzählige Fahrzeuge über die Avenue. Rote Ampeln stoppten die Meute. Grünes Licht ließ sie wieder los. Es wurde Zeit.

Christine wählte einen der dicken Polstersitze in der ersten Reihe hoch oben auf dem Balkon. Unter ihr lag das „Grand Auditorium" im Halbdunkeln, dessen Bühne ohne großes Orchester riesig wirkte. An einem einzelnen Tisch mit einer schwachen Lampe in der Mitte saßen zwei bequem gekleidete Herren und eine schlanke Dame mit hochgestecktem weiß-grauem Haar und einer feinen Brille. Sie diskutierten das Spiel einer Musikerin, die ebenfalls auf ein Engagement hoffte und offenbar kurz zuvor den Saal verlassen hatte.

Torbens Cello stand schon bereit. Ihn selbst konnte Christine nirgendwo entdecken. Sie versuchte, sich zu entspannen und sich darauf zu freuen, gleich Torbens Spiel hören zu dürfen. Aber sie war so nervös, als müsste sie selbst gleich vor diese Jury treten und dürfte auf Teufel komm raus keinen Fehler machen.

Sie versuchte, sich abzulenken, und orakelte, für welches Stück er sich wohl entschieden hatte. Absichtlich hatte sie ihn nicht danach gefragt. Denn sie fürchtete seine Zweifel an der getroffenen Entscheidung, und dann hätte sie seine

Wahl verteidigen müssen, was ihn sicher nur noch mehr verunsichert hätte.

Eine Tür wurde aufgezogen und ein heller Lichtstrahl fiel auf die Bühne. Torben trat ein und setzte sich auf den freien Stuhl neben seinem Instrument. Er griff nach dem Bogen und stellte das Cello in Position. Die Dame nickte auffordernd und Torben legte den Bogen an die Saiten.

Die Schwierigkeit an Bachs ‚Prélude' aus der Cellosuite Nr. 1 bestand zum einen darin, dass es ein sehr anspruchsvolles Stück war, und zum anderen, dass es einige begnadete und weltberühmte Cellisten gab, die es bereits in perfektionistischer Weise gespielt hatten.

Yo-Yo Ma und Mischa Maisky fielen ihr ein. Das wunderbare Spiel von Jacqueline du Pré. Sie alle interpretierten Bachs Werk auf ihre Weise und hatten ihr Publikum und die Fachwelt gleichermaßen begeistert.

Und nun saß dort unten ein unscheinbarer junger Mann mit etwas zu langen dunklen Haaren, zudem noch nachlässig frisiert, einsam vor einem Tisch, an dem drei Menschen saßen, die dies alles natürlich auch wussten und die erwartungsvoll Torbens Variationen lauschten.

Er schwitzte, sie bemerkte den Glanz auf seiner Stirn. Der Klang des Cellos summte und vibrierte durch den Saal. Die drei am Tisch lauschten und sahen ihm dabei zu, wie er seinem Instrument die Töne entlockte, die sie einerseits fachlich korrekt aber auch künstlerisch inspiriert erwarteten.

Christine litt. Hin und her gerissen von der berührenden Musik und der offensichtlichen Anstrengung, der Torben ausgesetzt war und ohne die es keine Vorstellung geben würde, die einen der drei dort am Tisch beeindrucken würde.

Und dann war es nach 2:45 Minuten einfach vorbei. Kein Applaus, kein Händeschütteln. Nicht einmal ein anerkennender Blick. Jedenfalls konnte Christine von ihrem Platz auf dem Balkon aus nichts dergleichen erkennen.

Der ältere der beiden Herren sprach kurz mit Torben. Die Dame mit dem grauen Haar notierte etwas auf einem vor ihr liegenden Block und bedankte sich spröde. Torben trug sein Instrument hinaus.

Zu gerne hätte Christine die drei da unten nun belauscht, um einen Hinweis auf deren Absichten zu erhalten. Aber sie standen auf, und jeder verschwand durch eine andere Tür von der Bühne.

Christine erhob sich und verließ den Balkon. Im Foyer erwartete Torben sie bereits und wirkte gelassen. Er hatte es hinter sich. Nun lag es in anderen Händen, was weiter geschah.

So sehr er Christines Begeisterung für seine Arbeit schätzte, wusste er doch, dass ihre musikalischen Kenntnisse zu einer treffenden fachlichen Beurteilung nicht ausreichten. Er fragte sie trotzdem.

„Und? Wie war ich?"

„Ich würde dich nehmen", versicherte sie lächelnd, küsste ihn flüchtig auf den Mund und schaltete die Klingeltöne ihres Mobiltelefons wieder ein. „Haben sie noch irgendwas zu dir gesagt?"

„Sie rufen an."

„Mehr nicht?"

Torben schüttelte seinen Kopf.

„Und was hast du gesagt?"

„Bis gleich."

Verblüfft schaute Christine ihn an. Er zuckte cool mit den Schultern.

„Meine größte Schwäche ist meine Naivität."

Beide prusteten gleichzeitig drauflos.

„Du Spinner", rief Christine und lachte. „Ich hätte dir das beinahe geglaubt."

Sie verließen die Philharmonie und fuhren mit dem Aufzug hinunter in das Parkhaus. Wenige Minuten später rollten sie aus der Stadt heraus in Richtung Autobahn.

Der Fenriswolf

Kommissarin Bernard wollte ihre Ermittlungen im Fall Johannes Kürten so schnell wie möglich wieder aufnehmen.

Sie hatte Torben und sein Cello nach Hause gefahren und befand sich bereits auf dem Weg zum Tierpark, als ihr Mobiltelefon klingelte. Torsten Kluge versuchte, sie zu erreichen. Sie nahm das Gespräch über die Freisprecheinrichtung an.

„Du wolltest doch heute diese Kerstin Martinek vernehmen."

„Ja."

„Den Weg kannst du dir sparen. Die sitzt in U-Haft. Die Kollegen haben sie vergangene Nacht bei einer Verkehrskontrolle auf der A4 nahe der Grenze zu den Niederlanden festgenommen. Verstoß gegen das Betäubungsmittelgesetz. Die Dame war mit einem halben Pfund Marihuana unterwegs. Das bedeutet Einfuhr und Handel mit nicht geringen Mengen. Sie wird in Haft bleiben, und wir können sie jederzeit vernehmen."

„Dann befrage ich nur Justin Ludwig und fahre zurück nach Trier."

„Okay, bis später."

Christine Bernard tippte auf den roten Knopf auf ihrem Display und trennte das Gespräch.

Die Festnahme von Kerstin Martinek war eine willkommene Entwicklung im Fall Johannes Kürten. Wer im

Gefängnis saß, konnte schließlich nicht weglaufen oder untertauchen, und konnte auch keine eventuell noch vorhandenen Spuren beseitigen.

Dass Kerstin Martinek allein in die Niederlande gefahren war, um sich selbst und womöglich ihren Justin mit Nachschub zu versorgen, war eine beliebte Masche bei den Kleindealern. Sie bildeten sich ein, dass allein reisende Frauen in Kleinwagen bei nächtlichen Verkehrskontrollen weniger auffielen und das Risiko, zu einer Kontrolle herausgewunken zu werden, geringer sei. Das war natürlich Unsinn. Die Kollegen von der Drogenfahndung kontrollierten gewissenhaft und nach Polizeidienstvorschrift und vor allem nach ihrer Berufserfahrung. Ihnen waren die angeblich „todsicheren" Tricks natürlich bekannt.

Kerstin Martinek hatte für die Einfuhr von Betäubungsmitteln in ‚nicht geringen Mengen' eine Haftstrafe von mindestens zwei Jahren zu erwarten. Strafmildernde Umstände konnten nicht berücksichtig werden, weil sie wiederholt auffällig geworden war.

Der Tierpark lag im schwindenden Licht des späten Nachmittags. Aus den Fenstern des Gebäudes am Eingang fiel der Schein der Innenbeleuchtung auf den Parkplatz.

Nur drei Fahrzeuge standen darauf, und Christine bemühte sich nicht mehr, verkehrsgerecht zu parken. Sie stellte ihren Renault direkt vor dem Eingang ab.

Marianne zählte das Geld der Tageskasse und schaute nur kurz auf, als die Kommissarin das Gebäude betrat.

Dann zählte sie weiter und murmelte die Summe vor sich hin, bevor sie sie auf einem Zettel notierte.

„Guten Abend“, grüßte sie anschließend freundlich. „Na, Sie sind aber spät dran heute.“

„Ich weiß. Ist Justin noch auf dem Gelände?“

„Ja. Der macht gerade seine letzte Runde und kontrolliert Pforten und Türen.“

„Ich gehe ihn suchen. Halten Sie ihn bitte auf, falls ich ihn verpassen sollte?“

Marianne versprach, mit Justin so lange zu warten, bis die Kommissarin den Park wieder verließ. Christine lief los. Nach wenigen Metern schob sie ihre Hände in die Taschen ihrer Jacke. Ihr Atem kondensierte in der feuchtkühlen Abendluft. Im Nordosten ging bereits der Mond auf und verscheuchte das Tageslicht langsam vom blassblauen Abendhimmel.

Christine Bernard beeilte sich. Mit schnellen Schritten lief sie über die Gehwege. Sie ließ ihren Blick zuerst über die weitläufigen Gehege im offenen Gelände schweifen. Rehwild, Schafe und Ziegengehege. Rechts von ihr gackerten Hühner, bereits eingeschlossen in ihren Verschlägen. Sie passierte das Rotwildgehege zu ihrer Linken, auf der anderen Seite des Weges lag das Wildschweingehege. Nirgendwo konnte sie diesen Justin entdecken. Sie drehte sich einmal im Kreis und hoffte auf eine Bewegung irgendwo auf dem Gelände. Doch sie sah nur Tiere vor ihrer Nachtruhe äsen und Baumkronen, die ihre kahlen Äste im leichten Wind wie schwarze Finger in den Abendhimmel reckten. Dann endlich nahm sie eine Bewegung vor sich wahr.

Justin stand breitbeinig im Wildschweingehege und pinkelte in deren Suhle. Er war so sehr mit seinem Frevel beschäftigt, dass er die Kommissarin in der Dämmerung erst bemerkte, als er sich ihr näherte, während er seinen Hosenstall schloss.

„Scheiße!", zuckte er zusammen. „Haben Sie mich erschreckt. Was schleichen Sie denn hier noch rum?"

Geschickt flankte er über den niedrigen Zaun und wischte sich anschließend seine Hände am Hosenbein ab. Gott sei Dank kam er nicht auf die Idee, Christine eine Hand zum Gruß zu reichen.

„Ich glaube, für die Mitarbeiter des Parks stehen am Eingang Toiletten bereit", maßregelte sie ihn.

„Weiß ich", pöbelte er. „Aber denen da ist das doch eh' egal. Die Schweine pinkeln da selber rein."

‚Unglaublich', dachte Christine kopfschüttelnd. ‚Es gibt offenbar Menschen, die sich ihr Verhalten bei den Wildschweinen abgucken.'

„Ich habe noch ein paar Fragen an Sie. Sind Sie mit ihrer Arbeit fertig?"

„Klar."

„Dann gehen wir am besten ins Bistro. Dauert auch nicht lange."

Justin schob seine Hände tief in seine Hosentaschen und schlurfte los.

„Was wollen Sie denn noch von mir?"

Kommissarin Bernard wollte Justins Frage soeben beantworten, da klingelte ihr Mobiltelefon. Sie fischte das Gerät aus ihrer Jackentasche und nahm das Gespräch an.

Günther Hagemann hatte erste Ergebnisse von der Spurensicherung an Johannes Kürtens verbranntem Audi.

„Im Kofferraum lag keine Leiche, als der Wagen angesteckt wurde. Anderenfalls hätten wir irgendwelche Rückstände gefunden. Es ist extrem schwierig, eine Leiche vollständig zu verbrennen. Die Hitze eines brennenden Autos reicht dazu nicht aus. Aber die vorkohlten Überreste von Kleidungsstücken konnten wir sicherstellen."

Christine verlangsamte ihren Schritt. Der Polizeihauptmeister sprach weiter.

„Der verschmolzene Benzinkanister brachte uns keine neuen Erkenntnisse. Fußspuren gibt es zwar, aber wegen des Regens in der Nacht war keine Profildeutung mehr möglich. Die Schuhgröße würde ich auf 37 bis 41 schätzen. Aber wir konnten Haare an der Außenseite des Polsters des nur halb verbrannten Sitzes zwischen der Innenverkleidung der B-Säule und der Rücksitzlehne sicherstellen, dort wo sich der Einzug für den Sicherheitsgurt befindet. Kurze graue Haare, vermutlich von Johannes Kürten, und ein langes graues Haar. 31 Zentimeter lang. Vermutlich von einer anderen Person. Genabgleich mit der DNA von Johannes Kürten läuft noch. Ein weiteres Haar stammt von Canis lupus. Europäischer Grauwolf. Außerdem konnten wir Gewebefasern sicherstellen. Imprägniertes Mischgewebe aus Kunstfasern und Baumwolle. Wird oft für Outdoor-Jacken und Funktionskleidung verwendet."

Christine war stehen geblieben. Justin nörgelte etwas von „Feierabend" und „kein Bock" und so weiter, aber sie ignorierte seine Beschwerden.

„Gehen Sie schon mal vor“, befahl sie. „Ich komme gleich nach.“

Günther Hagemann zählte weitere Kleinspuren auf und was er aufgrund dessen vermutete, aber seine Kollegin hörte ihm nur noch halb zu.

„Günther?“, unterbrach sie ihn. „Ich bekomme ja deinen Bericht. Ich muss jetzt hier dringend mit jemandem sprechen. Wir sehen uns morgen.“

Ohne eine Reaktion ihres Kollegen abzuwarten, beendete sie das Telefongespräch und ließ ihr Handy in ihre Jackentasche fallen.

Das Material, welches die Spurensicherung im Inneren von Johannes Kürtens Audi sicherstellen konnte, änderte alles.

Ihre Ermittlungen waren die ganze Zeit in die falsche Richtung gelaufen.

Langsam drehte sie sich um und schaute den Weg entlang. Dort hinten lag das Damwildgehege und dahinter lebten die Wölfe. Sie machte einen ersten Schritt und dann den nächsten und das so lange, bis sie das Wolfsgehege erreicht hatte.

Rocco und seine Bande streiften im Dämmerlicht am Zaun entlang. Mitten unter ihnen Titus. Rosi hatte das Rudel und den mächtigen Timberwolf-Rüden also zusammengeführt.

Das Nachbargehege schien leer. Schwarz ragte der verlassene Futterturm in den Abendhimmel. Eine Gestalt mit einem schmutzigen, gelben Eimer an der Hand trat darunter hervor.

„Guten Abend", grüßte sie freundlich. „Was treibt dich denn so spät noch hierher? Hast du deine Liebe für meine Wölfe entdeckt?"

Christine blieb dicht vor Rosi stehen und sah sie an. Ein kühler Windstoß wehte durch ihr langes graues Haar. Sie trug wieder ihren Parka und die schmutzige Cargohose. Ganz sicher war ihre Kleidung mit den Fellhaaren ihrer Lieblinge übersäht, und die hinterließ sie überall dort, wo sie sich aufgehalten hatte. Auch auf dem Polster des Fahrersitzes des ausgebrannten Wagens von Johannes Kürten.

Kommissarin Bernard bemühte sich, ihre Antwort belanglos klingen zu lassen.

„Ich wollte Justin noch einmal befragen."

„Justin ist aber nicht hier."

„Ich weiß. Er wartet bei Marianne auf mich."

Die harmlose Frage-Antwort-Runde war damit beendet. Schon die nächste Frage der Kommissarin deutete an, weshalb die beiden Frauen sich im Abenddunst gegenüber standen.

„Hast du schon einmal in Johannes Kürtens Auto gesessen?"

Es war ihre letzte Frage, für die es möglicherweise eine harmlose Erklärung gab und die ihren Verdacht doch wieder zerstreuen würde. Doch die Antwort war eine Lüge.

„Nein", lachte Rosi etwas zu laut. „Wie kommst du darauf?"

Unsicher wechselte ihr Augenspiel zwischen dem festen Blick der Kommissarin und Roccos Rudel hinter dem Zaun.

Dann wandte sie sich ab und holte ihren Schlüsselbund aus ihrer Jackentasche hervor. Den Eimer immer noch in der Hand trat sie an die Tür zum Nachbargehege und schloss sie auf.

„Ich weiß nicht, worauf du hinaus willst, Christine", rief sie und trat durch die Tür. Kommissarin Bernard folgte ihr.

Rosi stellte den Eimer ab und richtete sich wieder auf. Dann lenkte sie ihren Blick an Christine vorbei in das Gehege hinein. Die junge Kommissarin sah in die gleiche Richtung, und ihr stockte der Atem. Aus dem Augenwinkel nahm sie eine schnelle Bewegung neben sich wahr. Rosi stand plötzlich hinter dem Zaun und verschloss die Tür. Christine war nun allein im Gehege, wenn man von dem einzelnen großen, dunkelgrauen Wolf absah, der in nicht ganz zehn Meter Entfernung etwas höher als sie selbst unter den tiefhängenden Ästen einer Douglasie stand und sie mit leuchtenden Augen fixierte.

Titus war also nicht mehr der einzige Timberwolf in diesem Park, und jetzt erinnerte sich Christine auch daran, dass Rosi von einer Fähe gesprochen hatte, die dem Tierpark angeboten worden war.

Titus hatte sich also mittlerweile an sein Gehege gewöhnt, und Rosi gewöhnte jetzt Rocco und sein Rudel an Titus. Klar, jetzt brauchte sie das andere Gehege ja für einen weiteren Neuzugang.

Frau Timberwolf schien unentschlossen. Mal sah es so aus, als wollte sie sich Christine nähern, mal wieder nicht. Die Fähe lief vorerst nervös eine elliptische Runde mit einem Durchmesser von etwa vier, fünf Metern und ließ ihre Mitinsassin nicht aus den Augen.

Kommissarin Bernard versuchte, Ruhe zu bewahren. Mit feuchten Händen zog sie ihre Dienstwaffe aus dem Schulterholster, spannte sie und überzeugte sich vom Ladezustand. Sie legte damit nicht auf das Tier an, sondern ließ die Pistole am langen Arm hängen. Dann atmete sie einmal tief durch. Was immer auch als nächstes passierte, sie war vorbereitet und rief in Gedanken das Wenige ab, was sie über Wölfe wusste.

‚Sie sind scheu. Sie greifen alleine selten Beute an, die größer ist als sie selbst. Sie sind in Tierparks satt gefüttert. Sie fürchten sich davor, sich zu verletzen. Sie sind sozial. Manche von ihnen wurden von Hand aufgezogen. Zahm sind sie deswegen aber nie. Sie bleiben wilde Tiere.'

Christine ging ihre Optionen durch. Den Wolf erschießen und Rosi auffordern, die Tür zu öffnen. Nötigenfalls auf das Schloss schießen, was aber nicht selten dazu führte, dass die zerstörte Mechanik darin blockierte. Alternativ, über den Zaun klettern.

Die Timberfähe hatte die Entfernung zu Christine um zwei Meter verringert. Ihr Fell glänzte anthrazit im fahlen Licht, und darunter spielten Muskeln und Sehnen bei jeder Bewegung des wunderschönen Tieres. Es blieb also nicht mehr viel Zeit, darüber nachzudenken, wie sie unverletzt aus diesem Gehege heraus kam. Sie warf einen schnellen Blick auf den Zaun.

Vier Meter hoch. Ganz oben mit vier Reihen nach innen geneigtem Stacheldraht bewehrt. Unmöglich, dieses

Hindernis zu überwinden, bevor die Fähe mit drei Sätzen bei ihr wäre und sie wieder herunter zog.

„Mach die Tür auf", zischte sie.

„Nein."

„Rosi, was soll das?"

Während sie auf Rosis Antwort wartete, ließ sie die Wölfin nicht aus den Augen. Plötzlich richtete die sich zu ihrer vollen Größe auf und wirkte auf ihrer erhöhten Position dadurch noch riesiger. Da stand sie nun, hoch gewachsen und übermächtig. Wie der Fenriswolf, so erschien es Christine. Doch sie war nicht Tyr und sie würde keinesfalls ihre Hand in dieses Maul legen.

Die Wölfin nahm offenbar einen bestimmten Duft wahr. Denn sie drehte abwechselnd ihren Kopf hin und her und schob ihre Nase prüfend in den Wind.

„Rosi! Mach jetzt die verdammte Tür auf!"

Die Pflegerin schob ihre Hände in ihre Jackentaschen und schaute unsicher abwechselnd links und rechts den Zaun entlang. Sie vermied es, Christine anzusehen.

„Tut mir leid", wimmerte sie. „Ich weiß keinen anderen Ausweg mehr."

Kommissarin Bernard erinnerte sich an ein Seminar auf der Polizeischule. Es lag Jahre zurück, aber die Warnung des Dozenten schoss ihr in diesem Augenblick durch den Kopf, als wäre erst wenig Zeit vergangen.

„Verzweifelte Menschen handeln irrational. Sie folgen ohne Reflektion ihren Emotionen. Das macht sie für uns alle so gefährlich."

„Rosi!", zischte Christine noch einmal. „Komm zu dir. Lass mich hier raus. Was soll das denn werden?"

Kurz überlegte sie, ihre Kollegen anzurufen und Unterstützung anzufordern. Dazu war sie laut Polizeidienstvorschrift verpflichtet. ‚Eigensicherung' nannte man das. Aber die PDV war ein theoretisches Werk. Geschrieben von klugen Leuten. Nur standen die jetzt gerade nicht in einem Wolfsgehege und mussten jede Bewegung daran abwägen, ob sie die Fähe falsch deuten und zu einem Angriff veranlassen könnte. Immerhin war das Tier neu in diesem Park und es kannte sein Gehege noch nicht. Hinzu kamen die aufregenden Duftmarken eines fremden Rudels gleich nebenan.

Christine war keine Expertin, aber dies alles und die oft so gering geschätzte Intuition rieten ihr, ihr Mobiltelefon vorerst dort zu lassen, wo es war, und sich eine andere Lösung zu überlegen.

Wieder trat die Fähe einen Schritt vor. Was könnte das bedeuten? Fieberhaft dachte Christine über das Verhalten der Wölfin nach. Sollte das ein Angriff werden und Frau Timberwolf schätzte die Entfernung zum Sprung? Würde sie gleich losstürmen und dieses Häufchen Mensch dort einfach anspringen und mit der Wucht ihres Anpralls umwerfen? Was würde dann geschehen? Ein kurzer Drosselbiss in ihre Kehle? Wegschleppen der sterbenden Beute? Oder Zerteilen an Ort und Stelle? Womöglich noch bevor das letzte bisschen Leben aus Christine Bernards Körper gesickert war? Sie würde wieder zu dem werden, was der Mensch immer war und auch immer bleiben würde. Ein Teil der Natur.

Futter für ein hungriges Maul. Das Recht des Stärkeren würde dieses großartige Tier dazu ermächtigen, sich zu nehmen, was es zum Überleben braucht.

Christine beendete ihre romantische Betrachtung der Naturgesetze und wich unbeabsichtigt einen Schritt zurück. Entschlossen glich die Wölfin den Abstand zwischen den beiden sofort aus.

Christine warf einen kurzen Blick auf Rosi. Mit gesenktem Kopf stand sie am Zaun und krallte sich mit den Fingern einer Hand in die Maschen.

„Rosi! Komm zu dir. Lass mich hier raus. Du machst alles nur noch schlimmer!"

Doch Rosi reagierte nicht. Ein leises Schniefen verriet der Kommissarin, dass von dort keine Hilfe zu erwarten war.

„Das ist also eine Sache nur zwischen uns beiden", murmelte sie vor sich hin und sah die Wölfin an. Deren Ohrenspiel ließ vermuten, dass sie die Worte gehört hatte.

Christine trat einen Schritt zur Seite, weg von dem Zaun. Dabei berührte sie mit ihrem Unterschenkel den Plastikeimer, den Rosi im Gehege stehen gelassen hatte. Noch war er mit einem Deckel verschlossen, aber was befand sich darin? Enthielt er etwas Nützliches, was zur Lösung dieser Situation beitragen konnte? Falls nicht, gab es nur einen einzigen Ausweg. Sie musste das stolze Tier erschießen. So sehr es ihr auch widerstrebte, diese Wölfin zu töten, legte sie trotzdem auf das Tier an. Mit einem energischen Krümmen ihres Zeigefingers konnte sie sich ab jetzt aus ihrer unangenehmen Lage befreien.

Geschmeidig und auf samtweichen Pfoten trat die Timberfähe einen weiteren Schritt heran. Es blieb nun keine Zeit mehr, über das künftige Vorgehen nachzudenken. Christine musste endlich handeln.

„Das darfst du nicht machen!“, reklamierte Rosi hinter ihr plötzlich entsetzt.

„Ach, sind wir wieder wach? Was denkst du denn? Dass ich mich hier fressen lasse?“

Rosi schwieg. Christine nahm ihre Dienstwaffe in ihre linke Hand und zielte weiterhin damit auf die Wölfin.

Langsam, ohne das Tier aus den Augen zu lassen, beugte sie sich zu dem Eimer herunter, hob den Deckel an und warf einen flüchtigen Blick hinein. Fleisch! Der Geruch von Blut und Pansen stieg ihr in die Nase. Und nicht nur ihr. Nervös tänzelte die Timberfähe auf der Stelle hin und her.

„Du hast Hunger!“, stellte Christine beinahe erleichtert fest, und dann schubste sie den Deckel von dem Eimer herunter und griff hinein, ihren Blick weiterhin aufmerksam auf das Tier vor ihr gerichtet. Die Finger ihrer rechten Hand tauchten in kaltes Blut und krallten sich in ein etwa zwei Kilo schweres Stück festes Muskelfleisch. Ein Rinderherz? Ein Magen? Christine wusste es nicht.

Sie hob das Stück Fleisch aus dem Eimer. Blut lief daran herunter und tropfte ihr auf die Schuhe. Mit so viel Schwung, wie sie nur konnte, warf sie den dunkelrot triefenden Klumpen von sich in Richtung der Wölfin. Mit einem einzigen Satz war die zur Stelle und schnappte danach. Ihre Kiefer schlugen deutlich hörbar aufeinander und dann begann sie damit, diese Gabe zu zerreißen und zu verschlingen.

Viel Zeit würde nicht bleiben. Nur eine kleine Frist. Wölfe speisten für gewöhnlich in Eile.

Homo homini lupus

„Erzähl mir etwas über Johannes Kürten!", forderte Kommissarin Bernard die Tierpflegerin auf der anderen Seite des Zauns auf und beobachtete die Fähe weiter dabei, wie sie die Reste des Fleischbrockens hinunter würgte.

„Er war ein Schwein!", kreischte Rosi unvermittelt und ihre Stimme brach. Die Timberfähe zuckte erschrocken zusammen und stob einige Meter davon.

Ein leises Wimmern drang von Zaun her in das Gehege.

„Justin, dieser Depp, hatte die Gehegetür mal wieder nicht verriegelt", heulte Rosi. „Vielleicht hat der Wind sie aufgedrückt, was weiß ich. Jedenfalls nutzen Rocco und seine Bande Justins Dämlichkeit natürlich für einen kleinen Ausflug. Unser großes Tor am Eingang stand ausgerechnet zu diesem Zeitpunkt offen, weil Kurt mit dem Pickup hindurch gefahren war und es noch nicht wieder geschlossen hatte."

Rosi erhob ihre Stimme.

„Mein Gott! Sie tun doch niemandem etwas. Hast du *Wolfsblut* gelesen? Jack London? Wölfe und Menschen müssen sich nicht gegenseitig töten."

Kommissarin Bernard sah Rosi kurz an und ignorierte deren trotzigen Blick.

„Rosi! Das ist Legende. Eine romantische Geschichte. Nichts weiter."

Der Hunger trieb die Wölfin wieder auf Christine zu. Sie griff erneut in den Eimer und entnahm ihm einige Fetzen undefinierbaren Gewebes und warf es ihr zu.

„Was passierte dann?"

„Und dann fuhr dieses Schwein genau in dem Moment hierher zum Park, als das Rudel die Straße überquerte und im Wald verschwand", rief Rosi in die Dämmerung. „Er hat sie gesehen und hämisch gegrinst. Jetzt wäre es vorbei mit dem Park und dass die Bevölkerung beschützt werden müsste und dass niemand mehr Verständnis dafür haben würde. Dass ICH mit meiner Affenliebe zu den Wölfen Menschen in Lebensgefahr bringen würde. Dabei hat der nur an sein Bauprojekt gedacht und dass er durch diesen Zwischenfall die Gemeindevertreter unter Druck setzen konnte, den Nutzungsplan zu seinen Gunsten zu ändern. Was sollte ich denn machen? Er hatte sein Handy schon in der Hand."

Rosi legte in ihre letzten Worte all ihre Verzweiflung und ihre Wut und schrie sie hinaus.

„Was hast du dann gemacht?", fragte Christine ruhig und hatte plötzlich das Gefühl, wieder Herr der Lage zu sein. Selbstsicher griff sie erneut in den Eimer, angelte ein kleineres Stück Fleisch heraus und warf es der Wölfin zu, beinahe routiniert, so, als hätte sie es schon hundert Mal gemacht.

„Ich nahm einen Ast vom Boden auf und schlug zu. Endlich ließ er sein Telefon fallen. Dieser Park darf nicht geschlossen werden. Verstehst du das denn nicht? Meine Tiere sind mein Leben. Er durfte mir doch nicht einfach mein Leben wegnehmen. Es hielt für mich nicht sonderlich viel bereit, und ich habe auch nie viel verlangt, nur diese Wölfe. Ihre Zuneigung und wie verspielt sie sind und wie aufrichtig und gerecht. Auf all das kann ich nicht verzichten."

Rosi versagte die Stimme. Christine tastete nach einem weiteren Stück Fleisch. Es war klein und schwamm im Blut. Es war das Letzte.

„Weiter", befahl sie.

„Er fiel einfach um. Dabei hatte ich gar nicht so fest zugeschlagen. Da lag er nun auf der Straße neben seinem Wagen. Der Motor lief noch. Die Scheinwerfer waren an. Jeden Moment konnte jemand auftauchen. Und ich musste mich doch um Rocco und das Rudel kümmern. Mein Kopf war so voll und ich musste so viel auf einmal tun, da habe ich gedacht: ‚Erst mal in den Kofferraum mit ihm.'"

„Wieso in den Kofferraum?"

„Na ja, er hatte am Kopf geblutet, die hellen Sitze und ich musste sein Auto wegfahren. Ich fürchtete, dass er aufwacht und mich angreift, wenn ich ihn einfach auf die Rückbank lege."

Christine schmunzelte innerlich über Rosis Erwähnung der hellen Sitze.

„Okay. Also hast du ihn in den Kofferraum gelegt."

„Das war ein ganz schönes Stück Arbeit", schnaufte Rosi. „Der war ja schwer wie verrückt. Aber am Ende lag er drin."

Die Timberfähe hatte den letzten Brocken Fleisch verschlungen und schaute Christine erwartungsvoll an.

‚Mist', dachte sie. ‚Und jetzt?'

„Auf jeden Fall musste der Wagen weg", redete Rosi hinter ihr weiter. „Ich habe ihn ein Stück in den Wald gefahren, einen Eimer Schlachtabfälle aus dem Kühlhaus geholt und dann die Verfolgung des Rudels aufgenommen."

Die Wölfin reagierte auf die Unterbrechung der Fütterung mit Ungeduld und richtete ihren Blick auf den Eimer. So viel hatte sie offenbar begriffen, diese schlanke Frau mit dem schwarzen Ding in der Hand benötigte sie nicht, um an den restlichen Inhalt des Eimers zu gelangen. Ihre Aufmerksamkeit für Christine nahm ab.

„Sie streunten ein wenig in der Nähe des Tierparks umher und genossen ihre Freiheit. Aber die meisten von ihnen sind an den Menschen gewöhnt und nur noch halb so wild, wie sie aussehen."

‚Hoffentlich trifft das auch auf dieses Exemplar zu', dachte Kommissarin Bernard und griff nach dem Eimer.

„Nach ein paar Stunden hatten sie Hunger, und ich hatte eine Futterspur ausgelegt, die bis in das Gehege führte. Dort lag noch einmal ein wenig Beute bereit. Sie konnten einfach nicht widerstehen. Es war ganz einfach. Trotzdem fiel mir ein Stein vom Herzen, als sie wieder im Gehege waren."

Christine fasste all ihren Mut zusammen, trat drei Schritte auf die Wölfin zu und stellte den Eimer vor ihr ab. Scheu wich das Tier zunächst zurück, erlag dann aber seiner Neugier.

„Weiter", befahl Kommissarin Bernard erneut.

„Ich fuhr nach Hause und holte die Pistole."

„Woher hattest du die Waffe?“

„Ach, das alte, rostige Ding gehörte meinem Vater. Als die Wehrmacht sich nach dem Krieg von der Ostfront zurückzog, hatte er die Pistole mitgebracht und mit ein paar Schuss Munition versteckt. ‚Wer weiß, wofür man die mal braucht', hat er gesagt. Nachdem er gestorben war, hatte ich das Ding völlig vergessen. Ich wusste nicht einmal, wie es funktioniert. Aber das wusste der Kürten ja nicht. Ich wollte ihn damit nur bedrohen.“

Die Fähe hatte sich dem Eimer genähert und begann damit, ihn zu untersuchen. Dabei fiel er um und der Inhalt ergoss sich auf den Waldboden. Dann beschäftigte sie sich damit, das Blut vom Boden aufzulecken und hier und da einen winzigen Fetzen Fleisch zu verschlucken.

„Aber als ich zu seinem Wagen zurückkam, tobte er im Kofferraum und schrie und trat und klopfte so heftig, dass ich fürchtete, es könnte ihn jemand hören. Also habe ich den Deckel kurz aufgemacht und mit der Pistole auf ihn gezielt. Ich wollte doch nur, dass er ruhig ist!“

„Aber es kam anders“, vermutete Kommissarin Bernard und ließ die Wölfin weiterhin nicht einen einzigen Augenblick aus den Augen.

„Der Idiot begann noch mehr zu toben und drohte mir, als er versuchte, aus dem Kofferraum zu klettern. Da habe ich ihm den Deckel auf den Kopf geschlagen und ihm die Hand eingeklemmt. Aber er tobte einfach weiter. Er wurde immer wilder und lauter. Was sollte ich denn machen? Ich wusste keinen Ausweg. Ich zielte mit der blöden Pistole auf den Kofferraumdeckel und fingerte so lange an dem

Ding herum, bis sich ein Schuss löste. Ich war selbst so erschrocken darüber, dass es plötzlich still war, dass ich mich gar nicht bewegen konnte. Ich stand nur da. Im Dunkeln. Im Wald. Erst als ein Käuzchen rief, kam ich zu mir. Ein eiskalter Wind strich durch den Wald und ich bildete mir ein, Kürtens Blut riechen zu können. Ich öffnete den Kofferraumdeckel und leuchtete mit meinem Telefon hinein. Schrecklich, dieser Anblick. Ich musste ein großes Blutgefäß in der Brust getroffen haben. Mir fiel das Telefon aus der Hand und das Licht ging aus. Am liebsten wäre ich weggelaufen. Bin ich auch. Zuerst. Aber dann dachte ich an Rocco und das Rudel und dass ich sie vielleicht nie wieder sehen würde, wenn ich ins Gefängnis müsste."

Die Timberfähe hatte den Waldboden offenbar von allen Futterresten befreit und lief mit ihrer Nase dicht über dem Boden scheinbar ziellos umher.

„Spätestens wenn man Johannes Kürten gefunden hätte, hätten uns unsere Ermittlungen nach Spurenlage in den Tierpark geführt."

„Das hatte ich befürchtet. Also musste seine Leiche weg. Und sein Auto auch. Und somit alle Spuren. Ich holte meine Schubkarre, zerrte seinen blutüberströmten Körper aus dem Kofferraum, zog ihn aus und wuchtete ihn in die Schubkarre. Dabei habe ich mich zweimal übergeben. Am Ende lag er darin wie all die überfahrenen toten Tiere, die wir verfüttern. Ich gab ihn der Natur zurück."

„Nee, Rosi! So naiv bist du nicht. Das Entsorgen einer Leiche nennt man Verdeckungsabsicht und sie unterscheidet juristisch den Totschlag vom Mord. Bis dahin hätten vielleicht noch mildernde Umstände für dich gesprochen wegen fehlenden Vorsatzes, aber Johannes Kürtens Leichnam an deine Wölfe zu verfüttern war keine gute Idee."

Die Wölfin hatte offenbar genug von diesen beiden laut diskutierenden Menschen und schnürte gesättigt davon. Das Halbdunkel des Abendwaldes und ihr dunkelgraues Fell verschmolzen schon nach wenigen Metern miteinander und ließen sie für die Augen eines Menschen unsichtbar werden.

Kommissarin Bernard entspannte ihre Dienstwaffe, steckte sie aber noch nicht in ihr Holster zurück.

„Es lief sowieso alles schief", klagte Rosi. „Nachdem ich den Leichnam im Gehege abgelegt hatte, lief ich zurück zu Kürtens Wagen und fuhr ihn weit in den Wald hinein. Es hatte zu regnen begonnen und der Wagen fuhr sich fest. Ich hatte im Kofferraum einen Kanister gesehen und habe das Benzin über den Wagen gegossen und es angezündet. Dann lief ich zurück. Aber aus Angst, jemand könnte die Flammen und den Rauch bemerken, war ich wohl sehr weit in den Wald gefahren. Ich war völlig fertig, als ich zurückkam und es war viel später, als ich geplant hatte. Justin schlich schon auf dem Gelände umher und bald würde Marianne den Park für Besucher öffnen. Aber das Rudel war gesättigt und hatte noch nicht alle Leichenteile gefressen. Ich musste warten."

„Und dann schleppte eines der Tiere einen Arm davon und versteckte ihn."

„Genau. Das war Bella."

„Was hattest du mit den restlichen Knochen vor?"

„Die wollte ich einsammeln und den Wildschweinen geben. Dann wären sie weg gewesen. Ich hatte damit begonnen, aber dann stand plötzlich dieses Pärchen am Zaun, und die Frau entdeckte Bella und sah sie mit dem Arm im Maul umherlaufen."

Kommissarin Bernard angelte ihr Mobiltelefon aus ihrer Jackentasche, wählte aus der Liste der Kontakte die Nummer der Einsatzzentrale und forderte zwei Kollegen von der Streife an.

„Was, wenn ich jetzt einfach weglaufe?"

„Dann schnappt dich irgendwann die Fahndung."

Rosi nickte resigniert.

„Wer kümmert sich jetzt um die Tiere?"

„Das wird die Parkverwaltung regeln."

Rosi nickte noch einmal traurig. Christine trat dicht an den Zaun, so dass die beiden Frauen nur wenige Zentimeter voneinander trennten.

„Und jetzt lass mich hier raus."

„Wirst du eine Patenschaft für Titus übernehmen? Versprich es mir."

Da war sie wieder, die allen Verzweifelten eigene Irrationalität. Das Ende vor Augen, war es Rosi offenbar nicht möglich, es anzunehmen.

„Nicht unter diesen Bedingungen. Entscheidungen treffe ich grundsätzlich nicht unter Zwang sondern als freier Mensch. Also lass mich jetzt hier raus."

Das Klimpern des Schlüsselbundes und das Klacken der Mechanik im Schloss, während Rosi endlich die Gehegetür aufschloss und freigab, war das schönste Geräusch an diesem Tag für Christine Bernard. Mit einem schnellen Schritt trat sie aus dem Gehege und zog unendlich erleichtert die Tür hinter sich zu.

Rosi erwartete sie mit den Händen in den Taschen ihres Parkas und harrte der Dinge, die jetzt auf sie zukamen. Demütig leistete sie Kommissarin Bernards Anweisung folge, sich mit ihr in das Gebäude am Eingang des Parks zu begeben und dort zusammen mit ihr auf das Eintreffen der Kollegen von der Streife zu warten.

Justin hatte natürlich nicht, wie ihm aufgetragen wurde, auf die Kommissarin gewartet.

Die Beleuchtung im Bistro und an der Kasse war bereits ausgeschaltet. Marianne erwartete die beiden Frauen ungeduldig im schwachen Schein der Notbeleuchtung und einer einzelnen beleuchteten Glasvitrine.

„Wo bleibt ihr denn? Wisst ihr, wie spät es ist? Irgendwann will ich ja auch mal nach Hause."

Dann erkannte sie die Besonderheit der Situation und ihre Blicke wechselten zwischen der Kommissarin und Roswita Bauer hin und her.

„Rosi? Alles in Ordnung?", forschte sie misstrauisch.

„Ich nehme Frau Bauer mit", kündigte Christine Bernard an. „Warten Sie bitte noch, bis meine Kollegen von der Streife hier sind. Es kann nicht mehr lange dauern. Frau Bauer wird dem Park für eine gewisse Zeit nicht mehr zur Verfügung stehen. Sie müssen sich bitte um Ersatz bemühen."

„Rosi?", hauchte Marianne. „Hast du etwa?"

Roswita Bauer ließ sich widerstandslos festnehmen, bestätigte, dass sie die Belehrung über ihre Rechte verstanden hatte, und nannte den Namen eines Anwalts, der verständigt werden sollte. Dann wurde sie zum Streifenwagen geführt und nahm im Fond Platz.

Kommissarin Bernard versicherte ihren Kollegen, dass das Blut an ihrer Hand und an ihrer Kleidung nicht von ihr stammte und sie unverletzt war.

Sie hätte sich einen anderen Täter als Mörder von Johannes Kürten gewünscht. Nicht diese einsame Frau mit ihren Wölfen. Aber offenbar war aus einem Lamm in einem schicksalhaften Augenblick ein Wolf geworden, der alles verschlang, was ihm und seinem Glück im Wege stand. Christine erinnerte sich an eine Mahnung, die ihr Vater oft ausgesprochen hatte.

„Der Mensch kann fast alles ertragen, aber niemals, ohne Hoffnung zu sein."

In jener Nacht nahm Johannes Kürten Roswita Bauer jegliche Hoffnung auf eine glückliche Wende zugunsten des weiteren Bestehens des Tierparks. Die Tierpflegerin hätte zum Schutz der Bevölkerung in den umliegenden Ortschaften umgehend die Parkleitung, die Polizei, Jäger und Förster informieren müssen, fürchtete aber, dass dieser Vorfall das Wohlwollen der Anwohner in Ablehnung wandeln würde.

Mit der unerträglichen Furcht davor, Rocco und seine Bande zu verlieren, hat sie die Schwelle übersprungen, die einen Menschen daran hindert, zum Mörder zu werden.

Während Christine den rot glühenden Rücklichtern des davon fahrenden Streifenwagens nachsah, schlugen zwei Herzen in ihrer Brust.

Eines erfüllt mit der Überzeugung, durch die Verhaftung einer Mörderin der Gerechtigkeit zu ihrem Sieg verholfen zu haben, und ein weiteres erfüllt mit Bitterkeit, weil das Schicksal jeden Menschen offenbar in einer scheinbar ausweglosen Lage zurücklassen kann, der man nicht gewachsen ist.

Marianne knipste das Licht in der Glasvitrine aus und verschloss hinter Christine die Eingangstür. Sie wirkte verstört und hatte die Verhaftung der Tierpflegerin ohne ein Wort zu sagen mitverfolgt.

„Geht es Ihnen gut?", erkundigte sich Kommissarin Bernard und suchte in Mariannes Gesicht nach einer Bestätigung.

„Ja, ich will nur nach Hause. Das war jetzt ein bisschen viel."

Christine nickte, verabschiedete sich und stieg in ihren Wagen. Im Schein der Innenbeleuchtung besah sie sich ihre rechte Hand. Getrocknetes Blut klebte daran. Ihr Jackenärmel hatte sich damit vollgesogen. Ihr Hosenbein hatte auch etwas abbekommen. Sie wäre jetzt gerne zu Torben gefahren. Aber so konnte sie ihm auf keinen Fall gegenüber treten. Sie begnügte sich mit einem kurzen Telefongespräch während ihrer Fahrt zurück nach Trier und erfreute sich an dem Klang seiner Stimme.

Torben war schon zu Bett gegangen, hatte aber noch nicht geschlafen. Er hatte im Geiste nach Fehlern gesucht, die er beim Vorspielen in der Philharmonie gemacht haben könnte.

„Wie war dein Tag?“, erkundigte er sich. Sie hielt sich an eine eiserne Regel, die sie sich selbst auferlegt hatte, und blieb im Ungefähren. Der Berufsmusiker gehörte nicht zu den Menschen, mit denen sie blutige Details aus ihren Ermittlungen diskutieren wollte. Ihre Liebe, die sie für diesen sanften Mann empfand, und ihr gemeinsames Leben blieben ein durch sie geschützter Bereich.

Am nächsten Morgen erhob Staatsanwalt Walther Lorscheider Anklage wegen Mordes an Johannes Kürten gegen Roswita Bauer und stoppte die Fahndung nach Martina Kürten. Die Ermittlungen über die Geschäftskontakte des Immobilienmaklers und seine Verbindungen nach Osteuropa wurden eingestellt. Das Verfahren gegen Drago Raspudic wurde fortgeführt. Die Staatsanwaltschaft erhob Anklage wegen unerlaubten Waffenbesitzes, Drogenhandels und Widerstands gegen die Staatsgewalt und forderte eine Haftstrafe von nicht weniger als zehn Jahren und die Abschiebung in sein Heimatland nach Ende der Haftzeit.

Kommissarin Bernard verfasste am Vormittag ihren Bericht und leitete das Dokument gerade an Torsten Kluge weiter, als ihr Telefon klingelte. Sie nahm das Gespräch an.

Melissa erinnerte sie an den in Aussicht gestellten Grillabend bei Torben.

„Wir haben Winter, Melissa! Und seit wann stehst du auf Grillen?", stellte Christine sich dumm und schmunzelte stumm in sich hinein.

„Ich ja nicht so, aber Jörg. Können wir nicht etwas anderes machen? Sagte Torben nicht was von Ente?"

Melissa ließ nicht locker. Beharrlich warb sie für einen zweiten gemeinsamen Abend. Ihre Absichten waren offensichtlich. Also übernahm Christine die Einladung von Hauptkommissar Rottmann.

Torben reagierte auf den kurzfristig angesetzten Termin überraschenderweise mit umgehender Zustimmung und beschäftigte sich sogleich begeistert mit der Antwort auf die Frage, welche Getränkeauswahl er bereitstellen würde.

Das Anwesen in dem kleinen Hunsrückdorf etwa 40 Kilometer östlich von Trier lag friedlich in der Dezembernacht. Leichter Schneefall am Abend hatte das Haus und das Grundstück gepudert, und der bereits ausgestellte Festtagsschmuck in den Räumen verlieh dem Abend etwas von einer Weihnachtsfeier in familiärer Runde.

Der Gastgeber beeindruckte seine Gäste mit goldbraun knuspriger französischer Barbarie Ente, schwäbischen Schupfnudeln und einem fein sämigen Morchelrahm. Melissa hätte sich auch nur von dem mit einem Gewürzpotpourri und Griebenschmalz veredelten Rotkohl mit Apfelspalten satt essen können.

Das noch warme Kochbirnenkompott mit zarter Zimtnote zum Dessert krönte das Mahl, und Christine fürchtete, dass ihre Küchenkünste wohl nicht ausreichen würden, um es mit Torben aufzunehmen.

In besonderen Momenten vergaß Christine Bernard niemals die Menschen, denen es weniger gut ging als ihr selbst. Immer wieder hatten ihre Eltern sie dazu ermahnt, glückliche Stunden zu genießen und dankbar dafür zu sein.

Sie dachte an Rosi und an die Zelle, in der sie jetzt saß, und an Rocco und seine Bande dort draußen im Winterwald.

„Was haltet ihr von einer Wolfspatenschaft?“, platzte es unvermittelt aus ihr heraus.

„Hast du etwa ein schlechtes Gewissen wegen des Tierparks?“, erkundigte sich Jörg.

„Nein“, widersprach sie schnell, war sich aber plötzlich nicht mehr sicher.

Melissa und Torben wurden neugierig und Christine fürchtete, ein Thema losgetreten zu haben, worüber sie eigentlich nicht sprechen wollte. Doch nun war es zu spät.

Sie behielt vieles für sich. Doch ihr knapper Bericht über den Fall Johannes Kürten drückte die Stimmung. Betretenes Schweigen setzte ein.

„Der Mensch ist des Menschen Wolf“, murmelte Torben und nippte an seinem Glas Rotwein.

„Du sagst es, auch wenn ich es etwas weniger philosophisch ausdrücken würde“, bestätigte Jörg, lehnte sich zurück und legte seinen Arm auf die Rückenlehne von Melissas Stuhl.

„Ist nicht von mir", wiegelte Torben ab. „Titus Maccius Plautus, 254 bis 184 vor Christus und Thomas Hobbes, 1588 bis 1679."

„Geht doch nichts über Bildung", frotzelte Jörg und grinste frech.

„Heute beschreibt dieser Leitsatz die Überzeugung, dass es für den Menschen keine größere Gefahr gibt, als den Menschen selbst."

„Erleben wir jeden Tag."

Christine sah Torben zärtlich an.

„Ich liebe dich, du kleiner, süßer Angeber."

„Was ist eigentlich aus deinem Job in Luxembourg geworden?", wollte Melissa plötzlich wissen.

„Der Orchesterdirektor hat heute Morgen angerufen und mir seine Entscheidung mitgeteilt", antwortete Torben in einem beinahe gleichgültigen Tonfall.

Doch Christine ließ sich nicht beirren. Torben war ein begabter Musiker und seine unterkühlte Lässigkeit konnte nur eines bedeuten.

Alle sahen Torben an und warteten auf seine Antwort.

„Am 4. Februar spiele ich mein erstes Konzert."

Über den Autor

Michael E. Vieten. Jahrgang 1962. Aufgewachsen in Düsseldorf und Ratingen. Hat danach den Großteil seines Lebens im Norden Deutschlands verbracht. Lebt und arbeitet heute im Hunsrück mit Blick auf den Hochwald. Gelernter Hotelkaufmann, später Wechsel in die IT-Branche. Gründete 2002 einen Internet-Versandhandel, den er 2011 verkaufte, um mehr Zeit für die Dinge zu haben, die ihm wirklich wichtig sind.

Er schreibt seit seiner Jugend. Überwiegend Prosa und Lyrik, Romane und Erzählungen, am liebsten Balladen über die kleinen und großen Dramen im Leben von Menschen. Freut sich immer sehr darüber, wenn er seinen Lesern etwas mitgeben konnte, für ihre eigene Reise durch die Zeit.

Weitere Titel im acabus Verlag

Michael E. Vieten

Christine Bernard.
Der Fall Siebenschön

ISBN: 978-3-86282-352-9
BuchVP: 12,90 EUR
284 Seiten
Paperback

Der Fall Siebenschön. Eine Frau, ihre sechs Töchter und ein verzweifelter Mann. Sieben Tage Verhör und ein schrecklicher Verdacht. Wo sind Andrea Schröder und ihre Kinder? Leben sie noch? Unter Einsatz ihres eigenen Lebens treibt eine junge Kommissarin der Trierer Polizei die Ermittlungen voran und versucht, einem psychisch auffälligen und gewalttätigen Sonderling die dringend benötigten Informationen abzuringen. Doch sie hat sich bereits in seinem Netz dunkelster Absichten verfangen. Eine beispiellose Achterbahnfahrt in die Abgründe der menschlichen Seele beginnt.

Ein spannender Psychokrimi nicht nur für Genre-Fans.

Michael E. Vieten

Christine Bernard.
Das Eisrosenkind

ISBN: 978-3-86282-413-7
BuchVP: 12,90 EUR
304 Seiten
Paperback

Ein kalter Morgen im März. Eine gefrorene Kinderleiche am Moselufer. Eisige Farinade verziert das kleine Gesicht. Ist das die achtjährige Rosalia, nach der die Trierer Kriminalpolizei verzweifelt sucht? Ist sie im Nachtfrost erfroren oder verbirgt sich ein noch viel schrecklicheres Geheimnis hinter der Schönheit des Grauens?

Kommissarin Bernard wird in ihrem neuen Fall mit den dunkelsten und abgründigsten Seiten der Menschen konfrontiert. Ihre Ermittlungsarbeiten führen sie durch das winterliche Trier.

Ein Krimi, der Gänsehaut verschafft – und das nicht nur aufgrund eisiger Temperaturen!

Michael E. Vieten

Christine Bernard.
Der unsichtbare Feind

ISBN: 978-3-86282-453-3
BuchVP: 13,00 EUR
284 Seiten
Paperback

Sind es Terroristen, die das Leben der jungen Trierer Kommissarin mit hinterhältigen Cyberattacken bedrohen? Oder steckt ein Geheimdienst dahinter? Christine Bernard erhält Personenschutz. Plötzlich zieht das Landeskriminalamt die Ermittlungen an sich und sperrt ihre Ermittlungsakten. Computerspezialisten werden abgezogen. Beweismittel verschwinden. Wem kann Christine noch vertrauen? Wer ist dieser scheinbar übermächtige Gegner, und wo befindet er sich?

Ein Cyberkrimi über einen Kampf mit ungleichen Waffen im Zeitalter der Digitalisierung. Aktuell, verstörend, hochspannend.